人生就是一場朝聖
走這條通往彼岸的
路面上唯有自己是
自己的擺渡者

丙申春淳化軒雨溪学石

| 当代中国小说榜 |

自渡

董雨晨 著

中国文联出版社

图书在版编目（CIP）数据

自渡 / 董雨晨著 . -- 北京：中国文联出版社，2018.9（2023.3 重印）

ISBN 978－7－5190－3877－9

Ⅰ.①自… Ⅱ.①董… Ⅲ.①长篇小说—中国—当代 Ⅳ.①I247.5

中国版本图书馆 CIP 数据核字（2018）第 221739 号

著　　者　董雨晨
责任编辑　卞正兰
责任校对　李海慧
装帧设计　中联华文

出版发行　中国文联出版社有限公司
地　　址　北京市朝阳区农展馆南里 10 号　　邮编　100125
电　　话　010－85923025（发行部）　　85923091（总编室）
经　　销　全国新华书店等
印　　刷　三河市华东印刷有限公司

开　　本　880 毫米×1230 毫米　　1/32
印　　张　9
字　　数　217 千字
版　　次　2023 年 3 月第 1 版第 2 次印刷
定　　价　86.00 元

一

逼仄的阴暗隧道，凉风肆虐，崖壁上似乎随处都蹲踞着怪物，蝙蝠和仓鸮的叫声此起彼伏，尖锐凄厉，时断时续，四周散发着青森森的鬼魅气息，混合着河水的泥腥味道。隧道中央是一条宽宽的河，河水刺骨的冰凉，偶尔有类似蝙蝠的东西飞过，掠着萧青青的发梢，她的心揪得紧紧的，胸口莫名的疼痛，呼吸困难。她努力睁大眼睛，却四顾茫然，所有的出口都被巨石堵住，她呼喊，那凄厉的声音狠狠地撞到崖壁上又被反弹回来，带着冰凉的气息。她摸索着靠近河边，却又害怕掉进去。就在她心急如焚的时候，突然听到船行激起的“哗哗”的声音，带着点点渔火而来，她恍惚觉得那是个在阴曹地府一样可怕的地方摆渡的人，她想大声地呼喊那个摆渡的人，喉咙里却再也发不出一点声音。那个影子越来越近，透过隐约的光亮，她看到那人衣衫飘飘立于船头，手中却并无船桨，再一看，他的脸上居然戴着一个白色的丑陋的面具，经过她身边时发出“哈哈”的笑声，魂飞魄散的感觉立刻向她袭来。

她大叫着从床上坐起来，神志恍惚，心口“咚咚”地跳个不停，额头上全是汗珠。她捂住眼睛，泪水便顺着指缝流了下来。

一年之前，萧青青被心理医生诊断为轻度抑郁，而她自己却不这样认为。但是这样的梦，却是一日多于一日了。

今年这个冬天似乎冷得很早，刚刚是新年元旦的日子，

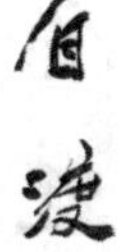

路上就已经满是穿着厚厚羽绒服的行人了。虽然也穿着一件厚厚的羽绒服，但萧青青走出小区大门的时候还是忍不住缩了缩脖子。每年的冬天，青城总是干燥而寒冷的，北风如同弃妇从来没停过控诉一样让人讨厌。她跺了跺脚，哈了哈手，哈出的热气便很快地消散在冷风中。她伸手打了一辆的士，快速地钻了进去。

大学同学张罗聚会，她本不想去，可是在报社当记者的同学李媛一个劲儿地劝说，还说开车来接她。她怕给李媛添麻烦，所以答应她自己会打的去，免得她绕路。

司机师傅是个沉默的年轻人，不爱说话，车载音响却反复播放着王菲演唱的《匆匆那年》：“……如果再见不能红着眼，是否还能红着脸，就像那年匆促，刻下永远一起那样美丽的谣言，如果过去还值得眷恋，别太快冰释前嫌……”那已经是几年前流行的歌曲了，可不知怎的，什么时候听这首歌都觉得好像是昨天刚刚听过，每次听，她心里都会浅浅地叹息。师傅开车似乎很严肃，萧青青只好一个人看着车窗外面疾驶而过的道旁树发呆，那些树落光了叶子，灰蒙蒙的枝干，因为漫天的雾霾笼罩，那些树显出苍老和丑陋。路上行人似乎都戴着没有表情的面具一样匆匆忙忙地来来往往。音乐肆意蔓延，与车窗外的景色是那么不协调，她又一次缩了缩肩膀，低低地叹了口气。

萧青青读大学时念的是中文系，她曾经非常想写一个爱情故事，琼瑶那种。一说起话就快速的“对不起，对不起，对不起……”纯得让人牙酸。但是很多年过去了，她什么也没写出来，爱情似乎变成了比人民币贬值更快的东西。桥归桥，路归路，生活好像彻底变了样子，琼瑶梦也破碎不堪了。

萧青青到达聚会的酒店的时候，班长率领当年的班草正在大厅迎接。在政府办公室工作，已经是办公室副主任的班长身材发胖，面色红润，官派十足。他夸张地大声打着招呼：

"美女，我们等你等得冬天都快过去了！"开了连锁超市，已跻身"假土豪"的班草也笑哈哈地附和着："就是啊，你怎么才来？难不成你老公不放心你来？"他装模作样地伸出手跟萧青青握了握，又神秘兮兮地说，"哎，你今天怎么也不好好打扮打扮，林瀚泽也来了。"萧青青听闻此言，脸上的笑容僵住了。但是她也不能扭头就走，人都来了，只能往里走了。

李媛一边走一边低声地对萧青青说："他不是去美国了吗？怎么突然回来了？"

时隔十几年，她又一次看到了林瀚泽。岁月好像没怎么在他身上留下痕迹，他依然俊美潇洒，言谈之间难以遏制小小的自得，他对她只是点了点头。看到林瀚泽的态度，李媛有点生气，但又若无其事地走过来拉起萧青青的胳膊："装什么牛逼呀！"转身优雅地走开了。

酒店的礼堂里布置得充满了怀旧的色彩，音乐缓缓流淌，大屏幕上循环播放着大家当初的各种照片，学校影像，留言簿，甚至大学餐厅的饭卡。大家站着的，坐着的，人声鼎沸。这里面有真情而激动的眼泪，也有客套的寒暄攀附。聚会，大抵都是如此。萧青青坐在沙发上，起初一言不发，偶尔给别人打个招呼，还是像多年前在学校那样沉默。当李媛在同学中转了一圈再回到她身边的时候，萧青青突然胃疼起来，接着大汗淋漓。同学们赶紧围过来问她怎么回事，要不要紧。只有他远远地看着，神色紧张，手足无措。萧青青的泪水毫无预料地流淌下来……十几年的光阴似乎猝不及防，他却真的成了陌生人。

读书的时候，他们是恋人。他经常会惹萧青青生气，每次萧青青生气的时候都会不理他，无论他怎么道歉都没有用，这样的时候他就会假装胃疼。然后，他会在萧青青的紧张和道歉中哈哈大笑起来。这个方法屡试不爽，林瀚泽称"胃痛"

是他的制胜法宝。可是，在他们分手的那天，萧青青却觉得胃疼痛难忍，几乎要呕吐出来，她哭得一塌糊涂。后来，每次她不开心或者难过，都会胃疼。这个毛病一直跟着她走到今天。过了一会儿，不但没有缓解，反而疼得更厉害了。李媛只好送她去医院。

李媛开着车，一路上只听见萧青青抽噎的声音。

第二天一早，她还没有起床，手机就发出猛烈的振动。她拿过手机看也不看就塞到枕头底下，然后赌气似的把被子拉过头顶。不一会儿，她又从被子里钻出来，无奈而生气地说："谁啊？这么早。"她闭着眼睛，头沉沉地靠在枕头上。

"我，瀚泽。"

她突然睁开眼睛，看看手机，不错，显示的确实是一个陌生的号码。曾经那个熟悉到骨子里的号码，那个用了5年时间才忘掉的号码真的不见了。一瞬间，她几乎落泪。

"嗯……你的胃痛好了吗？"

"嗯。"

"那个……我，我会在青城待几天，我们见个面好吗？"

"不。"她想也没想就拒绝了，她不知道现在见他会有什么意义。这个人是她这一辈子最牵念却又最不愿意见到的人。

"我，想见你。"

"不。"她果断地挂了电话。呆呆地坐起来，这一次，她突然觉得心里空空的。过去似乎真的像一幕老电影，渐渐隐没了情节。这个人，真的在我生命里存在过吗？如果是，为什么我突然一点儿也记不起他的模样，心里只有一个模糊的轮廓。明明是昨天还刚刚见过，可是却像过了一世……莫非，是梦里的孟婆汤真的被喝了下去？

萧青青觉得这个人突然就变得不那么重要了。这十几年来，她以为他和她一样对彼此难以忘怀，但是，昨天那个眼神让她感觉他再也不是十几年前那个可爱的人。他变了，他成了有心事的人。然后，她把手机关了，一直到元旦假期结束。

她谁也不想联系。

上班的路上，她遇到了张欣怡。

“嗨，青青，听说你大学同学林瀚泽回来了？”

“是的，他来参加同学聚会。”

“王凯知道吗？”

“他……可能知道吧。”

“唉，这个王凯也真是的，守着这么个如花似玉的媳妇还不知道珍惜。青青，我跟你说，他王凯就是一个混蛋，你自己要想开。”

青青艰难地笑了笑，没有说话。王凯的事情，已经是这所学校人尽皆知的事了。她没有办法堵住任何人的嘴。虽然，大家对她的同情更多，可是她仍然觉得很难堪。她不想成为被别人议论的话题，尤其不愿意成为别人同情的对象，她觉得这个世界上总有一些人以为自己是救世主，什么人在他们面前都是可怜的，可悲的，一定是过着悲惨生活的，他们随时摩拳擦掌，期待成为别人的救星，而他们自己却不知道，没有哪个人不讨厌他们的行为和假惺惺的关心。她虽然长得文弱，但是心里并不希望别人把她当成可怜的秦香莲。她从来不在任何一个同事面前控诉王凯的罪过，哪怕他已经很久不回家，甚至在婆婆生病住院的时候，他都没有出现在她的视线当中。

萧青青满腹心事地上完了两节课。一回到办公室手机就来了信息：“青青，我们见个面吧。”她没有回复这条信息，只是呆呆地望着窗外。外面灰蒙蒙的，北方的冬季就如同迟暮的老人，余下的除了灰暗就是光秃秃的树枝和冷冷的北风。阳光偶尔也是明亮的，但是对于这个严重污染的小城来说也算是奢侈了，“青城”这个名字总是让人觉得讽刺。因此，萧青青不喜欢冬天。再有一个原因，就是一到冬天，萧青青

的全身都是冰凉的。医生说她是寒凉体质，于是她老觉得自己结婚这么多年都没有生个孩子可能和这个有关。

读书的时候，瀚泽的手总是热的，每次上大课的时候他都是把她的手紧紧握在手里，不用很长时间就能把她的手焐热。为此，他总是要回头再誊抄别人的笔记。

大二那年的元旦，雪下得非常大。满天满地都是飘飘洒洒的雪花，世界在一个下午的时间彻底改变了模样，银装素裹，宛若仙境。夜晚的灯光在一片银白的世界中晕染出淡淡的秋天橘子的颜色，每一口呼吸似乎都萦绕着香甜而浓郁的味道。艺术系的琴房里一如既往地悠扬着美丽的琴声，她似乎还可以听到雪花簌簌而落的声音掺杂其中。在那样唯美浪漫的夜晚，他们似乎不知道冷，牵着手走遍了整个校园。在女生宿舍门口，他恋恋难舍。他们一次次吻别，又一次次拥抱。他说这样的夜晚不应该是相思难耐的，应该是两个人围坐在火炉边，静静地相互依偎，听彼此的心跳。她感动而憧憬，内心闪现出大胆的渴望，这个晚上，她很想和他在一起，直到天亮。

就是那个纯洁到近乎虚无的夜晚，他们真正拥有了彼此，年少痴情的日子啊。望着床单上的落红，萧青青哭了，瀚泽则是温柔地紧紧搂着她，什么也没说。他们和所有那个时代相恋的大学生一样从不去想未来，无关财富地位，无关海角天涯，无关世俗，只是恋爱。

萧青青此刻似乎又闻到了林瀚泽身上淡淡的檀香味。这样的味道印象太深了，以至于她觉得自己完全被这种香味控制了，甚至，在很长很长的时间里，她完全不能接受王凯的体味，她觉得自己似乎一辈子都会寻找檀香味。

她叹了口气，见就见吧。她想起最爱朗诵的扎西拉姆·多多的诗：

你见，或者不见我
我就在那里，不悲不喜
你念，或者不念我
情就在那里
不来不去

你爱，或者不爱我
爱就在那里
不增不减

你跟，或者不跟我
我的手就在你手里
不舍不弃

来我的怀里
或者
让我住进你的心里
默然相爱
寂静欢喜

“是啊，”她想，“见或者不见，我就在那里，不悲不喜。”只是她觉得自己和林瀚泽的那些往事就如同宿命一样，相爱在冬季，分手在冬季，如今世事沧桑，十几年之后的再见，还是在冬季。命运从不曾给予他们春天，因此也从无希望。

他们约在了常青藤茶馆。

青青到的时候，瀚泽已经坐在沙发里等着，见她进来便起身招了招手。青青还是要了柠檬茶，她喜欢那股酸酸的味道。她盯着水杯里起伏旋转的柠檬片，突然觉得自己就像那茶里的柠檬，无论曾经多么饱满美丽都会被生活这杯水浸掉了颜

色，消除了味道，最后只余下一片苍白。心里想着，嘴角便不经意地苦笑了一下。然而这一笑，却落在了林瀚泽眼里。

“你，还好吧？”他们异口同声地问。目光相遇的瞬间，都笑了起来。

“你，还是那样。”林瀚泽说道。

“嗯？哪样？”青青略显恍惚地问。

“多愁善感。不过，你还是那么好看。”

“是吗？”萧青青尴尬而习惯性地抿了抿嘴，“你也没怎么变，只是更成熟了。”

“……”他也是笑了下，用手梳理了一下额前的头发。萧青青发现他的额头竟有一道短短的伤痕。

“你的额头是怎么回事？”

“呃……”他犹豫了一下，眼里闪过刹那的悲凉，“我爱人用手机打的。”

“你爱人？为什么会打你？”萧青青睁大了眼睛难以置信地问。

瀚泽不知道该怎么说好，过了一会儿说：“其实，人往往不是你看到的那个样子。不了解她的人都觉得她优雅端庄，很有学识修养。她心理不太健康，有时候会很情绪化，难以控制。她太要强了，所以不懂得舒张，她的公司在前几年的金融危机风暴中倒闭了，她始终转不过弯来，所以精神难免紧张。”他叹了口气接着说，“其实人这一辈子多短啊，要那么多钱干什么。以前不觉得生活有多少遗憾，以为自己比很多人都过得好，要什么有什么。可是现在才觉得，健康和爱才是最值得珍惜的。”说完，他沉沉地叹了口气。

“你会觉得很累吗？”萧青青凝视着林瀚泽的肩膀，那里宽阔依然。

“累。有时候我都不知道该怎么办。面对她时总是会觉得无助，似乎我们很难在某一件事情上达成一致。”他难掩疲惫，无论他的着装多么时尚，多么价值不菲，他的眼神在元旦那天就告诉她，他是不幸福的。

“你呢？”他盯着她的眼睛问。

那一刻，她不知道该怎么回答。她装不出幸福的样子，生活乏善可陈。可是，在这个曾经相爱过的人面前，她不想表现出任何的沧桑疲惫。她不想被他同情，她害怕他的同情和歉疚。

“还好。”她轻描淡写地回答了他。

两个人突然不知道该说什么了。那边有个弹钢琴的女孩，忧伤的白裙子，散着长发，她弹的竟然是《各自远扬》。这个女孩子，拥有着电影里那个友子一样美好的年纪，是什么能让她如此哀伤？萧青青觉得这乐曲忧郁极了，是一种无奈的爱的道歉吗，还是这个女孩也如同十几年前的她一样遭到了背叛？她不能再听下去了，深情原来也是一种毒药。只是，曾经相爱的两个人此去经年之后，坐在一起是那么陌生而难堪。空气像凝固了一样，萧青青的胸口急剧地憋闷起来。

她执意要独自离开。走出茶馆的瞬间，她心里竟突然想起王凯，忍不住恍惚了一下。她和王凯一起生活快十年了，可是怎么一点也记不起王凯对她是什么样子呢？这个被唤作丈夫的男人竟然如此陌生。她看见路边的女贞树上蒙了很多灰尘，几乎看不清叶子是什么颜色。

路上的车很多，川流不息。突然，她看见旁边的酒店门口停着王凯的车，白色的宝马，在太阳底下闪着耀眼的光，王凯下车后又赶紧跑到后面打开了门，从里面下来一个身段优美的女人，然后她挽住他的胳膊向里面走去。她很久没有见到王凯了，此刻这个人就在这座酒店里，可是她却胆怯起来，就这样去找他，会怎么样呢？即使见了面，能说什么呢？或者，他若是和什么人在一起，自己该多么尴尬。这样想着，她的胃开始隐隐作痛，难道，自己并不是像自己所想象的那

么不在乎王凯？

王凯一直为进了学校当老师而郁闷，他厌弃虚假的教育，讨厌封闭而无趣的大培训班一样的学校，讨厌写无休无止的造假材料，所以，工作两年之后就辞职不干了，他和朋友合伙注册了一个电脑销售公司，萧青青从来不去，所以从来不知道那个破公司是怎么经营的。可是几年折腾下来，他们竟然折腾出来一片天地。由于萧青青常年带初三毕业班，所以两个人难得有机会交流。慢慢地，家成了一个空房子，一个人在，就总有另一个人不在。

晚上，她泡了一碗面，独自打开电视机，没有开灯。韩剧一直是办公室里那些女人的最爱，可是她从未完整地看过任何一部，所以并不觉得有多好。此时，她看到电视里那个女主角面对离去的爱人的背影号啕大哭，她的眼泪也跟着淌了出来。

突然灯亮了，把青青吓了一跳。她完全没有听到开门的声音。

"你怎么了？"王凯看到她满脸眼泪，吃惊地问。同时他看见了电视机里面那个不断抽噎的女人。"唉，韩剧会骗死人的。"他咕哝着，径直走到沙发边坐下来。

萧青青的脸上缀着晶莹的泪珠，神色忧戚地看着他的脚问："你不换拖鞋了吗？"

"哦，"他犹豫了片刻，"我有点事情跟你说，然后我还有事，马上就走的。"看到茶几上的泡面，他接着说，"又吃这个？"

"是。你需要一杯水吗？"她问，一边拭去了脸上的泪。

"好的……哦，不用了。"王凯显得有点慌乱。

萧青青还是起身去给他倒水，心里难过得要命，是什么时候开始，两个人的距离这么远了呢？客气得让人悲伤。王凯看着萧青青的背影不由得叹了口气，这个女人瘦了，那些美丽的笑颜是什么时候再也看不见了的？

萧青青端着王凯的水杯回来的时候，脸上竟然露出了一点浅浅的微笑。她说："王凯，我突然觉得非常抱歉。"

"什么？"

"我这段时间一直在反思，我好像不是一个合格的妻子，刚才给你倒水的时候才发现，我很久都没有给你倒过水了吧？"她轻轻地放下水杯，然后走回到自己刚才坐过的位置。

"哦，这个，没有什么关系。你太忙了……我们都太忙了。"王凯意外极了，竟不知道该如何答话。

"今天，我看见你的车停在荔波大酒店门口了。"

"哦，我去那里谈了个项目。"

萧青青不解，甚至觉得有点失望。他为什么不像电视里的那些男人那样撒个谎呢，就说自己没去，是朋友开车去的。他的坦白，她不知道是因为坦诚还是因为没有了爱情。当一个人对另一个人即使明明知道说出来的话是一种伤害，还是不会有一点点的婉转，这是忠诚，还是冷酷？甚至，他都没有问今天她为什么去荔波大酒店那边了。她不想继续这个话题了，她知道继续下去会很尴尬的。"那，你想跟我说什么事情？"

王凯突然不知道该怎么说了，面对她久违的微笑，"离婚"这两个字真的无法说出口来。

"哦，我想回家把我们的户口本拿去用一下。"他随便撒了个谎。

"这不是小事吗，你刚才说有事情跟我说，还把我吓了一跳，以为你有什么重大的事情要公布呢。"萧青青知道，其实王凯今天的突然驾临，绝对不是为了户口本。但是她说不清楚为什么自己并不想让王凯说出他真正想说的话。之前曾经无数次地设想过，与其这样不死不活地拖着这份婚姻，真不如趁早放手，王凯应该有自己的幸福。这些年来，她与

王凯一直宁静地生活着，有很多时候觉得这宁静太过于平淡，曾经想过离婚，甚至潜意识里也希望林瀚泽离婚。这样，他们或许能再续前缘。可是理智告诉她，这一切都是不可能的，如果水能回流，绝对不是因为水对河渠的深情，而是地球出现了问题。这次当林瀚泽来过之后，她觉得自己的意识在慢慢改变。

她想着这些乱七八糟的事情，到卧室的小橱子里找出了户口本，交给了王凯。

然后，两个人就这么站了一会儿，彼此都不知道该说什么。

最终，王凯说："以后，别老是吃方便面了。"

"好的。"她依然浅浅地微笑着。她听出了王凯话里淡淡的关心，更多的则充满了道别的味道。好吧好吧，只要还能看见自己媳妇一个人在的时候吃的是泡面，王凯就不是一个彻底无情的人。萧青青说："你，有时间多去看看咱爸妈吧，二姐过完元旦就回北京了，大姐夫生病了，大姐忙不过来。周六我回家，妈念叨说你很久没去她家了。"

"好的，我会的。"王凯的鼻子酸酸的，说完这些话便再无多话，彼此都觉得尴尬，王凯就支支吾吾地说要回公司。

萧青青抬眼看了看墙上的钟表，已经晚上七点多了，但话到嘴边还是没有说出来。

他下楼的时候，听见隔壁的两口子在大声的吵架，埋怨着对方。心里突然很羡慕，都说"打是亲，骂是爱"，可是萧青青就从来没有和王凯吵过架，她似乎连与他吵架的兴致都没有。她太冷静了，冷静得让王凯觉得恐怖和压抑。他知道萧青青早就知道他在外面有人的事情，他很希望她来质问他，但是她没有，从来都没有。无论她有多伤感多气愤，她都不会在王凯面前表现出来。王凯不知道，这样的隐忍真的是一种美德吗？

他抬头看自己家的时候，发现家里的灯灭了。楼上漆黑一片，什么也看不见。他以为她至少会像别的女人那样倚在阳台上注视着男人的离开。他又一次失望了，突然就后悔自己刚才没有说出“离婚”这件事情来。他郁闷极了，几乎要抓狂，因为被漠视而引燃的怒火似乎就要把他烧着了，对着自己家的窗户，他恨恨地骂：“萧青青，你这个冷漠的女人！”

其实，就在王凯万分愤怒的时候，青青是故意把灯灭了的。她就站在阳台上看他，看他抬头仰望这个家，看他愤怒地打开车门，看他开车风驰电掣般地离去。她只是不想让他了解，不知道什么时候起，青青的心里说不出是自卑还是骄傲，她害怕别人以怜悯的眼光看她。她漂亮，温柔，工作稳定，业绩出色，公婆喜爱，领导器重。唯一的缺憾就是没有生育，没有属于自己的孩子，可是，这一点，她不是曾经跟李媛说过她不在乎的吗？她忍住了哽咽，这件事情，是心里的隐痛。可是王凯，他知道吗？她从来没有跟他谈过这件事情，刚结婚的那几年，他们都不想要孩子，可是等到想要孩子的时候却无论如何都怀不上，渐渐地，两个人就不再提这件事情了。

此时，夜冰凉如水，不，比水还凉。

二

日子就那么不咸不淡地继续着，转眼就是春节了。

这段时间王凯偶尔会有电话打来，也只是简单的问候。电话里，萧青青从来不过分关心，只是淡淡的，浅浅的，朋友一样的客气。可是每次放下电话，她都会生自己的气，为什么就不能热情一点呢？那是丈夫啊。

紧张繁忙的期末考试结束后，学生们犹如吃饱喝足了的野马，一个个欢快地飞奔而去。女孩子们三五成群地穿着漂

亮衣服，作为本学期最后的炫耀，她们曼妙的青春已经被土鳖的校服禁锢得太久了，所有的毛孔都期望张扬自己无穷的活力。萧青青看着她们，才觉得自己真的有点老了。

“嗨，美青，拜拜啦，新年快乐哦。”她的学生喜欢叫她“美青”，意为“美丽的青青”。学生们纷纷跟她道别。青青很受学生喜爱，是他们学校“快乐老师”的冠军。可是她总是跟李媛说，看吧，我只是个快乐老师而已，在其他方面我一点也不觉得快乐。这样的时候，李媛就会很羡慕地说，可是我都没有被评上“快乐记者”啊，真是悲剧啊！

“再见，姑娘们！”她微笑而不失热情地回应她们。

寒假正式开始了，青青突然闲下来竟觉得无聊至极。在家昏天黑地地睡了几天懒觉，好像要把一个学期欠的觉都补过来一样。可是，很快她就觉得需要找点事情来做了。于是，青青约了李媛一起去医院，她想知道自己还能不能生一个孩子。她不敢一个人去，虽然医生并不可怕，但是一进医院她就头晕，而且，她还不知道这是什么时候落下的毛病。

意外的是，他们刚到医院门口就遇见了一个多年没见的人，裴静一。如果不是裴静一先喊住了她们，她们是无论如何也认不出她来的。苍白的脸色，枯瘦的身体，大大的眼睛里空空落落，戴着一顶帽子，那如同黑色瀑布一样的长发不知道是全压在了帽子里，还是没有了，因为青青看见她的脖子后面好像什么也没有。

裴静一艰难地笑了笑：“肝癌。”她顿了顿，“晚期。”

“啊？”李媛禁不住发出诧异的惊叹，“怎么可能呢？你才多大呀？”

“这个和年龄有什么关系呢？”裴静一脸色沉郁下来，“你们如果没有什么着急的事情就陪我走走吧，这个冬天太漫长了，我在屋子里已经受不了了。”

“可是，外面有点冷，我们怕你的身体不能承受啊。”

青青很担心，可是她仍然无法像李媛那样用语言表现出强烈的意外和担忧，只是狠狠地咬了咬嘴唇。

“没关系，也许，下次你们再见我，就只是一张照片了。”

这句话突然地就惹出了青青的眼泪。她忍不住紧紧地握住了裴静一的手：“别胡说。”

李媛的眼圈也是突然就红了，他们搀扶着裴静一来到医院的花园里，这里除了一个长廊，几棵黄杨，干枯的梅花树，赤条条的红叶李之外，荒凉得如同聊斋里的古园。

“看到了吗？人有时候还不如这些树。就是做一棵树也好，曾经茁壮，郁郁葱葱，即使落光了所有的叶子，明年春天，一场春雨过后，它们仍然能够生出绿绿的叶子，仍然能够长得郁郁葱葱。可是人如果凋零了，就什么也没有了，不会有来生。即使有，那也不是我们，我们永远只能活这一次。”裴静一说着，眼神无限哀伤地投向天空，天上是灰蒙蒙的雾霾，像这个世界也得了癌症。

“有时候，我想，人总归是要死的，我又怕什么呢？可是我一看到儿子清澈的眼睛就会心疼，有时候是绝望。”裴静一自顾自地说，偶尔还会沉闷地咳嗽，她们两个只是静静地听。“他太小了，才两岁多一点，什么都不理解。他不知道为什么自己这么小就被送进幼儿园，也不知道为什么爸爸从来也没去接过他放学，他以为自己就是从来只有妈妈。”裴静一的眼泪流了下来，没有什么能比得上孩子在母亲心中的重要了。

“我和牛牛爸爸，哦，我儿子叫牛牛。我们其实很早就离婚了，我太内向，不爱说话，性子拧，这一点跟青青有点像。我们在一起过了两三年因为性格不合就离婚了。离婚以后，他很快地就结了婚。那个女人很好，很开朗，也热爱生活。我虽然觉得痛苦，但是仍然为他高兴。毕竟他能拥有幸福也是我所希望的。”她缓了缓，接着说，“可是我的生活却一

直不顺，离婚后也找了一个人一起生活，可是，很快我就发现，他在老家已经有妻子了，虽然他们一直没有孩子，又常年分居两地，但是他毕竟没有离婚就和我结了婚，他骗了我，我很愤怒。杀了他的心都有。我虽然不会处理婚姻关系，可是我并不想做一个遭人唾弃的第三者，所以没用多久也离了。后来，一个人就那么郁闷地活着，公司老板总欺负我，我就辞职了，自己开了个美容院。后来，偶然的机会又碰见了牛牛爸爸，他看到我过得辛苦就想帮帮我，可是我拒绝了。我不知道自己拒绝他是因为什么……”裴静一喘了口粗气，苦笑道，“也许是女人可悲的自尊在作怪。但是有一段时间我非常想要一个孩子来陪我，于是我主动找了他，希望他能给我一个孩子。起初，他不同意，因为那个时候他妻子也怀孕了，他觉得不能对不起她。可是我们毕竟在一起生活过很长时间，他禁不住我一次一次的请求就答应了我。于是，有了牛牛。可是我不能让牛牛知道他的身世，我不能让他觉得自己的出生像游戏一样。牛牛出生后，我爸爸妈妈彻底跟我翻了脸，他们都觉得我疯了。”裴静一叹了口气，眼里便充满了眼泪。

“那，牛牛爸爸知道牛牛吗？”

“不知道，我没告诉他。他也从来没有打过电话问我，我想，他也是不敢问吧。男人在这样的事情上往往比较懦弱。”她用两只手捂住眼睛，狠狠地吸了口气。

“可是，你如果真的……牛牛怎么办呢？”李媛问。

裴静一的眼泪又流了下来，渐渐地变成了急促的抽噎：“不知道，我不知道该怎么办。现在才发觉自己执意要生牛牛有多自私。”

萧青青的心揪得紧紧的，眼泪早已无法控制。可是她不明白的是，这个时候，她本该为裴静一难过的，但是心里想的却是王凯。这个从来也很难在她心里浮起的人此刻竟然清晰地浮现在她心头。

她决定不去看医生了，如果注定不能给孩子幸福，还是不要让他来到这个世界吧。她们把裴静一送回病房的时候，正好碰见了她的主治医生，医生大声地斥责她乱跑，然后命令护士立刻给她测体温。裴静一笑了笑，说："蓝医生别生气了，我只是去会了一下客。"那个被叫作蓝医生的人便微微笑了一下，转身离开了。

萧青青偷偷地跟着进了蓝医生的办公室，她问："医生您好，我是裴静一的同学，请问她的病情究竟怎么样啊？"

"肝癌，晚期，已经肺部转移。"医生叹了口气，"这个病号很可怜，从来没有亲人来看过她，所有的花费都是她店里的人定期来给交上。听说她有个很小的孩子，可是她恐怕没什么希望了。按照医学来说，她最多还能活两个月。"

萧青青难过极了，也紧张极了。这个曾经那么熟悉的人居然只能再活两个月！她的胃突然抽紧了，脸色苍白，疼痛难忍。蓝医生急忙问她怎么回事，要不要去内科看一看，她摇了摇头，艰难地走了出来。她的心脏也跟着被撕扯一样地难受，医生的话回旋在耳边，这个花一样的生命，真的面临凋零了吗？她蹲在医院的走廊上，头晕得厉害，胸口憋闷得厉害，几乎不能呼吸。

"你怎么了？青青，青青，醒一醒！"

她睁开眼睛的时候，看见李媛紧张地蹲在她身边。

"没事了，媛媛，我刚才有点难受。"她说着又扑到李媛的肩上哭起来，"静一真的只有两个月生命了！"

"青青，啊，青青，不哭，啊，不哭，现在医学这么发达，静一的病一定有办法的。"李媛虽然这么说着，自己也哭起来。虽然这么多年，她们不曾走得很近，可是当裴静一真的只余下短暂的生命的时候，她还是难过得不能自已。

回到家后，萧青青第一时间拨通了王凯的电话。

"你，在哪里？"

“在公司，有事吗？”电话里传来王凯好听的声音，萧青青第一次觉得王凯的声音那么好听。

“你，今天下班能回家来一趟吗？”

“哦，”他沉吟了一下，“有事吗？”

“是的，我等你。”萧青青的心怦怦乱跳，她从来也没有这么紧张过。

可是很快的，她就后悔了，叫他回来能说什么呢？说自己不能离开他，还是告诉他裴静一快死了。似乎跟他说什么都不对劲。但是心里却又的的确确想见到他，哪怕什么也不说。

她打开了家里所有的灯，整个家明亮极了。她收拾完卫生，又开始做饭，炒菜的时候才发现自己竟然不知道现在王凯爱吃什么，她真的是疏忽了这个人。她使劲地回想，终于想起了很多年前，王凯最喜欢吃细细的土豆丝，简简单单的，酸酸的，脆脆的。她试着努力去切，可是累得一头汗也没有把土豆切得很细。最后，她不知道自己是怎么把菜做完的，脑子里全是静一的影子，那苍白的脸色，枯瘦的容颜，深陷的脸颊。她想，只要王凯回来，她能够看见他好好的就行了，至于爱情，先滚到一边去吧。这种感觉让她不能自已，她像疯了一样地开始担心王凯。

做完饭菜，王凯还没有回来，她又稍稍把自己收拾了一下。她发现自己一点也没有变老，美丽和年轻依然写在她脸上。可是以前，她怎么对自己的容貌毫不在意呢？拥有健康的生命是件多么值得骄傲的事情！她对着镜子，仔细地看自己的眉眼、面颊，泪水扑簌扑簌地砸到地上。

过了一会儿，她跑到阳台上，向外面张望。玻璃上立刻笼上了一层水雾，她索性把玻璃窗拉开，伸出头去向楼下张望，外面安静依然。菜的香味渐渐冷却了，王凯还是没有回来。她此刻非常担心他出事，脑子里一会儿出现劫匪，一会儿出现车祸。她已经很久没有过这样的感觉了。想着千百种

可怕的可能，她急忙跑回客厅，抓起电话就打给王凯，可是，电话无法接通；再打，还是无法接通，再打，依然是无法接通。天啊，怎么会无法接通呢？难道？啊，不可能吧。她已经顾不得那么多，此刻只觉得王凯是最重要的人，他不能有任何不测。

出了门才知道，自己竟然不知道该去什么地方寻找这个男人。她没有他任何一个朋友的电话号码，不知道他这一两年和谁走得最近，这样的时候，她才坚信他们真的有了距离，她拿着手机无助地站在冷冷的街上。一辆辆汽车疾驰而过，带来一股股冷冷的风，喝多了酒的年轻人按下车窗对她吹口哨，然后满车的男人都放肆地大笑起来。听着这笑声，她突然就冷静了。回过神来以后，她坚信他不会出事。但是她第一次发现自己是多么失败。这个与自己共同生活了几年的男人有没有烦恼，有没有忧愁，她全都一无所知。同甘共苦这个词显得多么遥远，他们，还是一对真诚相对的夫妻吗？

她忍不住拨了个电话给婆婆，希望王凯能在那里。电话接通了，婆婆的声音显然是没有睡醒的样子，她知道王凯没去那里，否则，婆婆不会这么早就睡的。

“青青，你怎么了？有事吗？”婆婆还是关切地问。

“没事了，妈，我还以为前几天去您那里把围巾丢在那里了，现在又找到了。您休息吧，我明天去看您。”她撒了个谎，她从未在这个婆婆面前表现出自己对王凯的冷淡，所以婆婆一直觉得他们过得很好很恩爱。

“不对呀，我怎么听着有汽车的声音？你没在家啊？”婆婆担心地问，这一问倒把公公给惊醒了，他也披衣起床，来到了客厅。

“青青吗？”他小声地问老伴。

婆婆点了点头，接着说：“青青，你是不是真的有事啊？干吗半夜三更地跑到路上啊？”

"哦，妈，您老就别瞎担心了，我身上不舒服，家里没有卫生巾了，出来买，完了就回去了。您睡吧，别着了凉。"

老太太疑惑地挂了电话，听着萧青青这前后不一致的回答，却再也睡不着了。这个青青，作为儿媳妇简直太完美了，她总说比海清演的好媳妇还让人喜欢。可是她这一年来总是觉得不那么踏实。

"老头子，你说青青是不是有什么事情瞒着我们呀？"

"嗯，"老爷子思考了一会儿说，"其实我早就觉得不对劲了，你想想这一年多来，媳妇儿子倒是都来看我们，可是他们什么时候一块儿来过呀？不是他来，就是她来，一问怎么没一起来，就说对方忙。你说这正常吗？"

"是啊，怎么着也得有碰到一起的时间啊！难道周末也要上班吗？"婆婆听完老爷子的话也深思起来。可是她想来想去也没发现青青在他们面前说过什么不好的话，好像一直都不错啊。

他们议论来议论去，谁也说不上来儿子媳妇究竟出了什么事。

天一亮，老太太赶紧给自己的二女儿打电话。

"霏霏啊，你弟弟最近给你打电话了吗？"

"有啊，妈。怎么了？王凯出什么事了吗？"王霏一接到老妈的电话就吓坏了，还以为弟弟出了事。当年为了生弟弟，这两个姐姐可没少跟着吃苦，弟弟是超生的，被罚了不少钱呢。所以她和大姐对这个弟弟是格外疼爱。

"唉，也没啥大事，我就是觉得你弟弟和你弟媳妇不太对劲。昨天晚上都半夜了，青青突然打电话来，我琢磨着，可能是找你弟弟，你说要是小凯在家，她还能打电话到我这里来？"

"哦，这么回事啊。那我回头问问王凯，是不是有什么事情，您就放心吧。这个事情交给我就好了。"王霏好言劝住了妈妈，接着问，“我姐怎么样啊？姐夫的病好点了吗？”

“好多了，你姐夫没什么大病，就是血压高引起的鼻子出血，现在已经快出院了。你放心吧。楠楠还好吧？”一问起这个外孙女，老太太就乐，“回头你把她给我送过来过几天，反正也放寒假了。”

“不行啊妈，楠楠每天都要练钢琴，下午还得去跳舞，哪有时间啊？”

王霏干脆利落地拒绝了自己的妈妈。自从楠楠学了特长，姥姥已经快两年没见过这个外孙女了。她一听女儿这么说，也有点生气就把电话挂了。“这么小的孩子，霏霏是想累死她吗？”她真是觉得王霏的心太狠了。

就在这个时候，青青开了门进来了。听见婆婆大声地埋怨二姐，她笑着说：“妈，生二姐气呢？”

婆婆立刻笑起来：“没有，我嫌她不给我把楠楠送过来。你们不在家，这家里就我和你爸，大眼瞪小眼，没什么意思，要是有个孩子在身边，倒是会热闹很多。”

听见婆婆这么说，青青不免有点难过：“对不起啊，妈。”

“啊？”这个时候老太太才一下愣住了，心下知道自己无心说的话戳到了青青的痛处。“嗨，没关系，等你和小凯都闲一点儿的时候，你们生一个我给带着不就行了。”她其实早就知道儿媳妇不是不想要孩子，是一直要不上，但是她不敢说，怕青青难过，就避重就轻地带了过去。青青听婆婆这么说，也知道婆婆是照顾自己的面子。心里不由得更加敬爱这个老人。她从来没有在自己面前念叨生孩子的事情，这一点，或许只有自己的婆婆才能做到。

没一会儿，老爷子就买菜回来了。他退休后每天都早早拎着篮子出门，先绕上一圈，然后再捎带着买点菜回来。

“爸，您锻炼回来了？”她接过公公手里的菜篮子，边往厨房走边说，“妈，我觉得我爸退休后越来越年轻了，是吧？”

老爷子听儿媳妇这么说不由得哈哈大笑起来。他是打心眼里喜欢着这个儿媳妇。通情达理，温婉善良，还特别孝顺。每年来看老两口的次数比哪个孩子都多。他一说那几个孩子不孝顺，青青就说，大姐、二姐都忙，王凯又整天不着家，反正自己有假期，时间也更多一点。老爷子哪是不知道自己的孩子忙呢，只是他更希望这些孩子能有更多的时间回家看看。要说霏霏忙也就算了，毕竟她远在北京，一年能来个一趟两趟就很不容易了。可是王羽、王凯也很少回来啊。就算是这样，王羽当医生，忙，王凯是个体户，应该时间自由吧。他也就是这样想想，倒是很少说。今天看见儿媳妇又来了，心眼里不知道有多高兴。

“这几个孩子，就数青青最心疼老人了。”想着想着就说了出来。

听公公这么说，青青回头笑了笑，没有再说什么。

青青帮着婆婆做好了饭，安安静静地吃完，收拾完就离开了。自始至终没有提王凯的事情，婆婆居然也没有问。这一点让青青突然觉得不安。以前每次自己前来，婆婆都会顺口问一句怎么小凯没来，可是这次居然什么也没问。难道，婆婆也察觉出了什么？

三

青青在婆婆家吃过饭便无事可做了。王凯的电话还是无法接通，她不知道到底发生了什么事情。她一个人沿着婆婆家门前的那条马路走，心里空落落的。走着走着，突然有辆巡逻警车停在了自己的身边，倒是把她吓了一跳。

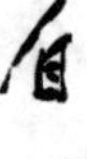

“嗨，萧老师！”一个穿着警服的年轻人一边开车门一

边大声地打招呼。

“你是？”看着这个身材高大的年轻人，她觉得似曾相识，却又实在想不起来叫什么名字。

“我是张俊彦，您第一届学生。当时您教我们语文，雷老师教我们生物。”张俊彦提醒道。

“哦，”萧青青突然大悟似的，“是你呀！现在这么帅，我都不认识了，呵呵。”其实她还是没怎么想起来这个张俊彦，但是印象还是有一点的，只是模模糊糊，不那么清晰。这些年，她觉得自己的记忆力好像越来越差了。

张俊彦听老师这么说，高兴起来，一股脑儿地说了很多上学时候的事，在这个孩子的叙述中，她才发现自己的青春原来也是这么五光十色，她甚至觉得恍惚，张俊彦口中的那个和学生一起跳舞，和学生一起野餐，和学生一起办化装舞会的人真的是自己吗？她曾经给别人创造了那么多的快乐，而自己曾经那么开朗。

“老师您知道吗？那时候我们班男生差不多都暗恋您呢！”萧青青被张俊彦说得笑起来。这个混小子！萧青青心里暗想。

“是吗？那我怎么一封情书都没收到啊？”她玩笑似的问。

“谁敢哪？王老师私底下跟我们说，你读大学的时候就已经是他的目标了，谁也不能动。不但不能动，还得帮忙看着其他男老师，尤其让我们帮忙看住雷老师呢，呵呵，一有风吹草动马上报告的。”他说完狡猾地笑起来。萧青青也跟着笑起来，心里突然感觉到一点潮湿，她从来不知道这些往事，王凯从来不曾谈到，她也从未曾追问过是什么时候起他开始喜欢的自己。

“对了，老师，您知道吗？白冰和她丈夫离婚了。”张俊彦突然问。白冰也是萧青青的学生，只是比张俊彦低一届，但是因为长得漂亮，现在又在电视台工作，所以许多校友都

认识她。

“不知道啊，还以为她的婚姻一直很幸福呢。”青青很惊讶。

“唉，这个白冰啊，她就是太不成熟了，听说她喜欢上一个老板。嗨，不是说现在傍大款也需要资本吗？白冰是长得漂亮，又是电视台的当家主播，不知道会有多少有钱人盯着呢。但是她老公本身也是大老板啊，我真搞不懂她。”听语气，张俊彦不太能理解白冰的选择，“老师，如果有时间，您劝劝她吧，她这样做肯定不会有幸福的。”

“嗯，好的。”萧青青答应了。她想有时间的话就跟白冰谈谈吧。

这时候张俊彦的手机突然响了起来。“喂？什么？哪个医院？哦，好的，我马上到。”

“怎么了？”萧青青看到张俊彦的脸色突然凝重起来，不自觉地问了一声。

张俊彦边把手机放回口袋边急匆匆地说：“我妈病了，在市立医院，我爸一个人看着呢。老师您去哪里啊，顺路的话，我捎您一程吧。”

“不用不用，你赶紧去吧。”她连忙摆手。

“好的，再见了老师，有空再联系您。”张俊彦急匆匆地走了。

萧青青看着疾驰而去的警车，慨叹着时光的流逝。这些当年的毛头小子，现在都成了社会的建设者。一种为人师的成就感油然而生。

张俊彦走远了以后她才想起来，今天该去医院看看裴静一。她刚刚走到公交车站，手机就响起来。从包里拿出来一看，是王凯。

“青青，是我。”王凯客气地说。

这句话突然就把青青内心刚刚燃烧的火苗扑灭了。客气，是陌生人之间的礼貌，它意味着距离。

“知道了。有事吗？”她尽量不表现出淡淡的失望。

“我看到手机上你给我打了很多个电话。”

“是的，昨天晚上打的。”

“不好意思，有事情耽搁了。你有什么事现在能说吗？”王凯问。

“没什么事了。”她挂了电话，没有说再见。

这样的平淡，这样的冷静，这样的漠视。萧青青第一次觉得心里像长了荒草似的难受。站在风里，她忍不住用手按了按胸口。

她在医院门口买了个花篮。医院里还是人来人往，病人真多啊。医生护士连走路都是匆忙的。来到病房，裴静一不在，床边坐着一个20岁左右的陌生女人，正在用报纸给手里的饭盒扇凉。

“你找裴姐吗？”她站起来小声地问。

“是，你是？”

“哦，我是她请来的保姆。”她简单地回答道，同时接过了青青手里的花篮，放在了床头柜上。

青青看了看床头上摆着的饭盒里是淡黄的鸡汤，对那个女人笑了笑。“静一呢？还没吃饭吗？”

“她去做放疗了，还没回来呢，快了吧，十一点半之前应该能回来。”她俨然很熟悉这里的流程。

“那我等她一会儿吧。”

那个女人赶紧给她递过来一个凳子。

“谢谢。”

“我叫刘春，你喊我小刘就行。”

刘春往门口看了看，又抬头看了看病房里的钟表。她说：“要不，你先在这里等着，我去放疗室门口看看去。”

“那，我和你一起去吧。”

刘春把饭盒的盖子重新盖上，两个人一起出了门。刚一出门就看见裴静一被一个护士搀着摇摇晃晃地回来了。小刘赶紧跑过去从护士手里接过来，顺势把静一的胳膊放到自己的肩膀上。可是静一笑了笑说了声什么就拿了下来。萧青青这才发现，裴静一真是越来越虚弱了，才几天没见，脸颊又瘦了一圈。她的眼窝立刻潮湿起来，但是害怕静一难过又狠狠地把眼泪憋了回去。

“青青，你来了。”静一看见青青，觉得有点意外。她没想到这个多年不曾交往的同学能再次来医院看她。

“是的，你不要说话了，到病房再说吧。”青青扶着她的另一边往病房走去。

静一现在连上床都会觉得吃力了，她的身体好像越来越重，自己几乎不能支撑自己的体重似的。看见青青坐在自己的床边，她的眼泪突然涌了出来。

小刘递过去一张纸帕，静一擦了擦泪水。

“先吃饭吧，好吗？”青青顺手拿起床头上的饭盒，轻轻打开了盖子，一股浓郁的香味扑鼻而来，看来，这个小刘的手艺还不错。

“我自己来吧。”静一伸手接过小刘递来的勺子，又从青青手里接过饭盒。可是，她只是喝了几口就不想喝了。“其实，我什么也不想吃。”她说话的声音很小很虚弱。小刘赶紧接过饭盒和勺子，放在另一边床头柜上。然后把枕头往上提了提，紧紧地靠着她的后背。

“小刘，你先走吧，下午记得早点去接牛牛。”静一跟小刘说。

“好的，你放心吧。自己多当心点，想吃什么给我打电话，我晚上带牛牛一块儿来给你送饭吧。”

“不要，这医院不是什么好地方，不要带牛牛来，把他放在店里吧。”静一声音虚弱地安排道。

小刘收拾完东西走了，临走嘱咐青青多陪静一聊聊天，但是不要让她累着。

“这个小刘不错，她对你挺好的。”青青对静一说。

“是啊，她很善良很能干，以前是我家的钟点工，她见我很久没有让她去我家做活就打听了我的事，是她自己找到医院来的。”静一咳嗽了一阵子，脸憋得有点红，眼泪也出来了。

青青一边给静一抚着后背一边说：“我还以为是你请来的。”

“不是，我都这样了，谁会愿意照顾我啊，都不一定能支付得起工资的。”静一不无伤感地说，“她说，她不要钱，只是想帮帮我。她说在这个城市里，我是第一个喊她刘师傅，而且干活不需要看着的人，她觉得我是特别尊重她的人。”

“哦，是这样啊。这个小刘真仗义。”青青也禁不住对这个保姆肃然起敬了。

就在这时，护士拿着住院交款条进来，挨床发。走到静一跟前的时候也给了她一张。“可是，我还没交啊？”静一疑惑地问。

“这个我不清楚，但是既然有单子，就说明你的住院费是交了的。”护士说。

静一没再问什么，但是住院费的事情确实蹊跷。她打算回头亲自去交费处问问。

就在这时，隔壁床的那个病号的儿子来了。他走到静一的床边停了下来，看着静一说:“裴姐，你的住院费交完了吧？”

“是啊，你怎么知道的？”静一惊讶地问。

“那天我给我爸续交住院费的时候，我前面有一个大姐也在交住院费，我听见她说给裴静一交的。我猜可能是给你交的吧。但是我没见她来看过你，所以我又不敢肯定。”他说完就走过去了。

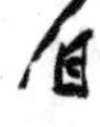

裴静一惊讶了。“大姐！”会是谁呢？她的姐姐寡居，下岗，

靠摆小摊卖里脊肉饼养活自己和一个好吃懒做的外甥，姊妹之间很少联系，有了牛牛以后更是不相往来，父母又不愿意认这个女儿。再说，如果是她们，那个孩子怎么会称她为“大姐”呢？至少也该是阿姨才对。

青青削好了一个苹果，又一点一点地切开，用牙签递给静一。“静一，别想了，只要有钱治病就好了。”

“青青，是你交的吗？”

“当然不是了，如果是的话，刚才那个兄弟就会说出来了。”

静一深深地叹了口气。

“青青，你能帮我一个忙吗？我想把美容院转让出去。”

“可是，我不知道怎么做啊？”青青回答。

“很简单，你到我的店里写张转让的大字，留下联系电话就行了。然后你可以在网上的二手市场给我发布一个出售启事，这样就很快会有结果的。”

“好的。那，我现在就去吧。”青青把苹果放到静一的手里就起身要走，这时，静一突然又哭了。

“你，还会来看我吗？”见青青点了点头，她接着说，“下次带牛牛来吧……我，实在太想他了……”

青青的眼睛也湿润了，一个母亲见自己的孩子，这是多么幸福而天经地义的事情，可是，静一连这件事情都已经是如此艰难。是啊，有哪一个母亲愿意让自己的孩子面对亲人的死亡呢？

出了医院才发现天灰蒙蒙的像要下雪的样子。萧青青拿出手机拨通了李媛的电话。

“媛媛，你现在忙吗？”

“不太忙，你在哪里？”李媛一如既往的欢快的声音立刻传来。

“我在市立医院呢，今天静一的状态很不好。可是，她的住院费有人给续交了，是你吧？”外面的风冷极了，萧青青忍不住往上扯了扯围巾。

“呵呵，”李媛笑了起来，“你可不能告诉她啊。她这个人太要强了，要是知道是我给她交了住院费，她一定会还给我的。”

“是啊，今天让我帮忙给她转让店面呢。算了，要不，你来接我吧，我们见面再说。店面转让的事情我也不懂。我还想和你聊聊，有点抑郁呢。”

“好的，你等我啊。”

萧青青站在医院门口等李媛。路上的人个个行色匆匆，好像这个世界有很多东西突然降落人间，大家都等着去捡一样。自己在别人的眼中是不是也是这样的呢？人们常常只能看到别人脸上的喜怒哀乐，却总是看不见自己脚下的路程，甚至无暇顾及脚上磨起的水泡，疼痛不重要，重要的是赶路的快乐，看谁可以走得更远走得更快。至于遗落了什么，似乎谁都不知道。

可是静一的病让青青突然真实地认识了生命的脆弱和短暂，这个认识让她觉得心酸而悲凉。人究竟能有多少个日子可以用来挥霍和漠视？这样想着，眼泪就盈满了眼眶。她发现自己最近特别容易想哭。

快乐的李媛恰到好处地阻止了青青的胡思乱想。

“上车！”

“亲爱的，来得真快啊，你不在单位吧？肯定在哪儿跟什么人偷情了吧？”萧青青立刻戏谑起李媛来。

“去你的！现在谁还偷情呀，都兴‘秀小三’了。”李媛说完这句话突然觉得有点过分了，王凯不就是“秀小三”的那种人吗。她偷偷看了看副驾驶座上的青青，发现她神色正常，李媛就放心了。

她们一直把车开到了龟山下面的停车场。因为寒冷，这个停车场冷冷清清的，没有什么人来。山上是人工开发的景

观，春暖花开的时候倒也是景色宜人，鸟语花香，小桥流水，泉水叮咚，藤萝茂盛，碧树葳蕤，另有蝴蝶纷飞其间，茂林修竹别是一种情趣。但是此刻，万籁俱寂，似乎能听得到冬眠的虫儿细细的呼吸。

她们沿着人工修建的石阶往山上走去。

“媛媛，我挺羡慕你的。”青青先开了口。

李媛一脸惊讶：“羡慕我？”

“是啊，你喜欢你的工作，干得很出色。你有一对好父母，他们愿意和你住在一起，你每天都能见到他们。你有个好丈夫，对你言听计从，关怀照顾。你有一个可爱的孩子，这些我都没有。”青青是真的羡慕，她一直渴望的就是这样的生活，可是却从来不曾拥有。

“可是，你有一对好公婆啊！这个却是我没有的。我从来都没有见过他们。”李媛也不无遗憾地说。

“是吗？我说怎么从来没见过潘林的父母呢。”

潘林是李媛的丈夫，他们不是同学，大学毕业后，李媛进了报社做记者，原来的男朋友考上托福离开了青城，于是俩人就分了手。这个潘林当时在市政府宣传部工作，是青城最早招考的公务员。因为业务上的一些联系就认识了李媛。一来二去，俩人就成了朋友。他们最初只是一起吃吃喝喝，唱个歌，后来李媛生病，几天没去上班，恰恰潘林找不到她，急得如热锅上的蚂蚁，才知道自己爱上了李媛。这段往事，其实一点也不浪漫。可是每每想起，萧青青都觉得很羡慕。没有那么多的波折，没有死去活来的故事情节，没有眼泪和怨恨。完全不是琼瑶故事里的爱情那样凄苦，也不是现代肥皂剧里的爱情那样浮华，却一样让人难以忘怀。平淡质朴的爱情或许比浪漫更能让人感动吧。

“是啊，潘林的父母在二十年前就去世了，两个人一前一后。最初，是他爸爸出了车祸，没有抢救过来。他爸爸去世以后，他妈妈天天神思恍惚，后来就走丢了，等他们把她从河边找回来的时候，她都被冻僵了，然后就一病不起，拖了个把月就过世了。唉，想想真是惨啊。我老是想，潘林得多么坚强才能活到今天啊。”李媛哀伤的神情让青青觉得感动，虽然在李媛的叙述过程中始终用的是“潘林的爸爸妈妈”这样的称谓，可是这浓浓的深情却宛如对待自己的父母。

那一瞬间，她似乎明白了李媛能够幸福的秘诀。

“青青，你是不是觉得不够幸福？”李媛问。

萧青青叹了口气：“是啊，我觉得我的生活如同这潭水。”她说着，从地上捡起一个小石子扔了进去。水面上立刻荡漾起小小的涟漪，一圈一圈地慢慢散开去。

“可是，我们之前从来都不觉得你的生活是这个样子啊。王凯其实本质上并不是个坏男人，我想他现在的选择一定有原因。”李媛劝道。

青青又是沉沉地叹了口气：“其实我也不知道他外面到底有没有女人。”

李媛看了看萧青青沉重的脸色，想说什么，却又打住了。两个人看着远处山下的城市一时没了语言。这座城市虽然不大，但也是高楼林立，车水马龙，城市的繁华丝毫不逊色于大城市。很多时候，萧青青喜欢倚在窗前看外面，她觉得外面的一切都是那么恍惚，远比不上手里端着的那杯茶实在。于是，她常常觉得无助，在偌大个城市里，她发现自己其实很孤单。她很害怕孤单，却又无休止地迷恋这种感觉。

她们在山上待了一个多小时，天色越来越暗了。这时候，李媛的手机突然响了起来。

“嗨，潘林？”看到是潘林的电话，李媛语气轻快得如同孩子。

电话那边，潘林则着急地问：“你在哪儿呢？要下雪了，你眼睛不好，赶紧回来。要是下了雪，看不清楚路，你怎么

办啊？”

“好好好，我的帅哥！我和青青在一起呢，我们马上回去。你别担心了。”挂了电话，李媛又嘟哝了一句，“跟我妈差不多。”说完，看到青青盯着自己微笑，又突然不好意思起来。是啊，这就是那种平淡的幸福吧。这句简简单单的埋怨也是被爱的宣言吧。

婚姻和爱情，真的有玫瑰才有幸福吗？

青青坐在李媛的车上，脑海里不断浮现李媛的幸福和裴静一的不幸。这两个离她最近的同龄人，命运是多么不同。可是，这命运究竟是什么在主宰呢？

青青回到家后才觉得非常疲惫。也是第一次觉得这个家是那么大，那么冰凉，虽然暖气已经把整个屋子的温度提了上来，可是她仍然觉得冷，是一种由心而生的寒凉。她懒得做饭，于是到厨房拿了盒方便面，在撕开包装袋的瞬间，她想起了王凯的话：“以后不要老是吃方便面。”这句话，就那么突然地闯进心里，居然让她差点落泪，远比那天听他说的时候更让她感动。

倚着冰箱，她却想起了林瀚泽说过的话：“当我们争吵过后，我想起的都是你的好，而你想起的却是我的错，所以，你总是恨我，而我总是更爱你。”

她把方便面放下，走到桌边，打开电脑，把这句话发到了自己的微博上。然后对着渐渐暗下去的屏幕发呆。

这个晚上，萧青青失眠了。

从林瀚泽到王凯，她似乎一直在重复同样的道路。当想起林瀚泽这个人的时候，青青的心里总是会涌进说不清的温暖和疼疼的心酸。她关了所有的灯，耳朵渐渐传来雪花簌簌而落的声音。

她不由得想起了过去。

临近大学毕业的时候，大家都在为自己的去向而烦闷。因为青青学的是中文教育专业，所以她毫无悬念地选择了当老师。林瀚泽则已经考上了南大的研究生。他们似乎没有什么能继续走下去的可能，但是林瀚泽说，无论她选择的是什么样的道路，他都会在某一个时候，与她会合，然后共同走完人生。

在林瀚泽说这话的时候，青青是非常清醒的。林瀚泽是多么优秀的人！他是多少女孩的梦中情人她不知道，但是每次一起在校园的路上散步时，那些漂亮女孩火热的眼神几乎可以烫伤她的心脏。她不是不相信他，只是她不敢许给自己一个未来。可是林瀚泽这样说话的时候，萧青青总是一脸无辜地凝视着他的眼睛说："真的吗？"

尽管如此，萧青青还是开始疏远林瀚泽，她渐渐地对他的珍爱视而不见，他买给她的花，她再也不像以前那么爱护，室友们总能看到宿舍门后边被她扔着的玫瑰花。可是，她开始辗转难眠，开始默默地抽泣。

直到有一天，林瀚泽告诉她："青青，我不去读研究生了。我联系了一个单位，离你要去的学校很近。"

青青惊呆了，但是很快就悲伤而冷漠地说："不行！如果你不去读研究生，我就不去那所学校，我回老家。我会永远从你的视线里消失，你将永远不可能再找到我！"

"青青！你到底怎么啦？"林瀚泽紧紧地抓住萧青青的胳膊，不无难过地问。

"瀚泽，我爱你，可是我必须放弃你。我必须放你走，你懂吗？"她突然哭了起来。

林瀚泽紧紧地抱着青青，眼睛湿润了："好青青，我知道你这段时间有多难过！我知道你不理我不是因为不爱我，而是因为你害怕失去我。我不能让你这么难过，所以我决定不去读研究生。"

青青感动而悲伤，如果一个女人不能给她爱的男人更广阔的天地，至少应该给他翱翔的自由。林瀚泽的父亲在给青青的信里就是这样说的。她不愿意做男人翅膀上的累赘，她不能打着爱的幌子把枷锁当作金链。如果他为了她放弃自己的前程，她即使和他在一起，也不会幸福。

她逼着他去了南大。

青青顺理成章地去了学校，当了一名中学老师。初入学校的青青，漂亮，青涩，青春逼人，带着淡淡的哀愁，如同戴望舒笔下的“丁香姑娘”。很多未婚男老师的心都蠢蠢欲动，王凯就是那个时候开始不断地大献殷勤的。虽然，读大学的时候王凯就知道青青，但是因为林瀚泽的存在，他从未曾有机会表现自己对青青的倾慕。至于那些已婚的女老师，都积极地帮她张罗男朋友。她总是淡淡地微笑，不拒绝，也不去见任何人。而那些男老师，他们甚至看不到她的微笑，背后都叫她“冷面杀手”。后来王凯说，她的存在不知道杀死了多少个人的爱情。这些，萧青青似乎全都看不见。她的心依然在林瀚泽身上。

这一点，她自己说不清楚。明明是自己逼着他离开，却又无法释怀。

因为无处可寄的情怀，她让自己成了工作狂，每天都和学生在一起，读书，备课，上课，批作业，找学生谈心，到宿舍查寝，她的忙碌赢得了学生的喜爱和领导的好评。然而，每一个夜晚，她只能靠不停地上网才能为自己寻来睡意。她知道，学生，是她的事业，不是她的爱人。

工作后的第一个寒假，林瀚泽一放假就跑回来找她。她不给他开门，他就在门外面坐着，拿出萧青青送的日记本，陶醉地念萧青青当年写给他的那些情诗。他一边念，一边不停地品评，念到感动处，他就继续敲门。萧青青只是倚着门低声地啜泣。整整一本日记念完，林瀚泽的声音都变了，萧青青打开门的时候才发现林瀚泽真的开始胃疼了，额头竟然冒出了细密的汗水，她大哭着蹲下来，抱住了林瀚泽。

但是，林瀚泽能感觉得出，萧青青不快乐。可是他又说不出来她为什么不快乐。他们每天相拥而眠，贪婪地需要着对方，每天同时醒来，又缠绵着不肯起床。他们一起上街买菜，一起做饭，一起收拾那个小小的租来的居所，他们像爱护家一样爱惜着那个小小的房子。她买了一本菜谱，每天学做一道菜，晚上就依偎在一起看电视，那还是房东留给他们的电视机，偶尔会出去看场电影。生活似乎美满得不可思议。可是，他仍能感觉得到她是不快乐的。

因为他经常能够感觉得到她即使躺在他的怀里，肩膀也是抽动的。他分不清那是激动还是抽噎。他能感觉到深夜沉沉的时候，她轻柔地却伤感地抚摸他的脸颊。他甚至觉得她每次吻他都像是一次诀别，似乎要把他深深地吸进自己的身体，她的吻，带着一种绝望的热烈。他为此很是恐慌。因为白天，他看不到她的任何异样。她平静得让人几乎窒息。有什么能比得上一个人和你耳鬓厮磨，你却看不到她的心底更让人沮丧呢。

他们就一直重复着这样的生活，说不上来激情，也不缺少温暖。当最初的激动和难分难舍过后，林瀚泽一直觉得他们在一起不像年轻人。她甚至不再生气。读书的时候，瀚泽经常会惹她生气，一句话说不好她会生气，约会迟到她会生气，买饭晚了她会生气，独自出门不打招呼她会生气……可是，现在，她不再生气了。有时候，他看着她笑吟吟的样子反而觉得陌生。

突然有一天，青青说要带瀚泽回老家。她说想回去看看她的爸爸。

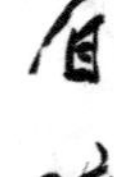

对于这个突然的决定，瀚泽觉得很是纠结。他不知道这个决定意味着什么？青青的爸爸妈妈很早就不在一起了，她

一直跟着妈妈住在姥姥家。再多的，她从未说过。他也从来不问。可是，青青突然的决定还是让他心生忐忑，潜意识里，他觉得青青的爸爸一定是有了小三的背叛者。或者，青青的爸爸一定会严厉地反对他们在一起。

时值春运，他们很不容易才买到火车票。就这样，瀚泽跟着青青回到了她的老家，一个很小很小的山村。

但是让瀚泽没有想到的是，青青的爸爸竟然只是一方矮矮的坟墓，一个没有任何墓碑的小小的土堆！

在她爸爸的坟前，青青连哭都是内敛的。没有声音，只有不能遏制的泪水。她蹲在自己父亲的坟前，久久地沉默，没有任何的语言。瀚泽以为，她至少会号啕大哭，会把自己的委屈全部倾泻出来，她会像别的女人那样用很大的声音来表达自己内心世界的内容。但是，她没有，这和林瀚泽印象中的那个女孩有了很大的差距。他完全不知道她是什么时候变成这个样子的。

“青青，要不，你还是哭出来吧。”瀚泽担心地问。

没有回答，没有摇头也没有点头。最后，她走到一边栽着一棵小树的地方，用手轻轻地扒开了一个坑，从里面拿出用塑料袋包着的东西。一个日记本和一封信。林瀚泽就是在青青爸爸的坟前读完那些日记的，他读完那些日记的时候哭了，他似乎知道了自己和青青的结局。

那些日记是青青的爸爸写的。内容不多，但是时间跨度却很大。虽然每篇文字都不多，但是连起来却成了一个再清楚不过的故事。青青的爸爸在这个故事里仅仅生活了十年。可是这十年，青青爸爸却用尽了一生。她爸爸用生命告诉青青，不被祝福的爱情禁不起时光的摧残，不被祝福的婚姻禁不起冷漠的折磨。

这些年的生活在萧青青的心里留下了很深的阴影。从她妈妈身上，她知道，如果爱你的人不能守在你的身边，未来是很可怕的。她不敢奢望林瀚泽有一天真的会在某个路口等她，或者，是她将待在一个或许永远等不来林瀚泽的路口。她笑着跟林瀚泽说，梦想总是很丰满，现实总是很骨感。林瀚泽很难过，他不知道这个女人究竟是怎么回事。那封信，他没有看。青青不让他看。林瀚泽没有见到青青的妈妈。他始终不知道青青为什么不去看她的妈妈。

他们很快地就回到了青城。回到青城以后的青青，更加沉静了。有一天，青青对林瀚泽说，“无论将来我嫁给了谁，你都是我最爱的男人”。瀚泽问她：“你这句话，是表示要和我分手吗？”

青青没有回答。

林瀚泽走的那天郑重地对萧青青说：“我希望你是一个勇敢的青青，我喜欢的是以前那个敢爱敢恨的青青！”

至此，萧青青像是完成了任务一样松了口气。她不能做勇敢的青青，她已经不再是他喜欢的那个青青。她用自己的平静告诉瀚泽，距离不仅仅是远在天涯，而是，即使身在咫尺，若我躲你，你便远比天涯。

看着火车轰隆隆地向远方奔去，青青对着空空的铁轨狠劲地挥手，一声声地叫着“瀚泽，瀚泽”，泪水再一次地滚落下来。“对不起，瀚泽，我只能做一个逃兵。”然后，她突然地胃疼，心脏也如同被十几只手向四面八方撕扯一样难受。她开始剧烈地呕吐，头晕，然后便晕倒在了站台上。

她醒来的时候，手上吊着水，王凯就坐在她床边的凳子上。原来，王凯陪她妈妈去二姐家，正是坐这列火车回来的。他一下车就一眼看见了萧青青，然后看见她晕倒在站台上。

……

“笃笃笃”，突然传来了敲门声，这让萧青青一下子连汗毛都竖起来了。这么晚了会是谁呢？

她没有去开门，耳朵却警醒地听着门外。

“笃笃笃”又传来了敲门声，这次，她不再紧张了，因为那敲门声听不出恶意和伪装。

“谁啊？”她开了卧室的灯，又打开客厅的灯。手里紧紧地拿着手机，她想，只要有什么不妥，就立刻拨打110。

“我，王凯。”

青青悬着的心立刻放了下来，一边给王凯开门，一边顺眼看了看时钟，已经是快深夜12点了。

王凯的身上落了很多积雪。头上，眼睫毛上都是雪。萧青青赶紧给他拿来毛巾想往下打打，可是王凯说，这样会把客厅弄湿，就径直走到洗手间去打扫了。

“你身上怎么会有这么多雪啊？你没有开车吗？”

“哦，开了。但是我在雪里走了走。”王凯说。

“你一个人？这么晚，一个人在雪里走吗？”青青好奇地问，心里竟有隐隐的不安。

“不是。”他没说和谁，萧青青也没再问。但是今天，她看得出来王凯很不开心。

“那，太晚了……要不，你洗洗睡吧。”萧青青像是建议又像是催促，说完就自顾自地回到了卧室，卧室的门这一次没有关。

可是，王凯却一直没有进来，直到天亮。

萧青青早早起来准备早餐的时候，才发现王凯竟然是在沙发上睡的，身上盖着自己的衣服。他没有进自己的房间，也没有进别的房间，尽管所有的房间都有现成的床铺和被褥。此时，王凯睡得沉沉的，呼吸均匀，眉间紧紧地蹙着，表情却是凝重的。你连睡觉都是有心事的吗？青青看到后暗暗地想。她从房间抱了条毛毯轻轻地盖在了他身上，又细心地给他掖好，然后准备去厨房做早餐。

就在她转身的那一瞬间，她似乎听到王凯沉沉的叹息。可是回头看的时候，他却依然是平静地睡着。

其实，就在萧青青来到他身边的时候，他就已经醒了。他听见她蹑手蹑脚的声音，听见她细细的呼吸声，感觉得到她身上的熟悉的气息，以及毛毯轻轻盖在自己身上的温暖。他知道，萧青青在照顾他。这一点让他觉得有短暂的幸福，可是心底却是酸酸的，“如果你从不曾爱我，就请不要用假象伤害我”，他的脑子里硬生生地蹦出了这句话。

他在她端着早餐出来之前恰到好处地醒了。

“你醒了？”她微笑着，礼貌得如同经过训练。

“嗯。”他应答道。

“那快点洗漱一下，吃早点吧。”

“好的。”说着，王凯就起身去了洗漱间。他对着大镜子看自己的脸，一夜之间，他的胡子就如同野草一样了。脸色憔悴，胡子拉碴，俨然一个流浪汉。他对着自己笑了笑：“可不就是个流浪汉吗？”

吃饭的时候，青青一直低着头，只顾着吃盘子里的煎蛋。

“青青，我……”王凯想说什么，可是突然又停了下来。

既然他不说，萧青青也不打算追问，就当作没有听见一样，于是说：“王凯，我今天没有什么事情可干，能跟你到公司去看看吗？”

“啊？”王凯惊异极了，公司成立三年多了，她从未到那里去过。他心底也是介意的，一直以为，萧青青看不上他的这个小公司，他觉得萧青青根本是讨厌他做个生意人，他一直认为萧青青还是喜欢林瀚泽那样斯文温婉的男人，因为她对男人身上的书卷气非常迷恋。此番听到萧青青这么说，不免觉得迷惑。

萧青青看他疑惑的样子，微微一笑解释说：“我没别的意思，就是去看看，如果有什么不方便，我就不去了。”

“没有没有，你误会了。”王凯赶紧解释，“吃完早点，我们一起去吧。”

可是，有时候你不得不相信一种东西，那就是机缘。

王凯前脚出了门，萧青青后脚就接到了张俊彦打来的电话：“老师啊，你快点来吧，白冰自杀了。在医院抢救呢！”萧青青突然紧张起来，昨天才说有时间和她谈谈，怎么今天就出事了呢。情况紧急，她只好向王凯求助：“王凯，今天我不能去你公司了，你能带我去趟医院吗？”

“怎么了？你不舒服吗？”正在开车门的王凯关切地问。

“不是，是一个学生自杀了，现在正抢救呢。张俊彦打电话给我让我去一趟。”萧青青急急地回答。

“好的，上车吧。”王凯在这个时候表现得非常镇定，开起车子之后，他问道，“刚才听到你说是张俊彦告诉你的，是你教的第一届的那个张俊彦吗？”

“是啊。”此时，萧青青的心思全在白冰身上了，完全没有想起来，王凯是认识这个学生的。

“哦，那是谁自杀了？”王凯接着问道。

“一个女生。”

王凯没有继续追问，他自顾自地说：“现在的孩子太脆弱，禁不起任何的打击，学生自杀这样的事情真是太多了。青青你可不要做什么所谓的好老师啊，那些学生爱学习就学习，不想学习你可千万别逼他们，万一跳楼什么的，你可说不清楚。我为什么讨厌当老师，是因为现在当老师一点尊严也没有！哦，对了，都放假了，这孩子怎么还自杀呢？难道她父母也是逼迫型的家长？唉！”

萧青青解释说：“不是的，是我以前的学生，毕业很多年了。”

“哦，这样啊！”王凯想了想，接着说，“马上就该过年了，她怎么选择这时候自杀啊？有什么事情值得用放弃生命去争取？真是想不通。”

到医院的时候，张俊彦已经在抢救室门口等着了，和他在一起的，还有他的一个同事。

“萧老师，王老师。你们来了。”张俊彦一看见他们夫妻就赶紧过来打招呼。虽然，王凯不做老师已经很久了，但是他那些学生还是喜欢叫他老师。虽说他自己是不喜欢老师这个工作的，但是能够在一些孩子心里被当成永远的老师，他还是很愿意的。

“俊彦，是谁啊？”王凯问。

“白冰。”

“白冰啊？”王凯听到这个名字，语气突然提高了很多，眉头皱了皱，忍不住咬了咬嘴唇。

听到王凯重复“白冰”这个名字，萧青青问：“你也认识的吧？我的学生，和俊彦是校友，现在在市电视台工作。”

“哦，好像……听说过。”

萧青青看着他的额头上的汗珠，忍不住问他：“你怎么了？是不是病了？怎么一直出汗哪？”

“哦，没事没事。我有点头晕，估计一会儿就好了。”王凯给了萧青青一个微笑。

就在这个时候，王凯的手机突然响了起来，是合伙人让他赶紧去公司。这个电话就如同特赦令一样，他马上跟萧青青说自己有事要回公司，就不能陪他们等白冰醒来了。临走，他特地嘱咐张俊彦，白冰醒后，给他打个电话告诉一声。

很快的，医生就出来了。他们赶紧迎上去问白冰的情况。

“没事了。”医生淡然地说。

回到病房以后，白冰似乎还是很虚弱的样子。张俊彦看她没有什么大碍了，就和同事一起走了，留下了萧青青在医院陪她。

萧青青抓着白冰的手，什么也不说。白冰的眼泪便如同断了线的珠子，纷纷滚落下来。

“老师。”她轻轻地喊道。

“哎，我在这儿呢。你一定很难过吧？”萧青青试探地问，女人的直觉告诉她，白冰自杀一定和她的爱情有关。

“嗯。”白冰点了点下巴，“老师，你们何苦要救我呢？”

“说的什么话啊？张俊彦他们接到钟点工的报案就马上赶了过去，你是个人啊，又不是一盆花一棵草。你怎么这么不爱惜自己的生命呢？”萧青青柔声细语地对她说，语气里面有心疼也有责备。

白冰听见老师这么说，心里的委屈似乎一下子涌了过来。“老师，有什么比得上失去一段婚姻，却等来无望的爱情更让人难过呢？”她眼神里有深深的悲哀，这种哀愁，萧青青似乎只在裴静一的眼睛里见到过，那是绝望的眼神，没有留恋，没有生机，甚至没有仇恨。一个人一旦真的心如止水，应该不是修炼到极致，而是对这个世界失望到极致吧。也许，所有的宽容都源自失望。然后，因为理解和接受，所以变得大度和豁达。否则，为什么人越老就越宽容呢？因为这一辈子，他失望的次数太多了。现实，终究不是童话。

“可是，白冰，还记得老师以前跟你们说过的话吗？人这一辈子有很多种死法，唯有自杀最不值得同情。”

白冰听见老师这么说，眼泪流得更厉害了。渐渐地她开始大哭起来，似乎要把所有的不快都泡在泪水里，让他们再一点一点地远离自己。萧青青一直紧紧地握着白冰的手，没有去帮她擦眼泪。她知道，如果白冰的怨气不能消散，即使今天救活了她，她一样还会选择同样的道路，人总得靠自己坚强起来。

她哭了很长时间，枕头湿了一大片。慢慢地，她的情绪平静下来。眼神里开始有了活的气息，不过那是怨恨。

“老师，如果您知道，我爱上的是一个有家室的男人，您会耻笑我吗？”白冰擦干泪水后问道。

萧青青笑了笑："白冰，我不会笑你。每个人都有选择自己感情的权利。"

"你不介意我是一个第三者吗？"

"如果说不介意，你会相信吗？可是，你是我的学生，我就没有鄙视，没有嫌弃，只有同情和关心。"萧青青意味深长地说。

白冰没有接着这个话题说下去，她沉默了一会儿，突然问道："老师，我能问您一个问题吗？"

"好的。"

"您结婚很多年了吧？为什么不生一个孩子？"

"想过。没有缘分。后来就不想了。"

"您不觉得没有孩子的婚姻是不稳定的吗？你们靠什么维系这份感情？"

萧青青的心里突然地被撞击了一下，从来没有人这么入骨地问过这个问题，其实连她自己都没有想过这个问题。是啊，没有孩子的婚姻真的是不完整的吗？那么，有孩子的裴静一的婚姻却从有孩子开始就是不完整的啊。她不知道该怎么回答这个问题了。

而白冰，她似乎并不期待萧青青能够给予她一个完美的答案。就在萧青青努力思索的时候，她接着说："我爱上的这个男人也是结婚很久了，他们也一直没有孩子。他告诉我，没有孩子的家庭就不像家庭，好像是混合宿舍。不生孩子的女人永远也不能成长为真正的女人。"

"为什么会这么说呢？"萧青青既尴尬又惊异地问。这一刻，她突然很想了解那个男人究竟是怎么想的，因为王凯对孩子这个问题从未曾和她交流过，或许那个男人的心态能够帮助自己找到王凯不回家的原因。

于是，白冰陷入了回忆。

"我和他的认识，其实源于一场酒会。酒会结束的时候，我们留下了彼此的联系方式。其实，在很长一段时间内我们是没有任何联系的，那时候，我虽然过得不怎么幸福，但是还算稳定，结婚一年多一点儿，彼此都不想要孩子，所以我们的那个家就像宿舍一样，我前夫是个生意人，整天忙，他几乎没有时间关心我。慢慢地，我也就不奢望他能关心我了。有一次，我们恰好在银座商城碰见了，于是便约了一起吃饭。

“那天，我们都喝了点酒，大概都说了些伤心的话。他似乎比我更伤心一点儿。他说他妻子是他辛辛苦苦追了几年才追到的，他非常爱她，可是她却一直不爱他，这一点他非常清楚。婚姻就如同一潭死水，慢慢地他感觉到压抑，她的冷漠，就像一把钝刀，一天一天地折磨着他，他便渐渐地不愿回家。我呢？我前夫还是爱我的，可是我不能理解他的忙碌，我不知道他要那么多钱想干什么，反正，家里经常就是我一个人。后来，我们就觉得找到了知己一样经常联系，时间长了，我们就成了情人。可是我不想欺骗我的前夫，于是就离婚了。可是，这一年多我才知道，女人要的不仅仅是浪漫，她爱上一个男人就希望这个男人无论从哪个角度都是属于自己的，否则她会很没有安全感。我也一样，我要求他娶我，可是他却说，他不能和我结婚。我问他为什么？他说，他暂时不能离开自己的妻子。”

白冰说到这个地方又开始哭起来，过了一会儿，她擦了擦眼泪，接着说：“老师您知道吗？为了他，我离婚的时候什么都没要，只要能离婚。多少朋友都说我是疯了，的确，我真的疯了。我是那么喜欢他的声音，那么喜欢他沉郁的眼神，喜欢他身上的味道。可是，他怎么能这么对我呢？”

白冰大声地哭起来，萧青青不知道该怎么劝她才好。过了半天，她见白冰没有停下来的意思，就说：“好了，白冰，你冷静一下。”

就在这个时候，萧青青的电话响了起来，原来是李媛约她中午一起去裴静一的店。她才想起来，这个大事今天要敲定，白冰的事一来倒把这件事情给忘了。

萧青青跟白冰又说了些宽慰的话，等护士来到，她就离开了。

出门的时候，她想，得跟王凯说一声，白冰没事了。可是，电话打过去，电话又是没有人接。算了，也许张俊彦已经跟说过了，她心里暗想，这原本就是个不相干的人。

美容院的生意还是不错的，一些顾客都喜欢在中午不忙的时候到店里来做个美容，放松一下。她们到那里的时候，所有的美容师都有序地忙碌着，这让李媛很是惊讶。一般而言，美容院的老板如果不在，美容师就会偷懒。可是，这里却完全看不到，还有一个小孩子跑来跑去，逗逗这个，挠挠那个，可爱得很。

萧青青蹲下身，一把抓住那个小孩子："你叫什么名字啊？"

"牛牛。"孩子奶声奶气地抬头回答道。萧青青的心里突然涌起异样的感觉，好像心里被一只手柔柔地拽了一下。"阿姨，你是来做美容吗？可是这些姐姐都没有空给你做啦，你看她们都忙着哪。"他小人精似的说。

店里的人都笑起来，这个时候刘春从里面的房间出来了，看见是萧青青，她赶紧热情地给她们让座，并利索地给他们一人端了一杯水过来。

可是，萧青青的眼睛始终不能离开这个可爱的小男孩，即使她跟刘春说话，眼睛也是盯着牛牛的。李媛看见她的眼神，开玩笑地说："你莫非是想当人家干妈吗？"萧青青笑了笑。李媛于是也抓住牛牛，跟他说，"牛牛啊，让这个阿姨做你的干妈好吗？"

"什么叫干妈啊？我妈妈叫静一。"牛牛天真地问。

"干妈也是妈妈，就是和你一起玩，给你买漂亮衣服和好吃的东西的人。"李媛费劲地解释道。

“哦，这样啊，”牛牛歪着头想了想接着说，“那阿姨，你就当我的干妈吧。我最喜欢的就是恐龙蛋玩具。”牛牛恍然大悟的样子让所有人都笑了起来，萧青青更是笑得眼泪几乎都出来了。

刘春见故，也笑起来。她给他拿了本拼图让他在桌子边玩。

萧青青问她：“牛牛今天怎么没去上学啊？”

李媛接着说：“今天是周末啊。”

“哦，我一放寒假就不知道是星期几了。”萧青青才想起来，自己的确不知道今天是周末了。

“下午带牛牛去看看静一吧？”她像是给她们两个商量，又像是自己做了决定。

“好的。”刘春和李媛同时答道。

“我现在能带牛牛出去玩会儿吗？下午我们在医院见。”萧青青像着了魔一样，非常想带这个孩子出去玩玩。她看见他的第一眼就喜欢上了这个孩子，当她看着这个小孩子的时候，内心会激动，会充满一种柔柔的感觉，她说不清楚，可是却无法控制想要亲近他的愿望。她想，也许这就是母爱吧。

她们带着牛牛去了室内游乐场。萧青青看着牛牛坐摇摆车，带着牛牛骑旋转木马，带着他去划小船，玩遍了所有这个年龄的孩子能玩的一切游戏，牛牛开心极了，萧青青也觉得自己的心灵突然因为这个孩子而变得丰富了一样。

后来，她跟李媛说，这个孩子让她体会到了别样的心情。

在去医院的路上，牛牛躺在萧青青怀里睡着了。看着他熟睡的脸庞，萧青青竟然有种想哭的冲动。

李媛说：“青青，你一定是个好妈妈。”

萧青青没有答话，心里却悄悄浮起一个愿望。

裴静一看见牛牛的瞬间眼泪就流了出来。

她有些激动，萧青青看见她的手不住地哆嗦，她紧紧地抱着孩子，生怕被谁给抢了去一样，然后，她久久地吻牛牛的脸颊、额头。她不说话，病房里静得让人心酸。所有的人都忍不住悄悄地擦自己的眼泪，当母爱也只是弥留，母亲一定希望在一瞬间把自己所有的爱都倾注在孩子身上，并且能够留下永远的痕迹。

牛牛完全不知道妈妈为什么会哭得这么厉害，但是看到妈妈哭，他的小眼睛也忍不住红了。“妈妈，我给你擦擦眼泪。这样，打针就不疼了。”牛牛奶声奶气地说。

“好儿子！”裴静一忍不住的眼泪更加肆虐。

“妈妈，我有干妈了！”牛牛一只手给妈妈擦眼泪，一只手指着萧青青，突然大声地说。

静一看看萧青青，眼里也露出感激来，她紧紧握住牛牛的手，看着他说：“牛牛，真好！都有干妈了！”说着，眼泪又一次滚落下来。

“是！阿姨说干妈也是妈妈，我就有两个妈妈了！”牛牛说完特意看了看李媛，眼神里满是小小的骄傲和快乐。

“是的，以后啊，牛牛就有两个妈妈可以陪你玩了。”李媛捏了捏牛牛的小脸蛋，慈爱地说道。

“妈妈，你可要听医生的话，赶紧好起来，我想和两个妈妈一起去划船、放风筝。”牛牛的声音柔柔嫩嫩的，像五月的小鸡崽那尖尖黄黄的嘴发出的声音。

牛牛的话，让人欣慰又让人心酸。这个小小的孩子，他什么都不知道，他不知道这个给了他生命的女人很快就要和他永远分开了。萧青青听到牛牛这么说，心脏突然抽得紧紧的，那一瞬间，她似乎看到死神正向裴静一招手。

裴静一很希望能多抱这个孩子一会儿，可是牛牛却挣扎着想出去玩，毕竟还是个小孩子。于是，刘春就把牛牛带到楼下去了。静一看着自己儿子一蹦一跳地跟着刘春出了门，眼泪又不能抑制地滂沱而出。

过了一会儿，她突然对李媛说："李媛，谢谢你！"

李媛一时间没有反应过来，忙问："什么？"

"谢谢你给我交住院费，可是，我却不知道该怎么感谢你。"静一真诚地说。

"哦，"李媛不好意思地笑了笑，"说什么呢？"

"青青走了以后我去问了收费处的大夫，她说交钱的人太多，也记不住究竟是谁给交的。但是他们有监控，可以去查查录像，所以我就看到了，原来是你交的。"

"呵呵，静一，我们都会帮你的，希望你能和牛牛一起去放风筝呢。"李媛没有让静一继续说下去，她不愿意让整个病房的人都看她。

"青青，我店面的事情处理好了吗？"

萧青青还没来得及回答，李媛就接着说："好了，好了，我一个朋友听说你的店面要转让，她托我跟青青说这个事呢。我看她挺有诚意，也就没有再登转让启事。"

"哦，那就好了。"

萧青青一时间没有闹明白怎么回事，哪有什么朋友啊，李媛根本没有谈起有这么个人。她担心现在经济不是那么景气，这么大一家美容院不会有人能在短时间内接手。她们讨论了半天也不过就是商量一下该怎么拟写转让启事，李媛并没有说有这个朋友的事。

裴静一的身体状况似乎越来越差了。她不断地咳嗽，不得不开始吸氧。萧青青看着静一的样子，心情说不出的难过。

从裴静一那里出来之后，萧青青让李媛先走，她便拐到了白冰那里。

医院的走廊静悄悄的，平时的人来人往今天全然不见。萧青青刚想抬手敲门，却听见病房里有人在说话。

"你这样做是在给我施加压力吗？"一个男人似乎努力

隐忍着压低了声音说。

“你是这样认为的？”白冰的声音有点哽咽。

“要不然是什么？你不能这么逼我！”这声音显得苦闷至极。

“是的，现在我知道了。”

接着，病房里沉默起来。

萧青青犹豫着要不要进去看看，心脏却莫名其妙地突突乱跳。她想，白冰这个时候一定不想让别人看见那个男人吧。可是，那个男人在这样的时候仍然能够来到医院探望，也可以看出他也许真的是爱白冰的，可是既然如此，他又为何不肯和她结婚呢？这样想着，她又想起了王凯，也许，他和这个男人一样？她突然发现自己真的一点也不了解男人，不知道他们究竟在想什么。苏童曾经说过：“男人都有一个美丽的梦想——三妻四妾。”难道，这些男人真的都是如此吗？倘若是这样的话，男人就太可恶了。

她叹了口气，捂着胸口，转身离开了病房。可是不知道为什么，她在离开的那一瞬间居然感觉这所医院的某个角落很熟悉似的，她下意识地回头看了看白冰那间病房的门。

外面的积雪已经化得差不多了，地面露出斑斑驳驳的黑色来。萧青青原来不太喜欢雪，总觉得雪飘落的时候很美，可是一旦落下就成了丑陋的帮凶。它遮盖着一切的杂乱和污浊，凭空地给人制造出假象的温馨和浪漫。然而，自从和瀚泽情定雪夜之后，她对雪有了崭新的感情。可是，今天看见这些犹如女人的残妆的雪，她的心里还是涌进了些许悲哀。即使在纯如白玉的雪天开始，爱情也终究难逃俗世的诅咒。

美丽，总是不能长存。

还没有走出多远，萧青青就看见王凯的车疾驰而过。

她站在那里，回头望了望远处，心想，公司不在这条路上啊。

四

商店里熙熙攘攘，洋溢着喜庆的氛围。毕竟是临近春节了，大家不管日子过得怎么样都会在春节来临的时候置办很多年货，生活总是充满了希望。萧青青看着商店里色彩缤纷的商品也忍不住走了进去。她已经有几年不置办年货了。刚结婚的时候还会买点喜庆的挂饰装扮一下小家，可是这几年，她几乎想不起来家还需要装饰。朋友偶尔到访，都会对她的家产生好奇，这个家太过于整洁，也太过于冷清了。除了家具，没有任何的装饰，甚至一个小小的中国结都没有。那些曾经旧了的东西，都被萧青青扔到纸箱里，堆了起来。朋友曾经开玩笑说她扔掉的不是物件，而是对生活的回忆，更重要的是扔掉了热情，她当时很不以为然。但是现在看来，朋友说的话似乎是真的。

她决定买点东西回家，把自己的家打扮一下。

当萧青青满载而归的时候，天已经很晚了。城市的道旁树上都被园林处的工作人员挂上了缤纷的彩灯，在夜晚的寒风中，这些闪闪烁烁的小灯泡让人觉得恍若仙境。生活真的是美好的，可是之前，她从未曾感觉生命可以绽放光芒，哪怕微弱。她很少关注周围自然的变化，春去秋来，淡然如斯。因此，当她回忆这一年的时候常常觉得抑郁，她甚至觉得自己如同生活在灰色水泥洞里的老鼠。

但是这个晚上，她脑子里不断浮现着裴静一、白冰。这两个女人，一个生命即将结束，却对生活充满了留恋；一个正值风华，却宁愿因为爱情而选择自我毁灭。求生与求死，主宰其选择的究竟是什么呢？她不知道。

她只知道在这个晚上，她将用自己的双手重新收拾出一个崭新的家。此刻，她对生活充满了新的热情，内心突然而生的激情几乎让自己落泪。不管未来怎么样，今年，我要好好过。她暗暗地想，不由得加快了脚步。

当她兴致勃勃地打开自己家门的时候，发现家里的灯亮着。其他的一切如常。就在她疑惑不已的空当儿，王凯神色忧郁地从卧室出来，手里夹着半根烟。

她对他的出现多少有点意外。

“你今天不忙？”萧青青微笑着放下手里的东西，看着王凯温柔地问。

“嗯，”王凯吞吞吐吐地答应着，“我们出去一起吃个饭吧。”

面对王凯突然的邀请，她心里开始忐忑起来，这个人，究竟要干什么呢？没来得及换衣服，萧青青就这样被王凯拽出了家门。

萧青青看着王凯，心里说不出的迷惑。一出门，萧青青说：“王凯，我们能去吃米线吗？”

王凯听到萧青青这么说，突然就笑了，他像过去那样轻轻地拍了拍青青的头发：“好啊，你可真会给我省钱啊。”

王凯的大手温柔地停在萧青青头上的时候，萧青青突然觉得想哭，身体竟然有点发抖。

她记不清王凯陪她吃了多少次米线，这些年来，米线这种小吃简直成了她怀念林瀚泽的方式。因为林瀚泽喜欢吃米线，他们恋爱的时候没有钱，就经常一起去吃米线。渐渐地，萧青青也就喜欢上了米线。可是王凯是不喜欢的，但是因为萧青青喜欢，他一直都愿意陪萧青青去吃米线。这一点，萧青青一直觉得对不住王凯，他从来不知道自己真心陪伴的女人这么些年来始终把另一个男人放在心里。而他，几乎是帮助这个女人守护着她早已死去的爱情，他陪着她一起哀悼，自己却全然不知。

其实，萧青青是问过他的，为什么自己不喜欢吃米线，

可是却愿意陪她来吃。他说只要她喜欢，他就高兴。

萧青青心里很明白，王凯是喜欢她的。可是，她心里始终爱的就只是林瀚泽。即使郎已娶妾已嫁，她始终不能忘怀。

来到米线店以后，她还是按老样子给自己要了不加辣椒的米线，给王凯要了馄饨。可是王凯说，他今天也想吃米线。萧青青不说话，边吃米线边等着王凯摊牌，可是王凯竟然什么也没有说。只是愉快地吃完了米线。

这一点让萧青青又是很疑惑。离开米线店的时候，萧青青告诉王凯说："王凯，我以后再也不吃米线了。"她知道王凯听不懂这句话。

王凯只是笑了笑，告诉青青只要想吃，随时都可以来吃。青青没有答话，也是笑了笑。

两个人并肩走着，城市的夜晚不像夜晚，到处都是嘈杂的人群，震天的音乐如同乱舞的群魔，在不同的广场和街边花园撕扯着行人的耳朵，被黑夜掩饰的灰尘混着夜市小贩的吆喝拥挤着进入男男女女那备受污染摧残的肺部，疾驰而过的车辆常常引来一阵惊恐的尖叫，换来大声的辱骂。不知道什么时候起，城市越来越疯狂。

还是萧青青先开口说了话："王凯，你其实是有事情要跟我说吧？"

王凯看了看萧青青："是啊，有事……"他沉吟了一会儿，突然说，"青青，我……我们……"他吞吞吐吐，始终难以开口，但是他的为难，萧青青还是读懂了。

"你是想说，我们分开吧？是吗？"

"青青，我……你知道的，我其实不愿意和你分开。可是……可是，我……"

"没关系的王凯，可是我有一个条件。"萧青青似乎早就预料到这个结局，她很镇定。

王凯显然被萧青青的爽快给弄蒙了。

“我们分开可以，但是不能离婚。我需要时间去整理一下自己。我想，你也应该需要时间，对吗？”萧青青顿了顿，接着说，“我们都需要好好想一想。”

于是两个人在路边分了手。萧青青一个人朝家的方向走去，王凯久久地站在原地不动。

看着萧青青离去的背影，王凯忍不住哭了。他突然觉得特别无奈，他是真的不想萧青青离开自己，可是这么长时间以来，萧青青对于外界传得沸沸扬扬的婚外情始终不闻不问，他不知道这个女人究竟是因为宽容还是因为无情。面对她的冷漠，他觉得委屈和无助。她是那么决绝的一个人，他觉得自己无论如何都走不到她的内心，即使结婚已经快十年了。然而，当离婚真的摆在眼前，他还是久久地心痛。这个女人，他爱了她那么多年，如同一棵树长在了心田上，当它根深叶茂的时候，却要连根拔起，这份疼痛如何了得？

王凯从来没有感觉到生活是如此残酷。选错了行可以改行，那是迎接新生活的开始，可是一段无望的婚姻却只能让爱着的那个人肝肠寸断。尽管，路边的灯光如同白昼，但是王凯的眼里却一片迷蒙。他不知道自己这个决定是否正确，不知道萧青青是不是也会像自己一样难过。

而萧青青呢，她没有王凯那样难过。她觉得自己今天比任何时候都清醒，她知道自己要干什么。

回到家已经是接近晚上九点了，可是萧青青毫无倦意。她换了衣服，把白天买回来的那些小玩意儿全部从袋子里拿出来，她认真地测量比较，一件一件地挂到了门上、墙上。她脸上洋溢的是从未有过的热情和兴奋，这一点无论怎么看也不是个刚刚被通知要离婚的女人。所有的东西都挂完了贴完了，她环视着自己重新布置的房间，总觉得少了点什么。对，是老照片！她立刻翻箱倒柜地找出了很多经年的照片，太多了，整整三大盒子！她跪在地上，一张一张地挑选，看

着看着，她的眼睛湿润了。原来，她和王凯竟然有那么多的合影，可是为什么那些快乐的往事从不曾记起呢？她凝视着一张四年前的照片，那时候，他们似乎也是很幸福的，要不然，她脸上的笑容不应该是温暖而宁静的。她一张一张地翻看，一点一点地回忆，慢慢地，过去似乎都活了起来。那些温馨，那些笑声，那些相依相伴的日子，原来，她什么也不缺少！

可是这两年，他们的身影却没有凝聚在任何一张照片里。

她的眼泪终于不可遏制地流了下来。

五

这天晚上，她失眠了。

萧青青的心里仿佛被什么东西塞得满满的，她急于要将自己的内心诉说给什么人听，她从来不曾感觉到自己的心像今天这样手足无措而又清晰无比。她打开了自己的微博，很久之前在新浪网申请的，空间人迹罕至，门庭冷落，唯有几篇尘埃缀缀的旧文。

“直到今天，我才真正发现，婚姻一直以我所期待的方式存在，可是我却从未了解。我用所谓的痴情掩埋着婚姻的幸福，而他，一直都在。即使现在，他也并未远离。”

她写下了这段没有头尾的话。写完之后，萧青青觉得内心依然被什么东西撑得满满的，这种感觉非常难受。可是，接着，她的博文下面竟然有了回复。

“也许，他一直都在等你。”

这句同样是没有头尾的话让萧青青觉得惊异。署名是“可可西里的狼”，她不认识。

“若是心中有爱，即使曾经漠然，爱依然还在。”“可可西里的狼”又打了一句话。

萧青青没有答话，她看着屏幕上的两句话，觉得这个人实在是个高人。他似乎有着神明一样的能力，难道他能看见过去，也能预知未来吗？这样想的时候，萧青青觉得有点害怕。这种害怕如同多年前，生活中突然出现一个人，他认真地告诉你一个与自己有关的惊天秘密一样。她紧张极了，赶紧关了电脑，好像晚一点儿，这个人就会跳出来，指着她告诉她一些事情一样。

她的头隐隐作痛。往事梦魇一般重新浮现。她不知道该如何阻止那些混乱的思想继续萌生，只好把所有的床单全部从床上扯下来，她把这些床单扔到一个大盆里，倒上多多的洗衣液，然后一点一点地揉搓，期望疲惫能稀释那些往事。然而，往事还是如同空气一样在她的周围蔓延开来。

那还是她六岁的时候，刚刚上小学，一切的好奇与惊喜还满满地充盈着内心。每天按时上下学，惬意而幸福。妈妈不太爱说话，爸爸也是少言寡语，但是对她的爱还是浓烈的。偶尔他们一家三口会一起去赶集买东西。别的人家至少有两个孩子，可是她家却只有她自己。有时候她很羡慕别人有兄弟姐妹可以一起玩耍，这样的时候，爸爸都会说，他们是想把所有的爱都给她，让她像公主一样。妈妈则是淡淡地微笑着。

突然有一天，学校门口来了一个陌生人，他说要告诉青青一个故事。他看起来很友好，不像妈妈常说的那种人口贩子。他长得很年轻很清秀，眉宇之间有淡淡的哀愁。最主要，他不是和爸爸妈妈一样年龄的人。萧青青看着那个陌生人，心里有说不出的亲切，也有说不出的害怕。这个人说着一口好听的普通话，这一点却让萧青青对他很是崇敬。尽管如此，萧青青还是瞅准了一个机会快速地跑了。那个人大声地喊她的名字，可是那声音渐渐被风带远，跑了很远之后，萧青青

回头发现他还站在那里。他看见萧青青回头，不喊也不招手，只是远远地看着她。

第二天，那个人没有再出现。萧青青悬着的心放下了一半。

可是，没过几天，那个人又来了。这次，他执意要带萧青青去一个地方，他说要给萧青青讲一个故事。

就在学校不远的山坡下面，萧青青却听到了一个让她觉得不可思议的故事，这个故事让萧青青开始了另一种生活。

这个人自称姓杜名青，他说，萧然不是萧青青的爸爸。

“不可能！”六岁的萧青青突然站起来，睁大了眼睛异常愤怒地说。那个叫杜青的男人赶紧拉住萧青青，让她冷静。

六岁的孩子，对那个叫杜青的人说的话毕竟还是似懂非懂，那个人给她留了一个地址，一封信之后就走了。

萧青青回到家之后，第一件事情就是找出了一张全家福，她看了很长时间，终于发现自己的确和爸爸没有相似之处。但是她没有声张，爸爸妈妈都不知道杜青来过这件事情。关于自己的身世，萧青青有了压力。

她偷偷地看了那封信，那是杜青写给妈妈的。信的内容不能够完全了解，因为她才上学，认不了几个字。但是那封信使萧青青相信自己极有可能真的不是爸爸萧然的女儿，这一个发现使她陷入了恐慌。她开始精力不集中，夜里开始无休止地做噩梦，总是梦见自己在一片大雾中焦急地喊妈妈，可是妈妈总是藏在浓浓的大雾后面，不出现也不回答。她喊着喊着就从梦中惊醒，醒后便觉得恐惧，慢慢地，她开始怀疑自己不是妈妈的孩子。她的学习状态越来越差，老师接连几次向家长反映她的测验成绩直线下降。

有一天，她再一次把一张只得了78分的数学试卷拿回了家，她不敢从自己的房间出来，直到天色很晚，妈妈叫她出来吃饭，她才磨磨蹭蹭地从小屋子里走出来。她紧张极了，不知道该怎么拿出那张试卷让家长签字。

爸爸一眼看穿了萧青青的心事。他对于这个女儿最近的表现很是不满意，于是，还没等萧青青说话，他就严厉地问："青青，是不是数学没考好？"

萧青青不敢抬头看爸爸，老老实实地坐在小凳子上大气不敢喘。"嗯。"她的声音很小，很容易被忽略。

"大声说！"爸爸突然吼道，这突如其来的愤怒吓得妈妈的手一哆嗦，碗掉在地上摔碎了，汤洒得满地都是。可是妈妈只是看了爸爸一眼，出门去拿笤帚了。萧青青抬头看看爸爸，"哇"的一声大哭起来，然后她飞快地跑出了家门。

那个晚上，萧青青的爸爸妈妈找了她很久，才把她从村外的池塘边上找回来。那个晚上，萧青青一辈子都忘不了。风虽然不冷，但是却很猛烈，池塘里的水黑黑的，像里面藏着妖怪，树上不时传来怪异的声音，她几乎要放弃离家出走这个念头了。但是她告诉自己，就算是被妖怪吃掉也不会回去，她执拗地坐在水边的石头上，心里来来回回地想着爸爸妈妈对自己的态度，越想就越觉得自己很有可能是被他们捡来的。于是，她就那么突然地想到了要找到自己亲生爸爸妈妈的念头。想着想着，她靠着树几乎要睡着了。

找到萧青青之后，萧然愤怒地打了女儿一巴掌。虽然只是一巴掌，但是打在身上却疼得实在。可是不知道为什么，妈妈没有拉爸爸，眼里除了亮晶晶的眼泪，什么也没有。萧青青看着妈妈，愣是咬紧嘴唇，不吭也不哭。她的样子让萧然觉得陌生而恐惧，这个小孩子的内心难道有了仇恨？也只是那么一想，他马上就为自己的鲁莽而后悔了。毕竟是自己掌心里的宝贝，他又何尝愿意打她呢。于是，他想把萧青青抱起来，可是萧青青一扭身就躲了过去，同时大声地说："你走开！我要找我的亲爸爸去！"

"啪"萧青青的妈妈响亮地甩过来一个耳光："你个死丫头！说什么呢？！"

萧青青看着妈妈眼里的火焰一样的愤怒，突然大声地哭起来："你走开！你也不是我的妈妈！我恨你们！"

她用孩子稚嫩的声音说出了这样的话，然后解恨似的转过身去。

萧然一下子愣住了，他不知道这个孩子究竟是怎么了，只是问下学习情况竟如此大的反应。让他费解的还有自己的妻子，她虽然不太爱说话，但是这么些年来，她也从未曾动手打过青青。然而，此刻，妻子竟然因为这个孩子一句气话而浑身发抖。他甚至能够听到妻子极力压抑的喘息。他拍了拍妻子的肩膀，走到萧青青的跟前。

他双手抓住萧青青的肩膀："青青，你怎么了？"

萧青青仍然是一言不发，眼神倔强地看着池塘。

那个晚上萧然什么也没有从萧青青的嘴里问出来。回到家后，萧青青把自己锁在屋子里，谁也不理。她在自己的日记本上写下了一句简单的誓言：我要找到我的爸爸妈妈。然后，她在这句话的后面加了很多的感叹号。虽然她不知道该怎么去找，但是杜青的话无疑起了很大的作用，她把这个目标牢牢地记在了心里。

第二天，她的妈妈推开房门的时候，萧青青早已离开了家，她没有跟任何人打招呼就走了，她妈妈端着做好的饭愣在她的屋子门口。"这个孩子！"她妈妈生气地咕哝。她看到萧青青的桌子上乱糟糟的，就走了进来。于是，在萧青青的桌子上，她的妈妈发现了萧青青写的那几个字。那一瞬间，她愣住了，紧接着她飞快地往学校跑去。

果然，萧青青并没有去学校，萧青青没有去学校这件事立刻让她的妈妈魂飞魄散。这个孩子去哪里了呢？她顿时觉得天旋地转，几乎不能控制自己的平衡。她紧紧地拽着老师的手，恳求他帮忙去找找萧青青。于是，一个班的孩子都跟着出去找萧青青了。孩子们不知道到什么地方才能找到萧青

青，整个山坡上都是孩子，大家大声地喊萧青青的名字。

其实，萧青青并没有走远，她就在前几天和杜青说话的那个山坡上。她不知道找爸爸妈妈这件事情该怎么开始，就希望能在那里等到杜青。她觉得杜青肯定知道她的爸爸妈妈在哪里，因为是他告诉自己萧然不是自己的爸爸的。可是她等了很久也没有等到杜青，却听到同学老师都在喊她，她害怕地赶紧藏到了山坡上一个低洼的小坑里。

大家找了很长时间也没有找到她，老师不敢让这些孩子继续在学校外面逗留，只好集合大家准备返校。这时候，一个小女孩走到老师面前说她也许能知道萧青青在什么地方。就这样，这个小女孩领着大家来到学校西面的这个山坡，在那个低洼的小坑里，找到了萧青青。

萧青青满脸是泪。她妈妈紧紧地抱着她，她呢，说不出是什么原因，第一次觉得妈妈的怀抱很陌生。老师和同学都散去了，妈妈把她从那个坑洼里抱出来，帮她掸干净身上的泥土灰尘。

"青青，你为什么不去上课啊？"她妈妈温柔地问。

萧青青不说话，也不正眼看自己的妈妈。

她妈妈的泪水突然就涌了出来，萧青青听到妈妈的哭泣，眼泪也止不住地掉了下来。她赶紧用手给妈妈擦了擦眼泪："妈妈……我错了，你别哭。"她一边说着一边抽噎着。

可是她妈妈的眼泪却更多了。她不知道自己的女儿究竟承担着什么，这一切都太反常。

"那，你能不能告诉妈妈，你究竟为什么不去上学啊？"妈妈替她擦干眼泪。

"我不想去。"萧青青低声回答。

"可是，你为什么会不想去啊？你不是最喜欢上学的吗？"妈妈有点着急了。

"今天，我不想上学。"她抬眼看了看自己的妈妈，发

现妈妈的眼角有很多的皱纹，眼泪还在妈妈的眼角坠着，她就顺手给妈妈擦了去。

“好吧，妈妈带你回家。”萧青青的妈妈到学校给萧青青请了假便把她带回了家。

可是，萧青青回到家之后还是心神不宁，她总是惦记着找爸爸妈妈这件事情。她妈妈看见她仍然闷闷不乐的样子，就搬了个凳子坐到她的对面。“青青，你能不能告诉妈妈，你为什么突然有了要去找亲生爸爸妈妈的念头？”

萧青青微微地叹了口气：“我知道你们不是我的爸爸妈妈。”

妈妈突然就笑了：“你听谁说的呀？你看你的眼睛长得跟妈妈一样，怎么会不是我们的孩子呢？”

“可是，我一点也不像爸爸。”萧青青抬眼看了看妈妈的眼睛。

她妈妈没有说话，也是微微地叹了口气。

“妈妈，杜青是谁？”萧青青突然问道。

“啊？”她妈妈一脸惊讶，“杜青？什么杜青？”萧青青的妈妈心里突然紧张起来。

萧青青看着妈妈紧张的神情，没有回答，但是她小小的心里更加确信了杜青所说的话。

晚上爸爸回来之后才知道家里所发生的事情，他很生气，认为萧青青实在是肆意妄为。萧青青不想理他，第一次觉得这个爸爸和自己是有距离的，她甚至觉得爸爸连喝汤的声音都是令人讨厌的。

那个晚上，她反反复复地看杜青写的那封信，可是不认识的字太多了，她终究不知道那封信里都写了些什么。看着看着她就睡着了。

第二天醒来，她发现自己手里没有了那封信，心里害怕极了。她把被子、枕头、衣服全都抖了一个遍，没有发现，又把床底下看了一遍也没有，桌子、抽屉，各个角落都看了，那封信毫无踪迹。她想哭，可是又不敢，她怕自己的哭声让爸爸妈妈起了疑心。可是那封信到底去了哪里，她无论如何也想不起来了。

她就这样战战兢兢地去了学校，一整天都在想那封信的事情，老师讲了什么全然不知道。

萧青青上学走了之后，萧青青的爸爸萧然却没有去上班。他坐在自己家的院子里抽烟。

“还不去上班吗？”

“嗯。”他含糊地回答。

萧青青的妈妈抬头看了看太阳：“天不早了，再不去要迟到了。”

萧然不说话，只是抽烟。过了一会儿，萧然突然说：“咱们再生个孩子吧。”

“不生，”萧青青的妈妈干脆地回答，“一个青青都快把我气死了。再生一个，我简直不要活了。”她微笑着看了萧然一眼，摸了摸丈夫的额头，继续说，“不发烧啊，你今天怎么突然发这个疯啊？”

萧然看了她一眼，没说什么，回屋里穿上外套走了。

其实萧然刚才不过是想试探一下自己的妻子，他不知道这个和自己一起生活了这么些年的女人到底是怎么想的。当初，他的父母兄长全都反对他和她在一起，他们说这个女人不纯洁。据听说，她和一个小知青不清不楚，好像已经有了肌肤之亲。但是那个小知青的家人强烈反对他在农村找媳妇，所以愣是拆散了他们。他的哥哥说，一个有历史有故事的女人怎么可能会全心全意地爱另一个男人呢？和她这样的女人在一起不会有幸福的。可是，萧然是铁了心要和她在一起，不单是因为她漂亮，更因为他觉得一个敢和知青谈恋爱的女人一定是浪漫的。他们认识也是在乡里赶集的时候，那是个冬天，萧然因为贪玩，在自己的同学那里停留的时间太久了，

所以快天黑的时候才想起来回家的事情。就在回家的路上，他遇见了颜秋红，她头发凌乱，眼睛通红，好像刚刚哭过。萧然的英雄情结立刻膨胀起来，他以为她遭到了坏人欺负。可是颜秋红说，是自己不小心掉到路边的沟里。她泪光盈盈地抬头看萧然的时候，萧然震撼了，内心的爱情立刻萌发，他还没有见过那么漂亮的女人。后来，他们就有了交往。那时候，萧然也是很惹眼的，虽然在农村生活，但也是初中毕业生，因为那时候上学讲究推荐，自己家的成分不是很好，所以才没能读高中上大学。与她结婚之后，他觉得“心想事成”这个词语简直就是给自己这样的人准备的。而且，他在有了妻子，有了女儿之后还有了份工作。这一点，让他高兴得好几天不能睡觉。

可是，昨天晚上，当他去青青的屋子给她关灯的时候，他看到了一个叫杜青的人写给妻子颜秋红的信。那信里面，杜青说：“我看到了我们的孩子，她很漂亮，谢谢你给她的名字里有我的‘青’，谢谢你用这种方式记着我。”萧然的心被刺痛了，难道自己辛辛苦苦养大的孩子竟然是别人的种？他爱颜秋红，不想随便凭一封信就冤枉了她，但是，他又的确很郁闷。这个名字里有“青”的孩子难道不是自己的女儿青青吗？当初取名，是颜秋红执意用的“青青”两个字。

这天，萧然没有去上班，而是去了医院男科。当他从医院出来的时候，他明白了事情的真相。孩子真的不是他的种，因为他根本不能生育。他突然明白了，自从生了萧青青，这么些年，他们从未避过孕，可是自己的妻子却从未意外怀过孕。明白了这个事实的萧然，脑袋一下子就炸开了，愤怒像利刃一样凌迟着他的尊严，他觉得全世界的人肯定都知道这个事实，只有他被完全蒙在鼓里！他有一种冲动，一定要这个女人付出代价！她玷污了自己对她的爱和信任！他飞快地骑着自行车，往家的方向奔去。他蹬得很快很快，自行车发出吆吆的摩擦声，空气热得厉害，他分不清楚自己脸上痒痒的东西到底是泪水还是汗水。他只有一个念头，就是要回家问个清楚！

可是，车子突然驶向了一个小坑，因为速度太快，自行车飞了出去，他重重地摔在地上。他躺在地上，分不出哪里更疼一点，这一摔，倒让他的脑子清醒了。就这样回去问，自己的尊严不是更加难堪了吗？自己还算是个男人吗？不能生孩子的男人还是男人吗？他的内心被痛苦占据，原有的自信与快乐的大厦轰然倒塌，这些废墟却重重地砸在自己的身上脸上，于是遍体鳞伤。他自卑极了，也难过极了。他恨那个叫杜青的男人，可是却发现自己完全不知道他长什么样子，不知道他在哪里，不知道他是近在咫尺还是远在天涯。他觉得命运一下子变得诡谲起来，这么一个人，他不在眼前，却注定要在他的心里活一辈子。可是一个男人的心里可以装一万个女人，怎么能装得下一个男人呢？何况那是个隐身的，却又时刻可能会出现在眼前的人。他这样想着，觉得心被一个从未见过的人撑得满满的，几乎要发疯了。

那个晚上，他喝多了。什么也不说，只是睡觉，任凭颜秋红怎么叫都叫不醒，任凭萧青青怎么摇也摇不醒。

其实，他醉是醉了点，但是还不至于完全失去意识。他听着妻女喊自己起来喝醒酒汤的时候，内心涌动的还是感动，可是这感动转瞬即逝，他心里浮起对这个女人的憎恨，讨厌这个小小的长得和自己毫无相像之处的女孩。听着她们的声音，他内心说不出到底是厌恶还是无奈，他的眼泪悄悄地流了出来。

“妈妈，爸爸醉得很厉害吗？”萧青青胆怯地问。

“嘘！”颜秋红立刻示意萧青青不要再说话了，接着就把她拉走了，“走吧，去睡吧，明天还要早起上学呢。”

“可是妈妈，我想看着爸爸。”她早已忘记了昨天自己还是讨厌这个爸爸的，此刻这个怎么也摇不醒的爸爸让自己很害怕，她觉得爸爸好像要死了一样。

“不行，爸爸已经睡了，你也去睡吧。”颜秋红小声却不容置疑地说。

萧青青回头看了一眼爸爸，她发现爸爸的眼角下面亮亮的。那是萧青青第一次看见爸爸的眼泪。

回到自己的房间，萧青青又是翻箱倒柜地找那封信，结果仍然是一无所获。

颜秋红把萧青青送回自己的房间之后，坐在床边看萧然。她知道，萧然心里有了事情。否则，他不会喝成这个样子。但是，她怎么也猜不出，萧然究竟是为什么事情而难过。她看着他的脸，觉得熟悉而陌生。她当初答应嫁给他，不是因为喜欢，而是觉得合适。这一点，她无论如何也没有想到会让自己觉得那么难堪。很多时候，她觉得自己简直是赔进了一生来勉强自己爱一个不爱的人。可是，这个人能给自己一个家，一个名分，一份看起来美满的生活，她在心里也就充满了感激。

可是，她还是会时常想起一些往事。那些往事像烟花一样绚烂，却经不起现实的残酷。爱一个人，却不得不放弃，因为她想让他飞。他走了，可是却留了一份念想给自己。但是，与萧然相处时日久了，她渐渐忘记了那份念想来自那个遥不可及的人。此刻，她看着这个和自己相濡以沫的男人，心里突然充满了愧疚。她伸出手轻轻地抚摸他的脸颊，却发现自己的手湿了。她凝视着自己的手，一下子明白了……

第二天，萧然好像什么事情也没有发生一样，早早起床准备去上班。萧青青从窗户看见爸爸在院子里打水，也赶紧跑过来向爸爸问好。萧然看上去依然精神抖擞，他举起萧青青，说了声：“我的漂亮丫头，起来了。”萧青青便“咯咯”地笑起来。

萧青青最喜欢让爸爸这样高高举起来，举过头顶的感觉好像要飞了一样，多少次爸爸就是这样高高地举着自己看花灯，看露天电影的。看到爸爸什么事情也没有，她一颗悬着的心就放下了，于是高高兴兴地准备去上学了。可是爸爸说今天想骑车送她去上学，她高兴得几乎要蹦起来了。能坐在爸爸自行车的前梁上去上学，不知道会让多少孩子羡慕呢。

那天在去学校的路上，萧然问萧青青："青青，你不是说你要去找自己的亲生爸爸妈妈的吗？找到了吗？"

"还没有呢。爸爸，我觉得你就是我的爸爸。我才不相信我还有亲爸爸呢。李淘淘也说过，她要去找亲生爸爸妈妈呢。"萧青青很天真地仰头看着爸爸。

萧然笑起来，"这么说，你们班是不是有很多同学都觉得自己是爸爸妈妈捡来的呀？"

"嗯，"萧青青点了点头，"红红她奶奶说，她是她奶奶种地的时候从地瓜田里刨出来的；二蛋的娘也说二蛋是她大赶集的时候在路上捡的；小丫的娘也说小丫是一个人悄悄放在他们家门口的。反正很多人都是捡来的。不过我知道，我肯定是你们生的，对吧？"萧青青说完笑起来。

萧然也笑起来，但是内心里却充满了说不出的难受。这个聪明的孩子，和自己根本没有任何关系啊。这样想着，他接着问："青青，要是，你也真不是我们生的，你会真的去找你爸爸妈妈吗？"

萧青青思考了一会儿："我不知道，也许会吧。也有人跟我说你不是我爸爸。"

萧然突然刹住了车闸，萧青青惯性地往前一磕，差点碰到脑门。"怎么了爸爸？"

"哦，没什么。我刚才听到你说，有人跟你说我不是你爸爸？"

听到爸爸这么问，萧青青知道自己说的话肯定让爸爸不

高兴了，所以嘴巴就紧紧地闭起来，垂下眼睛，不再说话。

萧然看也问不出什么门道了，也就不再问她。但是萧青青的话，让他确信，那封写给颜秋红的信的确有人送给了萧青青，而且，那个人极有可能就是萧青青的亲生父亲。他脑子里乱糟糟的，就连到学校门口的时候，别的孩子的家长跟他打招呼，他都没听见。

去上班的路上，他的心又沉重起来。

可是从那以后，萧然几乎每天都是这样送萧青青去上学的。她快乐地享受着父爱，从不曾想过有一天她会失去。

刚刚升入小学三年级的时候，有一天，爸爸突然不能再送萧青青上学了。他脸色铁青中带着灰色，豆大的汗珠直从他的额上流下来。他不呻吟，也不说疼，只是紧紧地皱着眉头。萧青青吓坏了，她突然想起来，最近这一年，萧然经常会这样。她只当是爸爸胃疼，并不曾放在心上。可是这一天，她万没有想到，爸爸这一病，竟然再也没有好转。

颜秋红对于萧然的病，很是紧张，她突然意识到，这个男人对自己是那么重要。她一直以为自己是不爱他的，可是他的病，让她彻底明白，内心的疼痛比思想的偏执更能说明问题。她于是号啕大哭。她的大哭让萧青青记忆深刻，甚至多年以后，她好像仍能听见妈妈的哭声。

然而，颜秋红似乎没有多少耐心来对待萧然的病，渐渐地，她对于照顾这个病人有些懈怠，言语之间或多或少开始嫌弃起萧然来。

有一天，萧青青放学回来，恰好听到邻居周婶和王婶在说话。

周婶说：“颜秋红这个娘们太狠了，萧然都病成这样了，她也不上心给他治疗。”

“嗨，你还不知道吗？这个娘们根本就不想嫁给萧傻子。这个萧傻子也是个拧种，过去他们家那么反对，他还是非得跟这个女人结婚。还没结婚呢，绿帽子就戴上了。现在这样，也是怪可怜的。”王婶小声地说。

“唉，可怜了青青这个孩子，要是他爸爸死了，她以后可怎么办啊。”周婶不无忧虑地叹了口气。

这时候，王婶突然看见萧青青就在她们身后不远处站着呢，赶紧拉了拉周婶的衣角。两个人转过身，笑眯眯地说：“呵呵，青青放学了。快回家去吧。”两个人说着话赶紧地散去了。周围的男人们看见这两个女人狼狈的样子，也哈哈大笑起来。

萧青青不太明白她们所说的话是什么意思，但是看见她们紧张离开的样子就知道她们说的一定是不好听的话。

回到家后，萧青青立刻跑到萧然那里看爸爸。萧然气色越来越差，但是看见女儿回来，还是很高兴的样子。萧青青看见爸爸高兴就问他：“爸爸，绿帽子是什么样的帽子呀？”

萧然听到萧青青这么问，心里突然紧了一下，内心像是被什么紧紧地薅了一下。“你听谁说的这个词呀？”他问。

“就是隔壁王婶，她和周婶说的。还说是妈妈给你的呢，我怎么没见过呢？”萧青青天真地问。

“啪”这时候，颜秋红一个巴掌狠狠地打到了萧青青的头上，萧青青的头蒙的一下子晕了。

“死丫头！胡说什么！”颜秋红眉毛倒立，怒气冲冲。

“我没有胡说！我亲耳听到的！”萧青青一边捂着头，一边流着眼泪倔强地说。

“你打她干什么，她就是一个孩子，她懂什么呀！值当得你发那么大火。”萧然语气平静得不可思议。

虽然他从来也没有在颜秋红跟前提起什么，但是这几年，那封信里的事实却没有一天不挂在自己心上。但是，毕竟青青在自己眼前长大，他还做不到对她不闻不问。也正是因为如此，他每天都生活在折磨中，他变得爱喝酒了，也更爱沉

默了，没事的时候，他基本不出门。这些变化，颜秋红似乎也没有注意到。这一点，他更郁闷，原来这个女人真的不是那么关心自己。

萧青青听到爸爸生气，自己也很难过。但是她也的确不知道这个“绿帽子”为什么会惹妈妈生气。她看见妈妈铁青的脸，非常害怕，低着头回到了自己的房间。

可是，不久她就听见妈妈跟爸爸吵起来，接着是摔碗的声音，她后背紧紧地贴着门站着，眼泪吧嗒吧嗒往下落。接着，她听见爸爸剧烈咳嗽声和妈妈摔门而去的声音。她赶紧跑到窗边，趴在窗户上往外看，她看见妈妈出了门，于是赶紧跑到爸爸那里去，只见爸爸吐了一大口鲜血，脸色苍白得很。萧青青一下子就大哭起来。

“青青，不要哭……爸爸……没事。”萧然喘得厉害，萧青青不知道该怎么办，只是一个劲儿地流着眼泪给爸爸捶背。

萧然感受到女儿对自己的爱，心里难过极了。不觉也流出眼泪来。

那天，颜秋红很晚也没有回来，萧青青等得实在困急了，就趴在自己的学习桌上睡着了，蒙眬中，她感觉爸爸走过来，摸了摸自己的头发，把她抱到了床上。她似乎听见爸爸对自己说了一些话，可是她什么也没有记住。

第二天醒来的时候，她在自己的枕头边上发现了一个日记本和那封丢失了的信，她小心翼翼地藏好日记本和信，生怕它们会像上次那样不翼而飞。藏好后，她很是开心，心里想着再也不会有人知道这封信了。她飞快地跑到爸爸房间，可是爸爸不在，妈妈也不在。她的心里突然感觉怪怪的，心神不宁的样子。

她一边大声地喊着“妈妈，妈妈”，一边跑到街上，大家看她的眼神也是怪怪的，她小小的年纪里第一次感受到孤独的恐慌。她不知道到底发生了什么事情，也不知道那些平

日里闹哄哄的孩子为什么要往村外跑，但是看到别人跑，她也跟着跑。跑着跑着，远远地就看见河边上站满了人。

别人看见她气喘吁吁地跑过来，都主动地给她让路，这时候，她看见爸爸直挺挺地躺在河边，身上脸上都是湿的。妈妈眼泪吧嗒地落在爸爸身边，目光呆滞无神。她“哇”的一声大哭起来。围观的人看见她哭，也都忍不住啜泣起来。

萧青青永远也忘不了那天，天灰蒙蒙的，初秋的冷风阴郁地吹着，爸爸的尸体横躺在河边，自己哆哆嗦嗦的身体渐渐失去了知觉。

冷冷清清地给萧然办了后事，萧青青才开始读爸爸的那本日记。原来，她真的不是爸爸的亲生女儿，可是爸爸却用无私的父爱和隐忍的爱情，包容着自己和自己的妈妈。可是，妈妈却丝毫不能体会爸爸的不幸，她的背叛成了爸爸心上的十字架，青青则成了爸爸生活中的刀刃，萧然这三年来一直生活在无休止的精神折磨中，于是他选择了自我了结。他最终决定还给萧青青那封杜青写的信，是因为萧青青的善良，他觉得有必要告诉萧青青她自己真实的身世。萧青青读着爸爸这本日记，过去所有的谜团全部解开。可是，那些曾经快乐的日子全部葬送在一个真相中，这一点让萧青青恨死了她的妈妈。

后来的岁月中，萧青青一直不能原谅她的母亲。可是颜秋红对于萧青青的仇恨完全不了解，她误以为萧青青是因为萧然的去世，始终沉浸在悲伤中。就在萧然死后不到三个月的时间，杜青又一次出现了。这一次，他干脆直接来到了萧青青的家。

那天，当萧青青放学回家的时候，一进门就听见有男人说话的声音。

“秋红，你让我把青青带走吧？我求求你了。”那个男人说。

“你别做梦了！”颜秋红恨恨的声音。

“秋红，现在萧然不在了，以后青青的生活会很艰难，你一个女人怎么养她呀！”男人哀求的声音传来，萧青青的心里立刻厌恶起这个人来。

颜秋红好像摔了个什么东西，屋子里传出来一声巨响，“我能自己养活她！你滚得远远的，永远不要让我再见到你！你这个自私的人，不配做青青的爸爸。”接着传来颜秋红低低啜泣的声音。

“秋红，你知道，那时候，我年龄小，不懂得坚持，可是这些年，我一直在想着你啊，尤其是知道你生了青青以后，我更是痛苦得不得了，要知道，我一想到自己的女儿却叫着别人爸爸，我的心里能好受吗？”那个男人提高了声音。

“你不好受？你不好受是因为你那个媳妇不能生孩子吧？哼！让青青跟你走，别做梦了！”颜秋红语气充满愤怒。

这时候，萧青青突然出现在门口，她大声地说：“我想跟你走。”

颜秋红和杜青都愣住了，他们谁也没有想到萧青青自己会突然做出这个决定。

萧青青说完，自顾自走回自己的屋子，准备收拾东西。颜秋红紧跟进来，一把拉住她：“你疯了是吗？你知道他是谁呀就跟他走！”

萧青青鄙夷地看了母亲一眼：“他不就是杜青吗，我的亲爹。我不就是你和他鬼混生下的孽种吗？”萧青青恶狠狠地说完，眼泪如断了线的珠子一样纷纷滚落下来。三年来，她一直生活在自卑当中，这个母亲让她觉得丢脸。

颜秋红听见萧青青的话，一下子愣在那里，接着低下了头。她从来不知道，萧青青竟然什么都知道，那是谁告诉她的？她立刻在脑子里搜索开来，可是毫无头绪。就在她思考的时间里，萧青青已经很干脆地倒出了自己的书，收拾了几件衣服塞到自己的书包里。颜秋红已经完全手足无措了，她不知道该怎么说才能阻止萧青青离开她。

“你这个小孩说话怎么回事？一点不懂事！”她低声地嘟哝了两句，心里也是轻飘飘得没底了。

那天，颜秋红找了一个板凳，手里拿了一把菜刀横在自己的脖子上，然后坐在萧青青的屋门口。她守着那个门，不让萧青青出来。萧青青手里拎着自己的几样东西，站在门里，杜青眯着眼睛站在门外。他们三个就那么对峙着，直到天黑，萧青青也没有从自己的屋里走出去。杜青看见颜秋红铁了心不让带走萧青青，天色不早的时候走了。萧青青看着他离去的背影长吁了一口气，瘫坐在地上。

或许生命当中总有什么东西在不断地干扰命贱如蚁的人，萧青青不愿意搭理自己的妈妈，她可以很久很久不跟妈妈说话，她们这样的生活持续了一段时间之后，颜秋红莫名其妙地疯了。她总是不知所以地哭泣或者沉默，有时候会抓着自己的头发狠狠地撕扯，有时候会拿着锄头围着村庄不停地转圈，看见小狗就哈哈大笑。她总是黄昏的时候跑到河边去，温存地叫着萧然的名字，要带他回家。清醒的时候就坐在自己家的平房顶上，看着远方，眼神迷离。她常常不能控制地昏睡，一次又一次地错过了做饭的钟点。

萧青青很害怕，她不敢靠近自己的妈妈，每次都是无声地流着泪等待颜秋红清醒过来。这样的日子持续了几个月之后，她再一次见到了杜青。

这次，颜秋红出乎意料的冷静。她答应杜青带走萧青青，可是这次，萧青青却死活不愿意离开妈妈。她哭着紧紧地抓住妈妈的衣服，颜秋红也是紧紧地抓着萧青青的手腕，她似乎完全沉浸在一个逻辑相当清醒的世界。“杜青，你以后要好好疼青青，无论她有多不听话，你也不能打她。你要供她上学，一定要考上大学。”颜秋红直直地盯着杜青，那眼神

似乎要将自己心中对青青的爱全部传给杜青一样。

杜青唯唯地答应着。萧青青却紧张得浑身发抖，她不知道这个一向疯疯癫癫的妈妈今天是怎么了，她更不知道杜青那里的生活对她来说究竟意味着什么，甚至她怀疑杜青根本不是她的亲生父亲，而是一个骗子。要不然，为什么他一出现就害得自己家破人亡。她心里乱乱地想着，眼睛却刀子一般地投向杜青，在那张隐约与自己有几分相似的脸上，她看到了杜青的眼泪，还有不停颤动的鼻翼。萧青青就是在看到了杜青的眼泪之后决定要跟他走的。

杜青安排颜秋红去了精神病院进行治疗。为此，他的妻子梁娟大发雷霆。萧青青每次看到梁娟生气都快乐得不行，她心底一直希望梁娟能被快点气生病，这样，她就可以不用看梁娟的脸色。其实梁娟还是不错的，至少该做饭的时候会给萧青青做饭，该添置新衣的时候添置新衣，虽然不是那么快乐，但是也不会总给萧青青脸色看。最初的日子，萧青青像只小刺猬一样，时刻都处在紧张的自卫之中。她的紧张于是经常会引发杜青与梁娟之间的战争，杜青会把所有的罪责全部归到梁娟的身上，而梁娟是个脾气火暴的人，这样的时候就会很大声很愤怒地抱怨萧青青是罪魁祸首。这样的生活一直持续着，从不曾改观。

在杜家的生活是如此压抑，萧青青慢慢学会了隐藏自己的喜怒哀乐，慢慢地，萧青青不再喜欢说话，她偶尔会对着院子里的大树发会儿呆，树上挂着一只笼子，笼子里有一只会说话的鸟。杜青曾经试图走进萧青青的内心，都被她以“没事”这样的答复应付过去。在杜青那里生活了不到三年的时间，心灵前所未有的疲惫，最终她还是回到了颜秋红的身边。颜秋红从精神病院出来之后一直生活在自己的娘家，于是萧青青就回到了姥姥家。

读高中的时候，所有的人都说她是个沉静美丽的姑娘，不怎么言语，静静地上学，静静地读书，静静地走路，她很少像别的女孩子那样放声大笑。她的忧郁气质，一直到考上大学才略有改变。

……

六

萧青青一边洗着床单，一边回忆着自己的往事，这些事情她很少对别人讲，她一直觉得那些过去的日子简直跟噩梦一样，虽然杜青养了她那么多年，而且读书的钱也都是杜青来出，可是她始终还是把萧然当成是自己的爸爸。她不知道这是怎么回事，即使小时候和杜青在一起也曾经有过短暂的快乐和幸福，可她依然不愿意认可那就是她的爸爸。林瀚泽曾经说过，那是因为她觉得杜青带给她的伤痛多于感动，所以她还是紧紧闭锁了心扉。

想着想着，萧青青的眼泪突然流了出来。这么些年，原来内心从来都觉得自己是个孤儿。

当她意识到自己的生活是如此丰富，而内心又是如此孤独的时候，萧青青觉得连空气都是冰冷的，而她在这样的冰冷中却一直不曾温暖。一个内心冰凉的人，又怎么有力量去温暖别人呢？萧青青的内心第一次升起想要去爱的浓浓的渴望，这渴望是那么真实，来得那么汹涌，于是，她连手也没来得及擦干就拿起手机拨通了王凯的电话。

“王凯，我想你。”这句话一说出口，萧青青便泪如雨下，有多少年了，她从不曾对任何一个人说过这样的话，这句话一出口她竟然觉得这听起来普普通通的一句话能给人那么浓烈的温暖的感觉。可是王凯那边好像很吵的样子，他大声地问：

“青青，你说什么？”话筒里传来音乐的轰响和男男女女打情骂俏的声音。

萧青青立刻觉得浑身冰凉，索然无味，灵魂似乎瞬间就睡着了一样，她拿着手机，却不知道该继续说什么好。于是，手机挂断了，一瞬间的爱也不着痕迹地凝固，那灼热的声音似乎随风飘得越来越远。她不太明白自己究竟是怎么回事，这热情来得如此突然，又去得如此迅速。

手机悦耳的铃声突然响起来，是王凯。

“青青，你刚才怎么挂断了？”

“哦……可能是手机快没电了，信号有点弱。”萧青青心跳得厉害，她自己也不明白，跟自己的丈夫通话为何会如此紧张。

“你刚才打电话说什么来着，我刚才在外面，环境有点嘈杂。”

“哦，没什么……你忙吧。我没什么事情。”她几乎有点语无伦次了。

王凯听到萧青青的回答，沉默了一会儿，“青青，你现在在干什么呢？”

“洗床单呢。”萧青青很快地说。

听到萧青青的回答，王凯沉默了，愣在那里，他摁下了手机的结束键，眼睛红了。

这时候，他的一个朋友走过来，拍拍他的肩膀，问：“怎么了？”

“没事。心里有点不舒服。”

“哥们，是不是因为萧青青？”

“嗯。”

“走吧，到里面去，咱俩再喝一杯。”

王凯跟着他的朋友回到了酒吧。

“大刚，你知道吗，萧青青要是不停地洗衣服洗床单，就表示她心里非常痛苦。”王凯喝了一大口啤酒，伤感地说。

“嗯，女人表达痛苦的方法有很多，唯独说不出来的痛苦最让人难过。”大刚像哲人一样说道，“王凯，你得知道，萧青青不是那种愿意把不幸敞开来给别人看的人，她看起来是内敛的，沉静的，可是只要你肯花时间去了解，她一定是最孤独的。像她这样的人，是属于那种，即使身在一个热闹的晚会上，她的内心也是孤独的那种人。”

“啊？”王凯显然并不了解萧青青的内心，对于大刚的话，他表现出极大的困惑。

大刚喝了口啤酒，继续说：“我一直觉得吧，你家萧青青是个有心事的人，好像她心里装着很重的事情一样。所以，凭我有限的经验来看，萧青青的心里其实非常渴望被爱，可是她却不知道该如何表达。你是不是觉得在生活中，她过于理性和冷漠？”

“心事？她能有什么心事啊，她就是一个工作机器！除了她的学生就是她学生的作业，她那颗心全放到学校去了！”王凯忍不住埋怨道。转念一想，又说道，“不过今天还真是奇怪，给我打电话，还不停洗衣服，难道她真的有事？”

“你还是回家看一眼吧，万一真有事呢？”大刚建议说。

王凯回头看了一眼酒吧舞池，说：“算了吧，她也说没什么事情。”他沉思了一会儿，靠近大刚的脸，低声地说，“有时候，我觉得她是不爱我的。跟她做爱，她都是隐忍的，我从不曾听见她叫床，弄得我总觉得自己没有魅力，不够威猛，很没自信！再加上我们一直没有孩子，我在她那里觉得抬不起头呢。而且，我觉得她有点儿冷淡，如果我不要，她也从不会主动要求，所以，慢慢地，我觉得她心里可能还装着林瀚泽。当我这样想的时候，我心里恨不得立刻离她远远的，可是真离开了，我还是会想她。”

大刚笑笑，捶了王凯的肩膀一下，骂道：“你可真够贱的！

萧青青不叫床这件事你还质疑个屁呀！肯定是你不行呗！”

王凯立刻瞪了眼睛：“滚！你才不行！哥哥我能把那个穿短裙的小娘们收拾得服服帖帖，满床乱爬，你信不信？”大刚顺着王凯示意的方向看见舞池里有个不停扭动屁股的性感尤物，撇了撇嘴。

大刚回过头说：“我发现你的品位最近越来越差了哈，没看见那是什么货色吗？这样的女人满大街都是！唉，你从来也没发现，萧青青有任何表现出柔弱的时候吗？”他又把话题拉回到萧青青身上。

王凯盯着大刚，想了一会儿：“其实也不完全是这样，以前她虽然沉静，但是还是会经常笑的，有时候，我们一起出门，她倒也喜欢懒懒地靠着我的肩膀。”

大刚说：“其实，萧青青不是你表面看到的那个样子。女人的情绪就像山区的天气，阴晴不定，你要是不能了解这点，在生活中，你肯定会经常发现，女人是很可恶的。”

“不不不，一般的女人像个孩子，可是萧青青不太像，她的情绪相对非常稳定。最让我不懂的是，她除了对我好像热情不足，对学生，对我父母都很好。”

“哦，这个萧青青，的确不太容易理解。”大刚也沉吟起来。紧接着，大刚碰了碰王凯的胳膊，示意他看不远处的那个男人。王凯望过去，发现那个男人竟然是林瀚泽。跟他在一起的，是一个酒吧里从未见过的女孩，可是这个女孩却跟十年前的萧青青有几分相像。

王凯的父母在这个晚上也是忧心忡忡，二位老人无心看电视，早早地就躺到了床上，可是谁又都是睡不着。

他们索性坐起来，靠着床头说起了话。

“你说青青是不是和小凯闹别扭了呀？我想来想去还是觉得他们不对劲。就说以前吧，虽然他们不一定能同时来家里，可至少还会说说对方在干什么了，可是现在他们又不一起回来，还不说对方在干什么，好像他们俩互不相干似的。”王凯妈妈很敏锐的对生活现象进行着分析思考。

王凯爸爸也叹了口气，拍拍老伴的手说：“其实呀，我早看出来了。青青这个孩子哪儿都好，就是喜怒不形于色，她心里有事，可是她不说，咱又不能问。我想，肯定是王凯这个小子在外面有事儿。”

“去！别瞎猜，能这么说自己的儿子吗？”老太太不高兴了，虽然心里是喜欢萧青青的，可是如果说自己的儿子背叛了婚姻，心里还是不能接受的。

“怎么能说瞎猜呢，前几天我买菜的时候，就听见老许那几个人议论说好像王凯和什么人好上了呢。”老头儿急了，于是一股脑儿把听到的议论说了出来。

老太太一听更是着急，立刻坐直了身子，瞪着眼睛发起火来：“你早知道，你怎么不说呀？”

“我这也是听了个大概，他们看见我来了，就说别的去了，我又不能直接问人家，你说这个没有证据的事儿，我跟你说了，不是添堵吗？”老头儿觉得委屈，闭了眼不再说话。

王凯的妈妈却怎么想都不能平静下来，她立刻披了衣服跑到了客厅，拿起电话来就拨。老头儿在后面大声地说：“你疯了，几点了？”

电话没有接通，王凯喝多了，在车里呼呼大睡，手机掉到了车座位底下，音乐一遍一遍地响，王凯却毫无知觉。

这边老头老太太郁闷得不行，对儿子婚姻的担忧此刻是那么强烈，他们不在意萧青青一直没有生个孩子出来，他们真心喜欢萧青青，可是现在两个孩子出了问题，孩子们自己的心里肯定也是很苦的，老两口又怎么开心得起来呢？

这个晚上，除了王凯，萧青青和自己的公公婆婆全都失眠了。

王凯妈妈在客厅里坐了很长时间，老头怎么劝都没有用，她一个人扑簌扑簌地落泪。

第二天一早，老太太忍不住又给儿子打电话。

“你马上来我家一趟，带着青青，我有事跟你们说。”她怒气冲冲地对儿子说。

“今天啊，妈？”王凯揉着眼睛，瓮声瓮气地说。在得到答复以后他慌忙说：“不行啊妈，我今天约了田总八点半签合同呢，这正事不能耽误。”

“什么正事啊，那钱你什么时候能挣够了？”老太太发火了。

“可是妈，我们跟人家约好了，得讲信用不是？妈、妈、妈，我跟您说，您得支持我，对不对？”王凯谄媚地笑着，好像他妈就在跟前似的。

“今天什么事情都得放一放，我真有事，也是大事，你必须来，听到没有？”电话那边传来不容置疑的声音，然后电话挂断了。

王凯对着电话无奈地抓了抓头发，只好再拨过去。

“呵呵，妈，那我下午去成不？”王凯努力地让声音变得听话而充满讨好的感觉。

老太太也不是那种强权的封建家长，她禁不住儿子的恳求同意了。

可是，这天，老太太等到亮灯，也没有等来王凯。晚上八点多，正对一桌子的菜怒不可遏的时候，她却接到了大女儿王羽打来的电话。电话里，王羽声音颤抖地说，王凯出了车祸，现在正在他们医院呢。这一下，老头老太太都慌了神，他们赶紧各自穿了衣服向门外冲去。

等他们到的时候，萧青青已经等在手术室外面，大姐王羽和大姐夫都在。王羽一个劲儿地走来走去，萧青青却坐在门口，脸色煞白，嘴唇紧紧地咬着，手紧紧地攥着。看见公公婆婆来了，眼泪一下子涌了出来。

“妈，爸！”萧青青哽咽着哭了。

老太太看到这个样子，也忍不住瘫坐在椅子上。

王羽赶紧跑过来说：“妈，妈，您不要着急，我问过了，大夫说不是很严重，处理一下就好，只是伤着胳膊了。”

听到女儿这么说，老太太的情绪慢慢平静下来，坐在萧青青身边，手紧紧地握着儿媳的手，她发现萧青青的手是冰凉冰凉的，心里突然地心疼难忍。这个孩子，她这是怎么了？

“青青，你没事吧？”老太太边问边伸出手来给儿媳擦掉眼泪。

萧青青不能说话，只是摇头，眼泪却不停地汹涌而出。

此时的萧青青浑身发抖，心里来来回回的竟是萧然死的时候。秋风，枯叶，冰冷的水，昏暗的天气，还有妈妈的眼泪。这些镜头像魔鬼一样抓住了萧青青，她不能挣脱，不敢呼吸，好像一不小心，那个躺在地上的人就变成了王凯一样。她的感觉和当年失去爸爸时是一样的紧张和痛苦。这一点让她震惊。

想到这一点，她更伤心了，一直以来，她知道王凯在外面有人的事实，可是她的心都没有这么难过，她也以为王凯应该找一个人来完成自己不能完成的事情。在孩子这个问题上，萧青青一直觉得愧对王凯，就像当年梁娟觉得愧对杜青是一样的。李媛说，萧青青骨子里还是过于传统了，现在都流行丁克了，有没有孩子不是那么重要的事情。可是萧青青自己却一直过不了这个坎。所以在很长时间里，萧青青对于王凯出轨的事实表现出很大的冷漠，其实骨子里，是为了偿还。

萧青青此刻明白，王凯对于她而言，绝对不是自己所想象的那样，否则为何面对他的受伤，心里升起的会是害怕失去？

她想着想着，眼泪更加肆虐了。王凯妈妈伸出一只臂膀

轻轻地揽住了萧青青，萧青青的内心突然地升腾起久违的温暖，像小时候依偎在妈妈怀里的感觉，她知道，她与这家人将永远不能分开了。她紧紧地握住婆婆的手，身上开始有了坚强的力量。

王凯的手术很成功，因为伤势不重，所以术后的王凯倒也显得轻松。他看着围在自己四周的亲人，眼睛红了，但是转瞬便开始有说有笑的。王妈妈看到儿子没事人似的，心突然地就轻松了，用手抹了抹眼泪，笑了。王羽和丈夫交代了几句之后离开了医院。这时候，王凯的爸爸拉了拉老伴的衣角，老伴回头看看，明白了他的意思，也离开了病房。

病房里只余下萧青青和王凯，气氛顿时变得紧张而凝重。

“你怎么样？怎么会这么不小心？”萧青青走到床边，想伸出手去，又缩了回来。

“没事，休息一段时间就会没事了。因为答应妈妈晚上回家，所以车开得快了点。”王凯看到萧青青的样子，既心疼又心酸，他伸出手给萧青青，萧青青立刻抓住王凯的手，紧紧地贴在自己脸上，眼泪如同断了线的珠子。

“傻丫头，哭什么呀，我这不是好好的吗？”王凯的眼泪也流了出来，声音里尽是难言的疼爱。

“王凯，你一定很疼吧？”萧青青抚摸着王凯的手，眼泪始终不停。

“不疼，真的，”王凯安慰着萧青青，抽出自己的手给她擦拭了一下眼泪，“青青，对不起，让你担心了。”

萧青青没有说话，她突然不知道该怎么回答，心里就好像有一个触角，刚刚伸出去，觉得很幸福，可是危险来临，那触角又立刻缩了回来。萧青青慢慢抽回了自己的手，擦了擦眼泪，说：“我去打点开水来给你喝吧。”

萧青青走出病房后，眼泪又一次汹涌而至。回想着王凯惨白的脸色，受伤的胳膊，身上的划痕和大片大片的淤青，心里疼痛难忍。可是面对王凯，她又不知道该怎么表现对他的担心和疼爱。她低着头想着心事，突然碰到了一个人，她眼睛也不抬一下，赶紧说：“对不起，对不起。”

刚要错身离开，那个人叫住了她。

“萧青青！”

萧青青抬起头，面前站着的竟是一个完全陌生的男人。

“我叫顾子清，读大学的时候高你两届，计算机专业的。”那个自称顾子清的人笑眯眯地介绍着自己。

萧青青赶紧擦了擦眼泪，认真地说：“不好意思，我好像记不起来您了。”

顾子清善解人意地笑了笑：“没关系，你本来就不认识我。可是我认识你，而且，我的前妻还是你的学生。”

“学生？”

“是的，她叫白冰。”

萧青青看了看顾子清，这个人仪表不凡，风度翩翩，一看就是事业有成那一类的，白冰究竟是看上了什么人才能够有勇气跟眼前的这个人分手呢？

“哦，白冰，很优秀。”萧青青不知道该说什么好。

“呵呵，”顾子清宽容地笑笑，“你怎么了，刚才看见你满脸是泪的样子？”

“呃，我爱人出了车祸，受了点伤，刚做完手术。”

“不好意思啊，那等下我拜访完刘副院长就去看看他吧。”顾子清热络地说道。

萧青青连忙摆手说：“不用不用，您忙您的。哦，对了，白冰也在这家医院住院呢。”

“白冰住院了？”顾子清很是惊讶，“她怎么了？”

“哦，现在已经没事了。她在 7 楼，722 病房。”

顾子清犹豫了一下，接着说：“好吧，我会过去看看她。”

萧青青拎着水壶走远了，顾子清看着萧青青的背影叹了

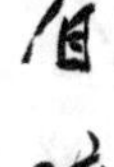

口气。

722病房。

顾子清推开病房门的时候，白冰已经下床，正站在窗前发呆。听见有人进来，她头也不回地说："我明天可以办出院了吧？"

"你怎么了？"顾子清单刀直入地问她。

听到顾子清的声音，白冰转过身来，很是意外。

"你怎么知道我在这里？"

"刚才来找个人，碰巧遇见萧老师，她告诉我你在住院。你怎么了？"

白冰就那么站在窗前，一动不动。"没什么。"她又转过身去。

"白冰，我来看你，不是要看笑话，而是我担心你，虽然我们不是夫妻了，可是对你的关心还应该是没有错的吧？"

白冰突然转过身来，挥着双手大声地说："你以为现在我还需要你的关心吗？"

"白冰，你冷静点，"顾子清向白冰走近了一点，"我知道你心里肯定很难过，我不知道你到底发生了什么事情，但是我想告诉你的是，无论你的生活是什么样子，我都希望你能活得幸福。"

白冰听到顾子清的这番话，沉沉地叹了口气，玻璃上便立刻蒙上了水雾。

"子清，我对不起你！"

"别这么说，白冰，我不怪你，是我忽略了你。"

"可是你知道吗？这两天，我一直思考的就是，爱究竟需要什么才能幸福？而幸福到底是什么？"

"你想明白了吗？"

白冰摇了摇头。

顾子清拍了拍白冰的后背："幸福只是一种感觉，可是这感觉必须依附实实在在的生活才是实实在在的幸福。”

这时，花店送来了顾子清为白冰订的花篮，白冰看了一眼花篮，笑笑说：“谢谢啊，还记得我喜欢粉色玫瑰。用心啦！”

顾子清笑笑，没有言语。

七

人就是那么奇怪，在一起的时候，好像针尖大的事情都不能坐下来好好地听对方说完，可是婚姻一旦消失，距离重新产生的时候，天大的事情似乎都能做到心平气和了。

而萧青青呢，她正是这样，面对王凯，她已经认识到内心的爱，可是每次两人面对面，她总觉得那距离很远很远，不知道该怎么说，不知道该怎么做。生活平静得让人怀疑，让人忍不住悲伤。

她拎着水壶慢慢地往回走，心里困惑而纠结。走廊里的人不多，或许是因为晚上，也可能是因为即将过春节了，所以医院里的病号大多愿意在春节来临的时候回家去，他们期望新年开始的时候，病魔能像过去的一年一样远远离开，并且永远不再复返，所以青城人都害怕在医院里过年，他们总觉得那是很不吉利的。

萧青青看看外面，透过玻璃窗依然能感觉到大街上春节临近的喜庆，所有的道旁树上都被园林工作者挂上了彩灯和喜气洋洋的大红灯笼，模模糊糊的人影也是急匆匆地往家赶，整个世界是如此和谐如此美好。家一定是温暖的吧，可是自己的家却是冰冷的时间太久了。

当她回到病房的时候，王凯也正拿着电话出神。

“怎么了？”萧青青放下水壶，顺手拿起一个杯子，看着王凯问道。

“哦，你回来了。没什么，刚接了个电话。”王凯吞吞吐吐地说。

“哦。”萧青青沉吟了一下，迅速地拿起水壶倒了杯水，“你饿不饿？”她转移了话题。

王凯想了一会儿，突然笑着说：“我特想吃米线。”

听到王凯这么说，萧青青心里一酸：“别傻了，你现在身上有伤，不能吃辛辣的东西。”

王凯放下电话，伸出手拉萧青青坐在自己身边：“你知道吗，我真的很怀念和你一起吃米线的日子。”

“我也是，”萧青青的眼睛突然就红红的，“等你好了，我们一起去吃米线好吗？”

王凯轻轻地把萧青青揽入怀里，深情地抚摸着她的头发。他记不得两个人有多久没有这样亲昵了，好像那些恩爱都已经是上个世纪的事，那故事是如此遥远，以至于几乎忘记了情节。可是王凯的受伤终于激活了彼此埋在心里的爱情，那些爱情的萌芽都如同新春的嫩绿，一点一点在晕染开来，空气中氤氲的都是生命复苏一样的热烈。

这个晚上，他们离得如此之近，能听得到彼此心里的声音，可是，王凯依然在短暂的浓烈之后，深深地忧虑起来。他不知道，萧青青这样的深情是因为爱，还是因为宽容与同情。她是那么理智，以至于王凯分不清楚今天的表现究竟意味着什么。

而萧青青呢，她紧紧地依偎在王凯身边，理智告诉她，这是她的男人，她的男人受了伤，需要她的温暖来陪伴他。可是心里却觉得有一股力量拉着她，一点一点地远离自己的男人。她深深地吸了口气，这个男人身上的气味是如此陌生，他的心跳是如此陌生，他的呼吸也是如此陌生，甚至，他的

眼睛也是陌生的。她被自己的感觉吓坏了，究竟什么时候，她的心里是如此排斥这个男人又如此渴望去爱这个男人的？她深深地叹了口气。

“怎么了？”王凯问。

“人生真像一幅斑驳的画……”她幽幽地说。

“是啊，人生就像斑驳的画，可是岁月无论怎样斑驳，总有一天，我们能清楚地看到，我们的内心不断地刻画着爱恨恩怨。”

“可是，我的过去，却像梦一样，我总是怀疑，我真的就是这样活过来的吗？”

“青青，你想说什么啊？我怎么突然觉得听不懂呢？”王凯拍了拍萧青青的头，侧过脸问她。

“王凯，我觉得自己总是在和自己作战。”萧青青不无哀婉地说。

“其实每个人在成长的路上都是在不停地与自己作战啊。”

“你也是吗？”萧青青一直觉得王凯就是那种顺风顺水的人，挫折似乎不怎么和他有缘。

“是啊，只是我不太去想那些过去的日子。我觉得人还是要往前看。”王凯说完，也是深深地叹了口气。

萧青青从王凯的叹息里，听出了些许无奈，还有一点点坚强。这个晚上，两个人都各怀心事。尽管如此，彼此的心却的确近了许多。

王凯在医院过了三四天就吵着要回家，他说自己只是伤着了胳膊，用不着像重病号似的在医院躺着。一个大老爷们，腿脚好好的，得干点能干的活儿。

这几天，萧青青一直陪着他。白天的时候，萧青青还是像过去那样，淡淡的，凉凉的，客气而礼貌的。可是到了晚上，她又执意留在医院陪护，虽然王凯说他自己完全可以照顾自

己，萧青青还是固执地留了下来。一到晚上，世界变得分外安静的时候，萧青青就会像变了一个人一样，她温暖得像杯奶茶。她总是喜欢搬了凳子，坐在床边，细细地跟王凯回忆过去的日子。慢慢地，萧青青甚至有一种错觉，好像他们从来也不曾生疏过。这种感觉总是会在王凯睡着的时候疯长，她会觉得这些疯长的情绪，正像涨潮的海水一样漫过自己的脚，漫过腿，漫过胸，然后将自己淹没。她开始变得享受这样的感觉。

王凯出院的时候，已经是腊月二十九了，按照青城人的习惯，这就表示年已经来了。家家户户开始大量地备年货，买新衣服，虽然生活条件已经很好，大家都不再缺少新衣美食，可是过年买新衣、剁馅子、包水饺的习俗还是一直保留着，这样的时候，每个人的脸上都是喜气洋洋，春联上的吉祥和美好也会在这个时候在每家每户的门上熠熠生辉。大街小巷都会飘荡着酥丸子的香味，混着清香的松枝的味道，欢快地跳着新年的舞蹈追随着行人的脚步。城里人因为住的是楼房，所以没有办法在自己的门前挂红灯笼，但是在青城的郊区，大红灯笼会挂在每家每户的大门上，孩子们开始炫耀自己的新衣和鞭炮，还有的孩子会缠着家长买很多的礼花来放，节日的氛围祥和而美好。

当王凯走进家门的一刹那，眼睛立刻湿润了。这个家充满了节日的喜庆。崭新干净的窗帘，大大小小的中国结，花瓶里鲜艳的花儿，还有电视背景墙上新挂上的一幅大大的写真合影，照片里，两个人喜笑颜开。王凯回头看看萧青青，萧青青只是微笑着，看他。王凯轻轻地关上门，温情地抱住了萧青青。

大年三十一大早，王凯妈妈就一遍一遍地打电话催他们回家过年，对此萧青青很是感动，在自己所有的关于童年的记忆中，萧然去世之前的每个春节都是快乐的，可是自从萧

然去世，她对春节的所有美好记忆几乎都和王家有关。她喜欢公公婆婆，她觉得他们是世界上最慈爱的老人。

于是，萧青青打算吃过早饭，和王凯一起去商场给公婆和姐姐外甥外甥女买礼物，然后去婆婆家过春节。

可是当萧青青做好早餐，喊王凯吃饭的时候，王凯却脸色阴郁地坐在洗手间的马桶上一声不吭。

“你怎么了？”萧青青一手扶着门站在外面。

“哦，没事。”王凯抬眼看了看萧青青，欲言又止。

“没什么事的话，洗洗手吃饭吧。”萧青青笑了笑，转身离开了。

两个人不言不语地吃着早餐，突然王凯的手机响了，是个信息。王凯看了看萧青青，心虚似的，快速地瞟了一眼，赶紧合上了手机。

他突然觉得局促不安，仿佛背后有无数的眼睛在盯着那个手机一样，那个信息，像魔剑一样刺痛了自己的眼睛。

“我在星巴克等你。”

这个信息像一颗隐形炸弹一样，立刻让王凯有魂飞魄散之感。面对刚刚融化坚冰的萧青青，王凯顿时觉得头疼不已，只是玩玩而已，可是那女人却动了真心。

“嗯……那个……青青，你能不能自己去买礼物，然后先去妈妈家等我？”他吞吞吐吐地提出了自己的建议，心虚地看了萧青青一眼，看见萧青青微笑了一下，他也嘴角一动，淡淡地笑了一下，“哦，我公司今天有点事情要处理一下，我得去，顺便给员工发红包。”

“好的，别太累就好了。我帮你叫大刚来开车带你吧？”

“不用不用，过年了，大刚也得在家陪家人。我打的去好了。”王凯立刻拒绝了萧青青的好意。

早饭过后，两个人同时出了门。

和那些正处于恩爱之中的夫妻不同，他们只是向对方微微笑了笑，算是再见。

萧青青一个人去银座商场，她计划着给公公婆婆买点最有价值的礼物。商场里的人多得像海里的鱼，她在人群中挤来挤去，一会儿就热得满头是汗了。看来经济条件的好转，百姓的腰包都鼓了起来，在大年三十这天来消费的人还是很多的。

挤着挤着，萧青青就碰见了李媛和潘林两口子。他们手里大包小包的礼品拿了一大堆。

"青青，你怎么一个人逛啊？王凯呢？"李媛问。

"他说公司有事，去公司了，晚点再回他妈妈家。"

"公司有事？他们公司不是昨天就放假了吗？我听笑笑说，他们今年生意不错，每个人还都发了大礼包呢。"李媛惊诧地说。潘林赶紧接过李媛的话说："哦，他是老板，哪还有假期啊。"

李媛转脸看看潘林，也赶紧说："对对对，老板和员工肯定不能是一样的。"

萧青青听他们这么说，对王凯的去向也就猜出了几分大概，心里顿时失落起来。虽然一直都知道王凯在外面有人，但是出于补偿的心理，她从未觉得像今天这么难过，以前如果说有什么情绪，也是无奈多一点，可是今天这种感觉却完全不同，好像有什么在心里狠狠地抓了几把，昨夜的恩爱仿佛还在，转眼就有了物是人非之感。但是萧青青尽力表现出轻松的样子，也对李媛夫妻俩微微笑了笑。

告别了李媛，萧青青再也无心仔细甄别那些斑斓的礼物，心里的伤感如同潮水袭来。她一个人逛到商场边缘的茶座里，点了一杯柠檬茶，出神地看着窗外。天空是那么高远，不知道是哪个孩子的风筝在这样的冬季突然断了线，那风筝在楼群的空隙里起起浮浮跌跌撞撞，让人伤感。街道上，人来人往，悲悲喜喜，每个人都顶着自己的面具来来回回，在新年临近的日子，她的落寞显得那么空旷，茶座里的音乐突然变成了《绿野仙踪》，悠扬，寂寞，带着怨女般的神秘和无奈，是逃避还是不舍？萧青青闭上眼睛，她仿佛看见自己在阔大无边的草地上，时而欢欣，时而沉寂，时而跳跃，时而奔跑，时而掩面哭泣，她觉得自己不停地在原地转圈，可是怎样都触摸不到温暖的脸颊，四周寂寥而寒凉。

她又一次哭了，轻轻地，只是流眼泪，没有声音，没有抽噎，只是流泪。她不知道自己哭了多久，这一次，只是觉得哭完了，几乎筋疲力尽。她告诉自己，这次哭泣已经用尽了一生的力气。

于是，萧青青到洗手间洗了脸补了妆，然后对着镜子里的自己说："萧青青，今天是 2015 年的最后一天，也是你逃避责任的最后一天，从明天开始，你要为创造幸福的婚姻而努力！加油！"

走出银座商场，一股寒风扑面而来，萧青青立刻觉得空气清爽了许多。她想，此刻，王凯一定是和一个女人在一起。可是她不恨那个女人，她觉得那个女人是那么值得同情。在春节之际，所有的人都有自己的归宿，可是那个女人却只能偷偷地跟自己所谓的爱人乞求一点点爱情，这见不得光的爱情啊，爱起来该有多辛苦！而王凯，他本不是这样的人，是自己的冷漠忽略了他，所以他才会有了别人。可是他一只脚踩在婚姻的门里，一只脚却已经迈出了门槛，这样的撕扯又何尝不是一种痛苦？萧青青想着想着，心里竟不那么失落了。

她在站牌下裹紧了衣服，低着头，无聊地等公共汽车，一辆小轿车无声无息地停在了她身边。

"萧青青！"车窗摇下来，竟是顾子清。"去哪里，我送你吧。"说话的当儿，他已经打开了车门。

萧青青往后看了看，还是不见公共汽车的影子，就上了车。

“你的车很豪华啊。”萧青青赞美道。

“呵呵，”顾子清笑笑，“可是这么豪华的车也是整天只载我一个人喽。”

“你去看白冰了吗？”

“看了，她已经出院了。没说为什么住院。”

“哦，”萧青青看看顾子清平静的脸，确信他不知道她到底为什么住院。男人一向是粗糙的。

“萧青青，你说女人是不是特希望男人总是陪在左右才会觉得幸福啊？”

“可能吧，我也不知道。”萧青青如实回答道。她的回答惹得顾子清哈哈大笑起来。

“你不知道？你不是女人啊？！”顾子清从后视镜里看了一眼萧青青，大笑着问。

“你别笑了，我是真不知道。”萧青青的眼神暗淡下来，“我其实都没搞懂我自己是个什么样的女人，是需要人陪的还是不需要人陪的，所以我总是很迷惘。”

顾子清侧脸看了看萧青青：“你好像也不幸福？”

萧青青没回答，沉默了一会儿，她突然说：“顾子清，你如果没和白冰离婚，可是你却喜欢上一个别的女人，你会选择离开白冰吗？”

“这样的假设啊，还是蛮有意思的。让我想一会儿，我得先算笔账。”他一本正经的样子透出令人厌恶的奸猾，“无论什么原因我和别的女人有染，我都肯定是不会离开白冰的，因为她是我的妻子。可是白冰她就不行，所以她执意离开了我。其实，没几个男人会真的愿意离婚去娶一个小三。说实话，我身边很多大老板，还不一样是家庭稳定？有时候，女人只是男人餐桌上的调料而已。这个世界，礼崩乐坏，道德滑坡，不劳而获的思想严重腐蚀了新一代女青年，她们虎视眈眈地盯着男人的钱包和裆部，而男人则虎视眈眈地盯着女人的胸

部，哈哈哈。”

顾子清毫不掩饰的真实让萧青青汗颜，她扭头朝向车窗外面，实在难以面对这样露骨的男人！你跟他谈的是爱情，他跟你交流的却是性。这一刻，萧青青很是懊恼，何必问他这个问题呢？

也许是感受到了车里的沉闷，顾子清狡猾地一笑，试探地说：“萧老师，是不是你觉得我说得太不堪了？”

“呃，没有，”萧青青慌忙掩饰自己的失态，“还好吧。”

“其实，我说的话糙理不糙，你不觉得现在这个社会到处都是打着释放天性的旗号，行着苟且之事的人吗？”他冷笑一下，“有的人，你给他讲责任，他都已经觉得你是出土的了。”

萧青青不语。

顾子清看一眼萧青青沉默的脸，换了话题。“你可千万不要以为，我和白冰离婚是因为我外面有女人啊！我对外面那些花花草草根本没有兴趣，忒俗！个个透着夜店女郎的金钱味道。”

“这个我听白冰说了。她说你很爱她，可是却没有时间陪她。”

“是吗？这可真难得。她还有点良心哈。”说完，顾子清自顾自地笑起来。

当萧青青到达婆婆家楼下的时候，王凯已经在楼下等着了，这一点让萧青青很是意外。

看到萧青青从一辆豪华汽车上下来，王凯很惊讶。在他的印象中，萧青青的朋友圈子很狭窄，从没有听说她有这样一个朋友。但是他还是大方地走到车边，准备跟顾子清打个招呼。可是当他看到顾子清的时候，脸色突然变得激动起来。说话也变得结结巴巴：“你好……谢谢啊！”

顾子清则没有看到那细微的变化，他走下车，伸出手跟

王凯握了握手：“你好，前几天听萧青青说你受伤了？现在好多了吧？”

“哦，谢谢关心，好些了。”

“那太好了，”顾子清转过头对萧青青笑了笑，接着说，“那就提前祝你们新年快乐了！”

“新年快乐！”萧青青和王凯同时说。

看着顾子清的宝马缓缓开走，王凯偷眼看了下萧青青，萧青青若无其事地转身向楼上走去，王凯一把抓住她的衣服，“你怎么认识这个人的？”

“你说顾子清吗？”萧青青停住了脚步，回头问，“你也认识他吗？”

“哦，”王凯尴尬地笑笑，“他，谁不认识啊，恒天房产集团的老总嘛。咱青城做生意的，不认识他的人不太多。”

“是吗？这个我还真不知道，他也没说。”

“什么？”王凯更加好奇了，“你不知道他是恒天房产集团的老总？”

“是啊，”萧青青紧紧地盯着王凯，“这个很重要吗？”

“不是，我就是问问。我们赶紧上楼吧，咦？你怎么什么也没买啊？”

“哦，没有合适的。”萧青青淡淡地说。

两个人一前一后向楼上走去，快到门口的时候，萧青青停下了脚步，等到王凯赶上来，她才举手敲门。王凯妈妈看见儿子儿媳一起来的，心里别提有多高兴了，她喜笑颜开地拉住萧青青的手，还唏嘘不已地念叨着：“这手，怎么这么凉啊？”

婆婆家的暖气很足，屋子里像春天一样暖和，公公养在窗台上的水仙已经开了，屋子里氤氲着淡淡的香。和以往的除夕一样，大家先是围坐在一起，包过年饺子，饺子要围放成一圈一圈的，表示“圈福”，意味着团团圆圆，吉祥如意；

萧青青和婆婆一起温馨地包着水饺，唠着家常，萧青青的心里也暖暖的，如果不去想自己的婚姻出现的这些问题，萧青青会很恍惚地觉得生活如此，大概算得上是莫大的幸福了。王凯吊着一只胳膊，跟在他爸爸的后边，往玻璃窗上贴着窗花，大红喜庆的窗花映照着橘黄的灯光，透出古朴而悠长的温暖。贴完了窗花，他又帮爸爸一起摆水果，苹果是青城人过年首备水果，因为它代表着“平平安安”，金黄的橘子代表着“丰衣足食”，芒果则是给创业和读书的孩子准备的，它表示“光芒四射，成绩斐然”，今年，王凯爸爸还特地买来了糖葫芦，他说糖葫芦好，代表着团结向上。摆完了水果，又摆了坚果，什么核桃啊，花生啊，红枣啊，开心果啊，杏仁啊，长寿果啊，反正是超市里能见到的，王凯爸妈基本都买回来了。大家有说有笑，气氛美好。

八点整，工作基本完成，一家人开始边吃饭，边看中央台的春节联欢晚会。婆婆喜欢看，萧青青也喜欢看，她觉得除夕夜看晚会几乎成了中国新年的另一个文化符号。虽然在短短的四个多小时的时间里，人生百态不见得都能涵盖，但是这个晚上，电视节目展现给大家的一定是生活中那些活色生香的东西，是开心而愉悦的。她从不挑剔，几乎每个节目她都喜欢。

大概看到十点多，王凯已经不耐烦了，他执意要到房间里去玩电脑，他说这节目真鸡肋，还不如去看个武打片。没人理他，他就端了一盘水果，拿了一些瓜子，回房间去了。

不知道为什么，王凯走了一会儿之后，萧青青就觉得心神恍惚，节目也看不进心里了。

她的眼睛紧紧地盯着王凯房间的那扇门，她很希望自己有透视的能力，这样她就能够看到王凯在房间里干什么。或许是婆婆发现了她的恍惚，老人家拿来一些点心交给萧青青，示意她给王凯送进去，那一刻，萧青青知道自己再也演不下

去了，婆婆是何等敏锐！可是她转念又想，既然您不说破，我索性也不说吧，反正过了今天，我的婚姻只会越来越好。

她端着婆婆给的点心走到门口，敲了敲门，王凯说请进，萧青青走进门的一瞬间，王凯立刻挂断了正在讲着的电话，没来得及说再见。这一切，萧青青装作没有看见，她微笑地走到王凯身边，说：“妈让我给你送点儿点心。”

“谢谢。”王凯接过来点心，随手放在电脑桌上。

“王凯，我应该谢谢你。”萧青青突然说。

王凯一愣，随即以疑惑的眼光看着萧青青。

“真的，今天我觉得特别幸福，因为你，我才有了这么好的妈妈，这么好的爸爸。”

王凯想笑，可是又觉得萧青青的话里面其实感念的还是自己的爸爸妈妈，似乎和他没有多大关系，心里不免有点黯然。但是萧青青毕竟是从以往的冷淡中走了出来，他也还是能够感觉到的。

王凯拉萧青青坐到自己的旁边。他用一只手抓住萧青青的手放在自己的腿上：“青青，其实最该说谢谢的还是我，你是我这辈子的福气。我王凯能和你走在一起，心里不知道多开心呢。”他顿了顿，接着说，“可是我也明白，我只是你命里的男人，却不是你心里的男人。”

王凯的话让萧青青心里突然难过起来，这样的话王凯之前从不曾说过，今天不知道是什么原因会让他说出来了。可是他却不知道，这句话在萧青青心里已经生长了七八年，而今都已经接近凋零了。从王凯车祸的那天起，萧青青就知道，她心里的那个男人已经越走越远了，而王凯在自己的心中是那么重要，重要得不能受一点儿伤害，所以当她了解他撒谎，她心里有的只是难过和宽容，甚至还有一点自责。

但是萧青青还是笑了笑，她知道现在的表白其实不能改变什么，语言有时候很有力，有时候却是最无用的东西。

王凯看见萧青青只是笑了笑，接着说：“你是不是觉得和我在一起，日子过得挺漫长的？”

“没有，我只是觉得自己挺忙。”

萧青青今天不想继续跟王凯探讨这个问题，因为她知道，只要心中有爱，她就不会选择放弃。

渐渐地能够听见外面放鞭炮的声音了，虽然国家规定不能燃放鞭炮，可是青城毕竟是个小地方，所以鞭炮还是会在除夕夜响起。

王凯和萧青青也连忙从卧室里出来，喊着“我们也该放鞭炮了”。

王凯的爸爸很高兴，因为去年，萧青青很早就睡了，王凯是深夜才回，家里冷冷清清的。今年俩人还一起要放鞭炮，他心里就觉得这样的家才是温暖的家，是幸福的家。

快乐地放完了鞭炮，家里的电话就响了起来，王羽，王霏分别给家里打来电话拜年，气氛顿时热闹起来。萧青青在这种热闹的气氛里面完全忘记了烦恼，她想，只要爱还在，家就在。这样想着，她坚定地看了看王凯，发现王凯竟然也正看着她。她认定这年的除夕夜充满了神秘的力量，它似乎在牵着两个人往一个地方奔去。

这个大年夜，他们在父母的目光里不得不住到了一个房间里。

热热闹闹的春节过后，王凯就忙着去和那些客户、朋友拜年，然后参加一场又一场的聚餐。与以往不同的是，王凯无论多晚都会回家来，而萧青青则是无论多晚都会等着王凯回来。他们不说那些和过往有关的话题时，萧青青便觉得生活仿佛又回到了新婚时。

八

初六那天，萧青青决定去医院看看裴静一。除了除夕夜打了个问候电话，她还一直没来得及去看她。即使那天打电话的时候，萧青青的内心也是伤感的，过得了今年，她还能过得了明年这个春节吗？生命的脆弱那么赤裸裸地展现在萧青青的面前，她每次想到裴静一都觉得只要生命还在，一切的困难和磨难都不重要，不可怕。

因为一些单位马上就要上班了，所以大街上还算干净，新年的气息虽然依然存在，可还是让人有点莫名的怅惘，日子的流逝还是太悄无声息了。

医院里却并不像外人想象得那么冷清，总有一些人只能在医院里度过自己的新年。

一段日子没来，裴静一的精神明显地差了很多。她的脸颊更加深陷了，头发却还是梳得很整齐。后来萧青青才想明白，她哪还有头发啊，那分明是假发。看见萧青青来，裴静一的眼泪唰地一下流了下来。整个病房只剩下了裴静一，萧青青把裴静一揽入怀中，泪水也难以自已。

“除了张大妈被儿女接回家，其他的都走了。你不能体会我看着他们一个一个被死神带走的感觉，那不仅仅是恐惧。”裴静一目光暗淡地说。

萧青青不知道自己该说些什么才能让她不那么伤心。

“青青，这些日子我总在想，如果生命真的可以长生不老，生命一定是世界上最不被珍惜的东西。可是生命是如此短暂，我甚至来不及等牛牛长大，来不及让他了解什么是爱。当我看见他们离去，我总在计算我自己的日子，你不能了解数着日子过的悲哀。人生越是到了结尾就越沉重，心情却是越老越荒芜。”

她抬手擦了擦泪水接着说："放鞭炮的时候，病房里就我一个人，我拿着电话不知道该打给谁，我的朋友们都有自己热热闹闹的家，我一个将死的人在新年来临的时候打电话给他们，自己都觉得会给别人带来晦气……"

萧青青赶紧打断她："别这么说，静一。"

裴静一拍了拍萧青青的手背，接着说："我知道你的意思，可是我不能在这样的时候还是做一个自私的人。刘青把牛牛带回了自己的老家，除夕夜，儿子给我打了个电话，我哭得一塌糊涂。青青，牛牛什么也不懂，他不知道自己的妈妈就要死了，这样的一个孩子在新年来临的时候却只能跟着保姆过节……"

"静一，牛牛的爸爸现在也不知道你的情况吗？"

"也许吧。他们走了，不在青城。即使知道了，还能怎样呢？"裴静一叹了口气，沉默起来。

过了一会儿，裴静一说："青青，你知道我现在感觉生活中什么是最重要的吗？"

"唉，你想这么多干什么？"萧青青忍不住责备道。

"如果不是因为生病，我想我可能一辈子都不能了解，其实生活中最重要的就是爱与宽容。爱自己，爱亲人，爱世界，爱生活。宽容自己，宽容亲人，宽容社会，宽容生活。如果我能做到这些，我就不会那么为难自己，也就不会那么为难牛牛的爸爸，也就不会为难我的父母。我的生活一定是另外一个样子。青青，你是个聪明的女人，你一定更加懂得生活的真谛。好好过，千万不能犯傻啊。"

萧青青看着裴静一，完全惊诧了，这还是那个任性潇洒，敢爱敢恨的女人吗？磨难可以改变一个人，裴静一的这番话真正验证了这一点。

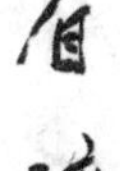

裴静一休息了一会儿，接着说："青青，我是一个彻头

彻尾的失败者，我的人生真是不值得留恋，我死了以后，麻烦你和李媛把我的骨灰装在一个坛子里，埋在山坡上，然后在上面栽上一棵树，等到牛牛大了，至少让他知道，他的妈妈埋在了哪里。至于牛牛……”她说不下去，眼睛红肿得厉害，泪水哗哗地流下来，“我真不知道该不该把他交给他的爸爸。”

萧青青看到裴静一的状态，心里难过极了，可是不管怎么说，她的病的确是一个客观事实，作为一个朋友，她也做不到说那些无关痛痒的话来安慰生命垂危的同学。此刻，萧青青的心里觉得活着是那么美好，即使怨恨都会变得可爱。听裴静一冷静地安排自己的后事，萧青青的心里哀痛难当，眼泪也止不住地流。

“静一，你不要那么悲观……要相信奇迹！”她还是说出了这样的话，除此之外，她也真不知道该说什么才能安慰裴静一。

“谢谢你，青青。”裴静一有点累了，她放下了枕头，躺了下来。萧青青看到裴静一的脸色枯黄中泛着苍白，她转身给裴静一倒了杯水，水倒出来才发现是冰凉的。萧青青的眼睛再一次湿润了，孤独是多么可怕，孤独的人生是多么凄惶。这样的时候，人的生命才被发现是如此的不堪，握着那杯凉水，萧青青的心脏像被什么揪着一样，疼痛立刻让她跑到门口干呕起来。眼泪就那么哗哗地如同夏天的雨水，她觉得自己这一辈子绝对不能有这样的遭遇，珍惜和爱一定可以创造温暖的生活，即使生老病死不能控制，可是身边的亲人一定能紧紧地抓着彼此的手共渡难关。可怜的裴静一。

病房里，裴静一虚弱地喊青青的名字，她不知道萧青青是怎么了，她的举动让裴静一有点害怕。听到裴静一的呼唤，萧青青的大脑立刻清醒起来，自己的行为不是在给裴静一增加思想负担吗？她赶紧站起身，擦了擦眼泪，大声地回应裴静一，然后告诉她说要去拎一壶开水回来。

在走廊上，萧青青碰见了来值班的蓝医生。

“蓝医生，裴静一的情况是不是非常不好啊？”

“是的，她的病情恶化的速度超出了我们的想象，我想可能是她心情极端抑郁的原因吧。”

“蓝医生，我能做些什么呢？”

“其实，病人的求生欲望往往是最重要的。可是裴静一却不具备这样的欲望，虽然她有时候也很留恋生活，但是我感觉她更多的是无奈和放弃，所以，目前，我们已经无能为力了。”

蓝医生无奈的话语让萧青青的心更加沉重了。和蓝医生告别之后，她拨通了李媛的电话。

“李媛，在忙吗？”

“没有，只是在准备明天上班的材料。”

“我在医院，静一的状况可能不太好。”

“啊？那……我们该做些什么呢？”

“我也不知道……就是觉得心情沉重。”

“青青，你中午会离开医院吗？如果你不离开，我马上就过去，中午我们一起陪陪静一吧。”

“好吧，我等你。”

挂了电话，萧青青觉得扑面而来的寒风让人难以承受。这样的季节总是让人难过，寒冷，寂寥，看不到希望。她也不喜欢医院，医院总是呈现了太多病痛和无奈，鲜血和死亡。在这里，失望总是多于希望，沉重总是多于欢愉。唉，活着是一种修行，或许，磨难就是必修课吧。但是只要活着，苦痛总会过去。

等萧青青拎了开水回来的时候，病房里多了一个人。她站在裴静一的床前，面容疲惫，脸色沉郁。

看见萧青青进来，裴静一说："青青，这是我姐。"

这个"姐"字一出口，裴静一便泪眼朦胧了，不知道有多少时间，她都渴望自己的亲人能够来看自己一眼，哪怕来到以后只有斥责，至少说明他们还在念着她，可是他们杳无消息，没有问候，更没有探望。张爱玲说，"爱的另一面是冷漠"，她宁可他们不是冷漠而是怨恨，至少，怨恨也是恨铁不成钢的无奈，里面承载着感情。

裴静一的姐姐看见萧青青拎着开水回来，赶忙接过暖水瓶，眼睛也是红红肿肿的。毕竟是血浓于水的妹妹，即使从不曾来探望，内心的煎熬也是一样的痛苦。

她说，爸爸妈妈知道牛牛出生，觉得很丢脸，于是整天不愿意出门，害怕别人在背后指指点点，他们辛辛苦苦供静一读书，希望她能成就一番事业，能够为父母争光，可是她却完全变成了别人眼中的小三、下贱的人。裴静一住院的时候，爸爸心急如焚，天天借酒浇愁，几次想要来医院看静一，可是又磨不开面子。他到她那里让她抽空一定来看看，她答应了爸爸，爸爸才红着眼睛离开，可是却没有想到，爸爸在回去的路上出了车祸。妈妈因此几乎崩溃，更加不能原谅静一，不久也郁郁而终，一个多月的时间，父母双双去世，这让她难以承受。

过年的时候，她很想来医院陪静一，可是她又不知道究竟该怎么跟静一说，所以才拖到今天。她是个迷信的人，因为困苦的日子实在过得太久了，她越来越相信命运。她说昨天夜里做了一个梦，梦见自己的爸爸哭着让她来看静一，他告诉她，静一也没有错，只是命太苦。还说，他看见静一光着脚在满是沙砾和碎玻璃的地上不停地跑，脚上都是血，她不停地喊"爸爸，救救我"，他说静一一定很痛苦。说到这里，裴静一的姐姐已经泣不成声，而裴静一则早已哭得没了力气。

她一直觉得自己是父母和命运的弃儿，没有想到，再让父母丢脸的孩子也是父母心头的宝贝，即使阴阳两隔，父母之爱也从未停止。裴静一坚持要跟姐姐去父母的坟上看一看，她不能控制自己，试图努力从床上起来，可是却又重重地摔倒在床上。她大声地哭泣，她姐姐和萧青青都劝不了她，她发了疯似的撕扯自己的衣服、被子，嘴里不停地喊着“爸爸妈妈”。萧青青不忍看着她继续这样，一边流着眼泪一边劝她冷静一点，要保重身体。可是裴静一最终还是吐出了一大口鲜血，昏了过去，眼泪顺着脸颊流到了嘴角。

萧青青立刻按响了床头的呼叫铃，蓝医生和两个护士飞快地跑进来。看到裴静一苍白的脸色和微弱的呼吸，萧青青的胃紧紧地抽疼起来，豆大的汗珠不停地从脸上往下流。这时候李媛也来到了，看见医生正对裴静一实施抢救，她立刻蹲到萧青青身边。

萧青青已经不能说话，她不停地呕吐，像以往那样，不同的是，她觉得自己的心跳快要停止了，而眼泪却无论如何都咽不回去。

裴静一的姐姐则手足无措地站在一边，只知道哭，什么也做不了。

大概经过了接近两个小时的抢救，裴静一渐渐醒了过来，醒来之后又无声地哭泣起来。她的姐姐便站在床边陪着她一起流眼泪。

李媛扶着萧青青走过来，劝她们不要再哭了，裴静一的状态也不稳定，不能再受刺激了。

她们本来打算在医院陪裴静一过一个中午，看到她的姐姐在，她们就离开了。离开医院的时候，她们遇到了刘春带着牛牛回来，刘春说，早上牛牛突然说想妈妈，要回来看妈妈。不知道为什么，萧青青的心里有种不祥的预感，这种感觉让

她觉得窒息和紧张，看着牛牛天真的背影，她有了一种沉重的担忧。

坐在李媛的车上，她开始不停地打着寒战。李媛把车里的空调开到最大，还是不能使她的寒战得到缓解。

“青青，你没事吧？你应该去看看医生，你的样子很不好。”李媛关切地问。

萧青青摇了摇头，她知道自己的寒战只是心灵紧张的表现而已，慢慢就会好的。就在这时萧青青的电话突然响了起来，一个陌生的电话号码，她看了李媛一眼，把电话放在了耳边。“您好，我是裴静一的主治医生，如果有时间请您来一趟吧。”电话挂了，萧青青的眼泪瞬间就奔涌而出。她知道，可怜的裴静一一定是去了。

她们立刻调转方向驶向了医院。

病房里的其他病人都出去了，一个陪护的老大娘站在门口抹眼泪。裴静一的姐姐哭得死去活来，刘春泪眼汪汪地紧紧地抱着牛牛。牛牛不知道究竟发生了什么事，看见每个人的眼里都是眼泪，他惊恐地依偎在刘春的怀里，忘记了哭泣。看到萧青青来到，牛牛突然“哇”的一声大哭起来。萧青青一把抱过来牛牛，眼泪喷涌而出。“可怜的孩子！”萧青青低声地说了句话，突然觉得浑身都没了力气。

裴静一就那么去了。

萧青青看到裴静一的眼角还留着一滴泪水，她忍不住抱紧了牛牛。却不知为何自己竟没有想象中的那样悲伤，虽然也是流泪。这时，她突然发现窗外的树枝上不知道什么时候站了一只鸟，眼睛滴溜溜地往里面看，看得她心里发毛。几乎与此同时，她发现对面大楼一个窗户里似乎有人在向这里张望。

牛牛被裴静一的姐姐勉强带走了，刘春一直追到医院外面。

萧青青和李媛走出来的时候，刘春正坐在马路边上发呆。远处，一个男人低着头走来走去。

她们劝走了失魂落魄的刘春，两个人站在原地茫然地看着对方。她们都看出来裴静一的姐姐不太情愿带走牛牛，可是又觉得把牛牛托付给谁都不太像话。她临走的时候，是牵着牛牛走的，牛牛几乎跟不上她的脚步，踉踉跄跄的。

那个晚上，萧青青躺在厚厚的被子里还是觉得浑身发抖，有一种透骨的寒冷不停地侵袭她身上的每一寸肌肤。生命的无常让她觉得压抑而悲伤，裴静一的死像一个魔咒一样侵蚀着萧青青的心灵。

夜里，她发起了高烧。

迷迷糊糊中，她觉得自己回到了老家的那个河边，天气阴冷，北风呼呼地撕扯着裸露躯干毫无遮挡的树枝和枯草。她像是小时候的样子，在不停地奔走，眼里还含着泪。不一会儿，她似乎看见萧然笑眯眯地向她走来，她便开心地奔向自己的父亲，可是，在张开手臂的那一瞬间，自己抱住的却是一片浑浊的雾气，她挥舞着双手大声地喊着“爸爸，爸爸”，但是那个模糊的身影却没有出现。她蹲在地上嘤嘤地哭起来，她哭的时候，树枝上的小鸟便轻轻地飞下来，站在她的旁边，不时地用尖尖的嘴巴啄着她的脚踝，她停住了哭泣，试图用手轻轻托起那只小小的鸟儿。鸟儿却突然发出令人恐怖的叫声，狠狠地啄了她一下，快速飞走了。她顿时觉得寒冷而恐惧，她吓得瑟瑟发抖，想跑，却无论如何也迈不动脚，也无处可逃。四周突然变得黑暗，风呜咽着刮起地上的落叶，肆虐地扑打着她，她很想大声地哭，像与爸爸妈妈走丢了的孩子那样号啕大哭，可是嗓子像是被什么黏住了一样，一点声音也发不出来……

王凯隔着被子伸出一只胳膊抱着捶打自己胸口的萧青青，

柔柔地唤醒了她。萧青青睁开眼睛看见了王凯，终于“哇”的一下哭了出来。

王凯说：“青青，你发烧了，不能再哭了。”

萧青青并没有停止哭泣，她几乎不能停止哭泣，心里似乎堆着一片海洋一样的难过，这些水一样的哀愁撞击着她的心怀，不哭不快。她不知道是为了裴静一是为了萧然还是为了自己，她只是想哭，想哭到失去知觉为止。此刻，她无力地伏在王凯的怀里，贪婪地享受着陌生而又熟悉的温存，心里愈加百感交集。

王凯不再说话，只是静静地拥着她，任她放声大哭。

事实上，他很少看见她哭，他觉得萧青青似乎根本就没有哭过。这一刻，王凯也觉得萧青青那么陌生，他甚至怀疑，自己真的和她一起生活了快十年了吗？

他叹了口气，把脸贴向萧青青的头发，她的头发里有一种淡淡的香气。他已经不记得有多长时间没有闻过这样的发香了。

萧青青渐渐地停住了哭泣，她抬起头，凝视着王凯的眼睛说：“王凯，裴静一死了。”

王凯抚摩着萧青青的头发，点了点头。

“她太可怜了，牛牛更可怜。”萧青青长长地叹了口气，手指轻轻放进王凯的腰间。“一个离开了妈妈的孩子，无论有多少玩具和伙伴，他都是孤独的。”

王凯没有说话，他不知道该说什么。

夜就这样惴惴不安地忧伤地睡去了。在王凯的怀里，萧青青第一次疲惫不堪地睡着了，而且没有再做噩梦。

当她醒来的时候，她发现两个人十指相扣，紧紧相拥。那一瞬间，她觉得恍惚，他们，真的曾经那么疏远吗？这样想着，她的眼泪又出来了。她的泪水落到了王凯的脸上，惊醒了他。他抽出手，摸了摸萧青青的额头，眼里荡开了一点笑意。

遵从裴静一的遗愿，他们把她的骨灰装在一个坛子里埋到了山脚下。裴静一下葬那天，天气出奇得好，暖暖的冬阳似乎要融化每一块坚冰一样。他们在她的坟上种了一棵树。没有仪式，没有悼词，没有花圈和挽联，裴静一的葬礼简单到让人觉得不是在和一个人告别。

牛牛不知道那土里埋的是谁，睁着一双大眼睛看看这个看看那个，他还奶声奶气地问萧青青自己的妈妈怎么不来种树。牛牛的话让大家都忍不住更加伤心。萧青青望着牛牛可爱的脸，泪流成河，心里拥堵到几乎无法呼吸，她分不清那是心疼还是悲痛，与此同时，她的心里升起一个大大的愿望。

他们离开的时候，牛牛回头看了一眼那棵树，那眼神竟然有了悲伤的痕迹。

就在萧青青刚要上车的时候，裴静一的姐姐突然叫住了她和李媛。

她仍是牵着牛牛的手，欲言又止，颇是踌躇的样子。李媛弯腰抱起牛牛，又摸了摸他的脸。牛牛趴在李媛身上，又回头看了看那棵种在裴静一坟头的树，因为是冬天，树上没有一片叶子，瘦弱的枝条在风中孤独地摇着。

裴静一的姐姐伸手接过牛牛，流下几滴泪来。她说："谢谢你们，没有你们，我真不知道该怎么办。"

萧青青伸出手去握住牛牛的小手，眼睛却看着裴静一的姐姐说："大姐，你不用这么说。静一是我们的同学，来送她也是应该的。只是，牛牛太可怜了。"

"是啊，"裴静一的姐姐叹了一口气，"我真不知道该怎么办，我的收入很低，勉强能够吃饱饭，如今再多一个牛牛，

我……我，唉！”接着，她突然换了一种口气说，“静一不是还有一个美容院吗？按道理，是不是应该归我？”

对她的突然提问，李媛撇了撇嘴：“应该是归牛牛继承，但是人不在了，美容院也不值几个钱，房子是租的。之前的医药费都是从美容院出，美容院早成了空壳了。房东就连房租都还没有拿到。静一生前已经委托我们进行了转让，虽然没有转让成功，估计扣除了房租，美容院也就只剩一些仪器、产品什么的了。估计现在房东也不会允许转让的。”

“是吗？”裴静一的姐姐眼里刚刚燃起的希望之光很快地黯淡下去，很失望的样子，“那，我用什么来养牛牛呢？”她目光复杂地看着李媛和萧青青，“我连自己的孩子都只能是勉强照顾，我要摆摊，没有时间来照看他。虽说牛牛是我妹妹的孩子，可是我没有能力照顾好他的话，也是对不住静一的。你们知道这孩子的爸爸怎么联系吗？”

她们俩摇了摇头，裴静一的姐姐便盯着牛牛叹了口气。其实，她们连牛牛的爸爸叫什么名字都不知道。

终于，牛牛还是又一次被裴静一的姐姐带走了。没走多远，她们就听到了牛牛哇哇大哭的声音。

九

送走了裴静一，萧青青的心情愈加低落。李媛见状，约了潘林和王凯一起去吃饭，算是寄托一下愁肠，也是给自己压惊。

她们两个到了那个名叫“老春土菜馆”的饭店时，潘林已经点好了饭菜，只等她们的到来了。萧青青巡视了一下四周，没有发现王凯的影子，却意外地看见了一个似乎熟悉的背影，转过大厅的饰竹往后厨去了，可是一时又完全想不起来是谁。看到萧青青专注地看着一个方向，李媛和潘林也转过头去看，结果什么也没有看到。

“你看什么呢？”李媛一边脱外套一边问。

“我看见一个背影，好像很熟悉的样子。”她狐疑不已地坐下来，慢慢地解开自己的围巾。

潘林往餐馆门口张望了一会儿，自言自语地念叨着：“怎么还没来呢？”正疑惑的时候，王凯打来了电话。萧青青不知道王凯为什么没有打自己的电话，而是拨给了潘林。“哦，好的……那我们先开始了……她们俩现在情绪还行，有点悲伤……嗯，那你快点儿。”潘林接完电话看了看她们，示意开始吃饭。

“王凯怎么了？”李媛问道。

“说是在德仁路遇见了一个熟人，晚点儿就到。咱们先开始吧。”潘林说着拿起萧青青的杯子倒上了酒。

可是，一个小时过去了，王凯还没来。萧青青不知道自己喝了几杯酒，只记得李媛和潘林轮番劝阻，也没有使她停下来。她告诉李媛说，自己已经很久很久没有喝过酒了，她说今天就想试一试自己究竟能喝多少酒，不会有什么问题。

她喝多了，不说话，只是流泪。泪水流得很寂静，她也不擦，就那么坐着，头抵在窗玻璃上。

她记起前一次喝酒还是和林瀚泽在一起的最后一个晚上，他们买了红酒和蜡烛，在租住的小屋里，她喝着喝着就哭了，林瀚泽怎么哄也哄不住。萧青青恍恍惚惚地觉得，这些年，自己心里净流泪了。

“亲爱的，我累了，我想回家。”萧青青有气无力地跟李媛说。

可是，出门的时候，李媛却接到儿子的电话，说是姥姥

拖地的时候摔倒了，姥爷被别人约出去了，手机打不通。邻居帮忙打了120，让他们赶紧赶回去。

李媛和潘林立刻慌了神，听到这个消息，萧青青的酒也醒了大半，她一手扶着额头，一手连续地摆着："快去，快去，也不知道阿姨伤得怎么样。"看见李媛还在犹豫，她使劲一推，大声地说，"赶紧的啊！快去，我自己打车回去。"他们俩这才小跑着离开。

萧青青半闭着眼睛，整理了一下滑到臂弯的包包。这时候才觉得头晕得天旋地转，脚像踩在棉花上，她努力让自己的身体走得跟平时一样端庄，可还是不能控制地有点飘忽。她非常害怕此时遇见熟人，这样的不稳重是从来也不曾在外人面前有过的。

一辆出租车停在身边，她慢慢地抬起脚，尽量保持不摇晃，轻轻地上了车。

当她醒来的时候，出租车师傅正靠着驾驶座后背呼呼地睡着。她抬起手腕看了看表，惊讶地说了声："天哪！都三点多了！"她这样说着便探身拍了拍司机师傅的肩膀，师傅立刻睁开眼睛转过头来，他憨憨地说了声："您醒了？"

她不好意思地笑笑，拉开包刚要拿钱，突然记起今天下午四点半是要开假期培训会的，自己竟然完全忘记了。她只好抱歉地对师傅说："不好意思，你等我的这些时间，我按等待一样付钱，现在麻烦您送我去开源中学好吗？"

司机师傅好脾气地发动了汽车，他不接萧青青的话，却兀自说："你长得很像我老家的一个熟人。"

"是吗？您老家是哪儿的呀？"萧青青梳理了一下头发，敷衍地问。

"五和镇，不过我的熟人不是五和镇的。呵呵！"他说着，看了一眼后视镜。

“五和镇，我好像也听说过，是不是离淄川市的郭集镇不远啊？”

“呵呵，看起来你和我熟人还真有缘分呢，竟然还知道郭集镇。”听到萧青青知道“郭集镇”这个地方，司机师傅很开心，他说：“是的，郭集镇和五和镇离得不算远，我小的时候经常会去郭集镇赶集。我那个朋友家就住在郭集镇。”

萧青青笑了笑，算是鼓励他继续说下去。

“我们一起长大的，我姥姥家和她家是邻居，我们小的时候就常常在一起玩。那时候农村人穷，可是都很善良，我能经常在她家蹭饭吃。时间长了，别人都跟我们开玩笑，说将来我可以给他们家当上门女婿。听了这个话，我开始有点不高兴，后来觉得也不错，反正有饭吃，有人一起玩，当什么都无所谓。”他说着哈哈笑起来。

“再长大一点的时候，见面就觉得不好意思了，渐渐地去的就少了，但是我们私下里还是很要好，就像哥们儿那样，她有什么不高兴的事情也会跟我说。只是我觉得她有点心高，一心想嫁给有文化的人。”他开始有点淡淡的悲伤。

“这么说，你们没有结合在一起？”萧青青问。

“没有，她终究也没嫁给一个有文化的人。这都是命。我看你第一眼就觉得你长得像她，你是青城人吗？”

萧青青看了他一眼，爽朗地笑着说：“不是，我是大学毕业在这里就业的。我老家是临城。”

“临城？”司机师傅突然来了精神，“嗨，我那朋友后来就嫁去了临城呢，还真巧了！”

“是吗？”萧青青的心里莫名其妙地涌起一点点兴奋，“那你说说你那朋友叫什么名字？”

“小名叫大红，我们都叫她大红，”司机师傅想了想，接着说，“大名应该是颜秋红。对，就叫颜秋红。是一个知

青帮她改的名字，她本来是叫颜大红的，她的知青朋友觉得不好听，他们又是秋天认识的，就帮她改成了颜秋红。”

“呵呵，不会是我妈吧？我妈妈就叫颜秋红！”萧青青惊讶地大声说。

“是吗？还真巧！”司机师傅减慢了速度，看了眼萧青青，“我就觉得你长得像她。看来还真是！”他在异乡见到故人的女儿，心里似乎也多了一份开心。

“那，您怎么称呼啊？”萧青青迟疑地问。

“我姓童，你叫我童师傅就行。”他快乐地回答。

萧青青微微一笑，心里想这个人还真朴实。“童师傅，您和我妈还有联系吗？我怎么都没有听她讲过她以前的事情？”

“呵呵，你妈没讲过我有什么稀奇的？”童师傅不好意思地笑了笑，“你妈妈年轻的时候，很多小伙子都喜欢，因为你妈妈歌唱得好，还会跳舞。”童师傅一开口就把萧青青震了一下，她从来都没有听妈妈唱过歌，更别提跳舞了。

萧青青好奇地说：“可是，我妈从来都不唱歌啊。该不会您说的那个颜秋红，不是我妈吧？”

“怎么可能？”童师傅又通过观后镜看了一眼萧青青，“怎么可能会有这么多的巧合呢？你爸爸是不是姓萧？”

“对啊，看来，我对我妈还真是不了解。”她完全被震惊了。

“其实你妈妈是个很有才华的人，只是生不逢时罢了。她非常喜欢上学，对有文化的人充满了崇拜，可是你姥姥家有严重的重男轻女的思想，所以你妈只是在夜校学了一些字。但是因为你妈特别聪明，所以她认字很快，写得也很好看。可是很快夜校就解散了，为这个事情，你妈妈哭得很伤心。

“后来，村里来了知识青年，你妈就和他们打成一片，主要是想跟人家学认字学读书。可是那时候，那些知识青

年自己也没有什么书看，他们白天下地干活，晚上没有什么特别的活动，好在他们毕竟是在正规的学校读过书的人，教你妈妈还是能教得了的。因为你妈妈认字快，所以知青点的人都很喜欢她。慢慢地，你妈妈也开始参加他们的一些活动，比如唱歌啊，跳舞啊，反正那个年月的人娱乐的方式也很简单。”

“有一年秋天，你妈见到我的时候，跟我说她不叫颜大红了，有一个知青朋友给她改了新名字，叫颜秋红了。她很高兴的样子，我没什么文化，但是也觉得颜秋红比颜大红好听，显得很有文化。呵呵。”说到这里，童师傅颇有点不好意思。萧青青也附和着说：“是啊，秋红是比大红好听一些。”

“因为她和那个知青好上了，听说你姥姥要砸断你妈的腿，死活也不同意他们好。最后也没好成，这才嫁给了你爸爸。”

后面的事情，萧青青就知道了。但是她觉得疑惑，为什么童师傅说妈妈会唱歌会跳舞，可是她却从没有看到过呢？

“唉！”童师傅叹了口气，接着说道，“你妈应该是不开心，当然不会唱歌啦！”

“不开心？”萧青青更加奇怪了。

“是啊！她嫁给你爸爸只是为了完成结婚，她不喜欢你爸爸。”

听到这里，萧青青突然涌起浓烈的厌恶与仇恨。这些年来，她一直认为萧然的死，颜秋红有不可推卸的责任。为此，她讨厌颜秋红，从不原谅她。萧然死后，萧青青便很少跟颜秋红说话，若非迫不得已，她是绝对不会理她的，小小的心里便埋进了仇恨的种子。长大后，人事更迭，萧青青渐渐地觉得自己也许做得太绝情了，也曾试着原谅自己的妈妈，但是始终还是情未到而心止步。后来便很少回去看她，她心里

与颜秋红的隔膜也是越来越深。以前颜秋红精神恍恍惚惚，萧青青不想听她说话，现在颜秋红想见萧青青，萧青青也不想回去看她。母女两个人就这样更加地疏远了。因为杜青的事，萧青青一直怨恨他们，所以对于自己过去的经历，她也一直讳莫如深。

童师傅看到萧青青的表情有点不自然，就叹了一口气，幽幽地说："其实，最苦的是你妈妈。她心里的人和命里的人不是一样的。"

这句话陡然触动了萧青青，王凯也说过这样的话吧，"我是你命里的男人，却不是你心里的男人"这句听起来一点也不玄妙的话却道出了无尽的沧桑之感。"难道，妈妈不是我所看到的那样？"萧青青的心里多了一点想要探知的冲动，若不是碰到童师傅，也许她永远不可能知道，自己的妈妈同样有着爱恨的烦恼。只是，该如何开始呢？

萧青青留下了童师傅的电话号码，她想了解更多关于自己妈妈的事情。而他，一定还知道一些什么。

十

话说李媛与潘林驱车匆匆赶往医院，一路上提心吊胆，不知道老人究竟伤得如何。李媛的妈妈平时就有高血压，这次摔倒也不知道是因为突发的晕眩状况还是地板湿滑，儿子潘木子又太小，也说不清楚。

路口。车子长龙似的排在一起，绿灯亮了，可是前面的车子纹丝不动，后面的车就不停地按喇叭，不时有人伸出头来咒骂。李媛"砰"的一声推开车门，潘林还没反应过来的时候，她已经走到后面仍在叫骂的男人的车子跟前，大声地吼道："你着什么急呀！你骂什么呀你！车子能走人家不知道走吗！”说完狠狠地瞪了一眼那个车主转身就走。那个平白被吼的人头伸得更长且粗暴地说：“你这个娘们说谁呢你？！”

“请注意语言文明！”一个英俊的警察走过来提醒那个想继续发飙的男人。

“不是，那个，警察同志，这娘们……这个同志她平白无故地吼了我，你说气人吧？”看警察没有答话，他继续说，“好歹我一个老爷们，怎么能在大庭广众之下被一个娘们给欺负呢！”他的话引得前后的车主都大笑起来。

车子终于慢慢地开始前进，到红绿灯下面的时候才知道是发生了车祸导致堵车。路上有一大片空地被死者的血染成了黑褐色。

这个世界随时都有人告别，以不同的方式。而活着的人依然忙忙碌碌，似乎上一秒发生的事情完全不存在一样。

李媛内心觉得焦急而烦闷，一路上眉头紧锁，一言不发。

到了医院，赶到急诊室，看到自己的妈妈面色正常，她的心才算放下来。医生说没有大碍，只是轻微跌伤，但是以后要注意高血压的问题。

回家的路上，李媛一个劲儿地埋怨母亲，说她只要好好休息就行，拖什么地，万一摔个好歹可怎么办。她妈妈也只是点头，不跟她辩解。

末了，她叹了一口气，幽幽地说：“妈，您一定要长命百岁！”

这句话说得她妈妈一愣，半天没回过神来。

潘木子坐在副驾驶上，回过头来也幽幽地说了句：“妈，你以后多陪陪姥姥，姥姥就能长命百岁了。”

一句话说得他姥姥大笑起来，直夸潘木子是个懂事的孩子。因为这句话，李媛心里多了些安慰和温暖。自己的儿子已经懂得爱自己的家人了，这是多么值得开心的事情。这时候，她突然想起来给萧青青打个电话，免得她担心，又可以看看她酒醒了没有。可是电话打不通，语音提示无法接通。这一次，她的心里浮起了沉重的感觉。

孩子渐渐长大，父母渐渐老去。在过去的几年中，她和潘林都像陀螺一样为了生活而奔波努力，彼此之间连交流的时间都渐渐省略了，最近一两年，他们甚至连夫妻生活都少了很多。家真的成了睡觉休息的地方。因为有了父母的支持和帮助，他们俩像单身的年轻人一样奋斗在各自的岗位上。业绩突出，荣誉也纷至沓来，但同时，责任也越来越重。他们很少抱怨自己为工作所付出的时间和精力，他们以为自己永远有使不完的劲，有用不完的时间。可是这一次，她妈妈的摔倒让她意识到，妈妈到底还是老了，连拖地都会摔倒了。而她这个女儿，却没有注意到，还以为自己的妈妈永远是年轻力壮的。这样想想，她又忍不住叹了口气。

“怎么了，今天？”她妈妈敏感地意识到自己的女儿心事重重，关心地问。

她这才缓过神来，对着妈妈笑了笑，又握紧了妈妈的手说：“没事，妈，我就是觉得你为了帮我们拖地都摔倒了，我这个当女儿的很不合格。”

她妈妈笑了笑说：“没那么严重，还上升到合格不合格的问题上。”

“就是的，妈，”潘林也接过话茬，“您以后可不能再做这样的活儿了，我们有时间就自己拖地，做家务。您老只要保重身体就好。”

他说得诚恳，李媛妈妈也很开心，嘴里就答应着“好好”。

他们一家到楼下的时候，李媛的爸爸正焦急地背着手在单元门口走来走去。看见他们一起回来，暴脾气地大声叱问：

"哎，我说你干吗去了，还锁着门！我连口水都喝不上！"他只顾着自己委屈，却没发现自己老伴一瘸一拐的样子。这让李媛心里多少有点生气，刚要替自己的妈妈说句话，他爸爸突然一个大步走过来，扶住老伴的胳膊。又是一声惊吼："你腿怎么了？啊？"李媛妈妈拉了一下他的胳膊："那么大惊小怪干什么，只是摔了一下。"潘木子这时候也跑过来说："姥爷，我姥姥拖地摔倒了，我给你打电话打不通，你现在着急了吧？"

他赶紧掏出自己的手机，才发现早就没电停机了，嘴里恨恨地咒骂了一声。又连忙扶住自己的老伴，不再说话。

李媛开了门，她爸爸立刻打开自己卧室的门，把老伴扶了进去。李媛看着自己这个一辈子暴脾气的爸爸的背影，大声地叮嘱："爸，你慢点，妈的腿还疼着呢！"

那个晚上，李媛爸爸从未有过的耐心和安静。他一直陪着自己的老伴，一会儿端水，一会儿拿苹果。李媛跟前跟后，却也只有看着的份儿，即使想尽尽孝心都没有机会。

临睡觉的时候，李媛盯着自己和潘林的巨幅婚纱照出神，潘林用手在她眼前挥了几挥，她才拍开他的手，抱住潘林。她的头抵着潘林的胸口，柔柔地说："林，等到我们老了，你也会像我爸疼我妈那样疼我吧？"

潘林揉了揉她的头发，平静地说："会的，会比咱爸做得还好，至少不会跟你发脾气，行吗？"

她顺势躺下来，枕着潘林的肚子，开心地笑起来。

那个晚上，李媛沉浸在说不清的幸福与感动中，她忘了裴静一，忘了牛牛，忘了萧青青，也忘了自己的妈妈。也许，正是因为她看到了别人的不幸，所以更加觉得自己的幸福是多么珍贵。她暗暗发誓，她一定会好好保护自己的家，绝对要永远幸福下去。

大概九点多的时候，萧青青打来了电话。

她问了问李媛妈妈的情况，表达了迟到的关切。

然后，她就跟李媛说起了下午的奇遇，把自己遇到童师傅的事情一五一十地讲了一遍。李媛惊讶至极，她觉得世界上那些最像小说最像电影又最狗血剧情般的事情好像都让萧青青遇到了。

萧青青叹了口气，很疲倦地说："是啊，我也觉得自己的人生怎么越过越像小说了呢，而且还净是那么狗血的剧情！"

李媛只是惊讶，不知道该怎么说才好。如果童师傅的话是真的，那么萧青青的生活一定又会有波澜，而这，是她不想看到的。于是，她转移了话题。

"对了，青青，"她装作突然想起什么似的，"下午我给你打电话，没打进去，是不是你们开会手机信号屏蔽了呀？"

"是啊，每次开会都屏蔽，手段先进呢。"萧青青顺着李媛的话题继续下去，"我也是晚上才发现你打了电话给我，我想应该是阿姨没什么大事，但是又不放心，所以才打个电话问问。"

"谢谢啊，亲爱的！"李媛的声音充满了柔柔的肉麻，她还沉浸在某种幸福之中。

窗外灯火辉煌，对面楼上的窗户都流淌出暖暖的光。虽然家里有充足的暖气，可是萧青青还是觉得有点冷。一个人在家，这一百三十平方米的房子还是显得太大了。

她给自己倒了杯红茶，端着，握在手心里，倚靠着窗台，看外面的车水马龙。下午的事情又演电影一样出现在脑海里。

听了童师傅的话之后，萧青青的心又开始有点乱了。

下午培训的时候，萧青青走神了。她完全不知道领导都讲了些什么，她计划着开学之前必须回临城一趟。有些事情，她越来越觉得迷茫，爸爸，妈妈，杜青，他们之间到底是怎么回事。她开始怀疑，当初那个让萧然自杀的真相是不是真相，她决定无论如何必须去看看自己的妈妈，只有她才能告诉自己一切真相。

这样的胡思乱想让她觉得头疼，领导宣布散会都没听到。

看到大家都往外走，她才知道培训结束了，也跟着木然地往外走。

张欣怡却一把扯住了她的胳膊。自顾自地说道："青青，你说烦不烦啊，写那么多作业，放个假也不让人消停，真不知道领导的脑子都在想什么！你快点写啊，我懒得看那些破书，你写好了我就抄，管他呢，谁爱查就查吧。"张欣怡机关枪一样地唠叨不停。

萧青青却是一头雾水的样子，"什么作业啊？我怎么不知道？"

"大姐！我叫你大姐行了吧？你的脑袋到底来没来开会啊？"张欣怡推了一下萧青青，狐疑地看着她说，"你都想什么呢？该不会连开会都数压岁钱了吧？"

"去你的！就知道钱。"萧青青哂笑道，"你以为别人都跟你一样，连老公藏在内裤里的钱都得摸出来。财迷一个！"说完，两个人一起窃笑起来。

张欣怡小声地说："我不摸，万一让别人摸了，我赔大了！嘻嘻。"

"女流氓！"萧青青捂着嘴，趴在张欣怡耳朵上骂了一句。张欣怡立刻怒目圆睁的样子，挥舞着手伸向萧青青的胸部，小声地说："我就是流氓！哼哼！"萧青青抱住自己的胸躲开了，两个人就又笑了一会儿。

"你们俩干吗呢？"一声大喝叫住了她们。

“王主任，”她们转过身，张欣怡满脸堆笑地喊了一声，“闹着玩呢。有事吗？”

“你来我办公室一趟，我有事找你。”被叫作“王主任”的那个人指着张欣怡，一脸的微笑。

张欣怡狐疑地看了一眼萧青青，跟她挥了挥手，又一步三回头地做着救救我的鬼脸跟王主任走了。萧青青站在原地捂着嘴笑。

他们走远了，她站在原地发呆，突然不知道该往哪里去。回家吗？刚刚有的一点点温暖不知道还在不在。不回家，又能去哪里？她踌躇不定。

和同事在一起的时候，萧青青总是觉得很快乐。可是一旦要下班回家，她的心里就会异常悲伤。她觉得自己似乎要精神分裂了一样，人前欢笑，人后凄凉，而自己又无法控制自己的难过。

……

快十点了，天上又零星地飘起了雪花，上午还是阳光温暖的，晚上就下雪了，这个冬天的雪似乎不同寻常的多。萧青青低头往楼下看的时候，突然看见王凯就在自己家楼旁的路灯下，远远地看去，踯躅不前，满腹心事，忧郁至极。那一瞬间，萧青青冷静地想，这样的男人也应该是挺容易让女人动心的吧。只是，这一个下午，他到底去了哪里？

然而，她到底还是忍住了给王凯打电话的想法。他如果想上楼，自然会来，这是他的家。

王凯在楼下的路灯旁来来回回地走着，他完全不知道萧青青在楼上看到了他的徘徊。

他没有去赴潘林的约请，并不是在德仁路遇见了熟人。一个熟人怎么可能会牵扯他那么多时间呢？整整一个下午都没有任何消息给萧青青，他心里想，萧青青的平静，绝对不是因为沉浸在裴静一去世这件事上。

自从他胳膊受伤以来，他明显地感觉到萧青青对他的态度温暖了许多。可是他又觉得没有任何信心，不知道这是什么征兆什么节奏。他在自己的婚姻中感受更多的是客气和漠然，他认为自己一直都没有真正走进萧青青的内心，她的心肯定被一个名叫林瀚泽的男人占领着，虽然他们已经结婚这么久。你看，爱情就是这样容易蒙蔽别人的心灵，而猜测几乎是助长了这种隔膜。

王凯当初喜欢萧青青，是觉得她简单，淡泊，有着脱俗的哀愁，特有文艺范儿，就像当年琼瑶阿姨小说里的女主人公那样美好。可是结婚后才发现，她不简单，正是因为不简单，所以才会那么安静，那么淡泊，甚至对于夫妻生活都是隐忍和冷淡的。这一点是王凯没有想到的。尽管如此，他还是很努力地工作，希望能够创造更多的财富来支撑自己的价值，他告诉自己要有足够的耐心等待萧青青彻底爱上自己，甚至想，如果有了孩子，家里的欢乐多了，也许两个人能够生活得不那么客气，不那么冷淡。但是天不遂人愿，结婚这么久，他们还是没有孩子。

王凯抬头看看自己的家，幽幽的灯光透出暖暖的温馨。即使在楼下，即使飘着雪，他也还是能够看出自己家的窗帘那淡淡的粉色。看着看着，他突然觉得那家里的女人变得很陌生，这几年来，他们不怎么交流，真正的过起了搭伙过日子的生活。家慢慢地成了睡觉的地方。虽然他很早就知道萧青青的心里一直都住着一个叫林瀚泽的男人，可是他强大的

自信让他以为自己足可以慢慢取代那个人的地位。

可是现在，他有点沮丧。

萧青青到底在想些什么？他不知道。当一个人需要用心揣摩对方才能与之相处的时候，内心的焦灼和疲惫是很可怕的，王凯为此已经几近抓狂。然而，疏离的时间太久了，他已经不知道如何再走近他的妻子。她可以一个人上下班，一个人去超市购物，一个人做饭，一个人修理坏了的下水道，一个人换灯泡……王凯几乎找不到自己的位置，在这个家里，他觉得自己早就不被萧青青需要了。想到这些，他突然觉得特没有存在感。

他们就这样静静地站着，一个站在窗前看他，一个站在楼下看家。他们却不知道彼此都在揣测对方。似乎之前的恩爱与回暖像梦一样，天亮了，一切都变了。

雪飘得越来越急，地上渐渐白了起来，透过晕黄的灯光，地上的雪似乎也蒙上了柔柔的浪漫的橘黄。看着站在楼下雪地里的王凯，萧青青突然哭了。她想起大学校园里的那个晚上，林瀚泽就是这样傻傻地站在自己宿舍楼下的路灯旁，四面雪花飞扬，万籁俱寂，即使晚归的情侣也因为怕冷而躲进各自的被窝，那个男孩却一直执着地等候在她的窗下，不说话，不着急。她就那样被他感动了。此时，王凯站在雪花中的样子勾起了萧青青久远的回忆。过了一会儿，她突然意识到，那该是多么久远的事情了呵！所谓物是人非事事休，大概指的就是这种情境了吧？

她于是拭干眼泪，拿出手机，拨通了王凯的电话，终究需要一个人先打破这种局面。

手机里传来“您所拨打的电话正在通话中，请稍后再拨”的提示。萧青青无力地挂断电话：“又是正在通话中！！！永远的正在通话中！”失望和疲惫瞬间袭击了她的内心。

半小时以后，王凯回来了。萧青青像什么也没有发生一样，装作从睡梦中惊醒的样子，糊里糊涂地跟王凯打了个招呼，然后又倒头睡去。当王凯洗漱完毕回到床上的时候，萧青青转了个身睁开了眼睛。

谁能想象，一对夫妻是以这样的方式在生活。

第二天，萧青青独自去了郭集镇。

时过境迁，郭集镇已经不像当年那么落后。改革开放让这个小镇焕发了生机，规划整齐的道旁小楼，高大的树木和低矮的鲜花遥相呼应，街道上一派车水马龙的景象。

萧青青心里多了忐忑，她已经很久没有来过这个地方，对于颜秋红，萧青青内心爱恨交织，如今更是多了一份怜悯。

正当她在街道上踯躅不前的时候，已经接近八十岁的姥姥挎着买菜的篮子走了过来，她站在离萧青青不远的地方盯着她看，眼神里满是犹疑和猜测。萧青青被姥姥的眼神刺伤了，她突然意识到自己是一个心肠太硬的女人。这么些年，她把自己的母亲扔给了这样艰难的老人，而她，还在心底恨了她那么久。所谓善良，她是吗？萧青青的眼泪流了下来，她快步走到姥姥跟前，几乎是带着哭腔地喊了声“姥姥”，这一声，让姥姥的眼泪再也无法控制，老泪纵横间又露出淡淡的微笑。

萧青青在与母亲分别多年之后终于又见到了她。她已经不是当年的俊俏的颜秋红了，头上斑驳的白发，满脸的皱纹，苍白而消瘦的脸颊，呆滞而沉重的眼神，看上去远比 62 岁更老。尽管萧青青什么话也没有说，颜秋红还是一眼就认出了自己的女儿。她伸出手去，想拢一拢自己凌乱的头发，手却停在了半空中。在萧青青喊出那一声“妈”的时候，颜秋红的眼泪便像绝了堤的河水一样，她蹲在地上，像个悲伤的男

人那样抱着自己的头大声地哭。

一家人哭成了一团。

当所有人的眼泪都肆意而尽情地流完之后，萧青青打来了水，第一次给自己的母亲洗脸梳头，收拾妥当之后，萧青青再看颜秋红，心里竟然多了一份温暖的感动，原来，爱自己的母亲是这么美好的感觉。那一瞬间，她几乎被自己感动了。学会爱，什么时候都不晚，对吗？她心里这样想着，脸上便露出了微笑。

“青，你好像很开心啊？”颜秋红敏锐地捕捉到了萧青青的情绪变化。

“嗯，”萧青青蹲下身，握住颜秋红的手说，“妈，对不起，这些年，我是个不孝的女儿。”

颜秋红连忙抽出自己的手，使劲地摇着：“没有，没有，青，都是妈妈不好，妈妈不好。”说着，颜秋红的眼泪又流了下来。

站在一边的姥姥看着这对母女，眼里也就又一次蓄满了泪水。

那天晚上，萧青青和自己的妈妈颜秋红说了很多话，流了很多泪。她说起了童师傅，说起了从童师傅那里听来的故事。在她的引导下，颜秋红也向萧青青讲述了她自己真实的经历。

她一直是一个心高气傲的女子，俊俏的脸庞，挺拔的身姿，聪慧的眼神，在那样的年代，颜秋红绝对是许多女子嫉妒的对象，是许多男人心中的梦想。可是，她一心希望自己将来能够与一个有文化的人生活在一起，过一种琴瑟和鸣的幸福生活，也就是有爱情的生活。她的这个想法遭到了一个叫兰子的闺蜜的嘲笑，兰子说，“农村的女人就得找农村的男人，生孩子，干活儿，吃饭睡觉，想那么多不现实的事情干嘛？”兰子的态度让颜秋红有淡淡的失落，她有梦想，却缺乏勇气。

后来，村子里来了知识青年，颜秋红的眼睛变得更大更亮，她似乎觉得自己要找的那个人已经悄悄地来到了她的身边，为此，她开始偷偷地注意知青点里的那些男人。慢慢地，她发现了自己与他们的距离，她没有读过书，他们讲的话，她有时候会听不懂，这让她有些沮丧。

有一天，她被突如其来的大雨挡在了庄稼地的看青棚里，衣服湿透了，她冷得发抖，大雨却一点要停的意思都没有。看看天色渐渐黑下来，她的心里不断涌上恐慌害怕。就在她抱着自己的膝盖蜷缩在干草上的时候，一个黑影向这个草棚走来，她紧张极了。

外面已经是风雨交加了，大风似乎要将这间草棚掀翻似的，棚子里有的地方已经开始漏水。颜秋红觉得自己那个时刻就像是等待被屠宰的羔羊，内心充满了恐惧、焦虑与绝望。

那个人走进草棚才发现里面已经有一个人了。他脱掉被大雨淋湿的衣服，露出瘦削的上身，颜秋红偷眼望去，才发现这个人身上没有凶恶之气，她的心才稍稍安定一点。来人就是杜青。

其时，杜青还只是一个 16 岁的少年，而颜秋红那时候已经 19 岁了，少女懵懂的情怀里，已经渐渐了解爱情。可是杜青却不。

他们俩很奇怪地坐到了一起，聊起了天。他们一直聊到大雨停下来，可是他们谁都不愿意分开，于是就那么待在了一起。

再见面的时候，颜秋红觉得自己的内心有了秘密一般的甜蜜，杜青也会有微微的脸红。他们心照不宣地擦肩而过，再回头看对方一眼，他们很享受这种感觉。颜秋红也觉得自己好像恋爱了。兰子感觉到了颜秋红的变化，却又说不上来她哪里不同了。

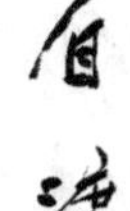

一年以后，兰子有了未婚夫，又过了几个月，兰子结婚了。

颜秋红便没有了朋友。那段时间，她已经偷偷地跟着杜青学会了很多字，能写简单的信了。她便常常写信给杜青，然后再跑很远的路到另一个地方投寄。她小心而幸福地守护着自己的快乐，渐渐地，他们相爱了。

这个世界总是如此诡异，它从不会向世人永远隐瞒任何事。

最初是杜青的好朋友梁恒志发现了他的秘密，于是，梁恒志当作笑话把这件事讲给了知青点的人，于是，颜秋红的父母知道了，杜青的父母也知道了。他们的父母都分外生气，都觉得自己的孩子找了不靠谱的人。

棒打鸳鸯的戏码都是一样。他们被各自的父母阻拦、训斥，苦口婆心。

颜秋红的父母于是开始疯狂地给颜秋红介绍对象，兰子便把萧然介绍了过来，她还说，冬天的时候萧然见过颜秋红一面，印象很好。萧然是兰子老公的表哥，也是个有点墨水的清高青年。高不成低不就，婚事成了大事。

颜秋红却看不上萧然，觉得他浑身上下都写满了土气。更何况，那个叫萧然的人还见过她那么不堪的样子，这让她觉得在萧然面前有点抬不起头来。但是除了萧然，别人介绍的那些个放羊的，杀猪的更不在她的法眼之内。她买来了农药，准备自杀殉情，可是被她的父亲发现，于是她被父亲狠狠地揍了一顿。她在床上躺了一个星期，其间不吃不喝，人就像一朵花一样快速地枯萎。即使这样，也没能打动她的父亲。兰子来看她，哭了一地的眼泪，再三劝她不要这样，死了就什么都没有了，就连看杜青一眼都是不可能了。于是，她向父母和好友妥协。

杜青呢，被自己的父母狠狠训斥之后，也觉得自己与一个农村女子相爱似乎不妥当。他内心深处还想回城，不想一辈子待在这个破地方，他还那么小，不能让自己的生命从此

之后只能与黄土为伴。小小的心里禁不住父母的劝说，便决定与颜秋红不再往来了。

可是一旦回到知青点，杜青还是会发疯似的想念颜秋红，夜深人静的时候，他会觉得自己身体的每一部分都被颜秋红给点燃了，他空前地想和颜秋红在一起。但是到了白天，一切又开始恢复正常。他觉得自己快被自己折磨死了。

他们俩再偷偷见面的时候，眼里都多了一份无奈，但也更多了一份炽热。

半年以后，萧然决定要迎娶颜秋红。

跟所有的故事一样，颜秋红在结婚前约到了杜青。他们在相识的那间草棚里拥有了彼此。

故事讲到这里，颜秋红郑重地告诉萧青青，再也不要怀疑自己是个与爱无关的孩子，她和杜青，是相爱不是偷情。只是那个时代，他们不能在一起。

萧青青哭了。虽然她对自己的身世终于了然，还是觉得这样对萧然很不公平。

颜秋红接着说，其实嫁给萧然并没有想象中那么不好。最初，虽然是妥协，但是在和萧然一起生活的日子里，她还是慢慢地产生了爱，也很想给萧然生个孩子，可是天不遂人愿。这是没有办法的事情。

最后，颜秋红告诉萧青青，爱一个人，有很多种，对于杜青，那是一种热烈狂放的爱，是一种可以为了他去死，为了他可以抛弃一切的爱情，这种爱情只有在年轻的时候才会有。而对萧然，则是于细水长流中慢慢体味的温暖与安静，这种爱，不狂热，却也美好。只是自己当初不懂得，所以才后悔莫及。当萧然去世后，颜秋红才发现萧然在自己心中的重量。

这两种爱，如今都只能是留在心底了。

萧青青听了妈妈的故事，内心释然了不少。她终于了解，

爱没有对错，只有时间是否恰当，该放下的就放下吧。

十二

“感情的安全感不全来源于每天彼此说我爱你，也不全来源于恨不得 24 小时都待在一起。当两个人的关系处于崩溃边缘，之后依然没有彼此放弃，这种经过考验的感情才更具有安全感。”

读到这段文字的时候，萧青青正无聊地翻阅自己的博客，一下子就看到了别人的留言。

从妈妈那里回来之后，她尝试着开始接纳自己，也接纳王凯，虽然有时候会觉得困难，但是还是努力坚持，如今看到了这段话，内心更多了一些认同和勇气。

寒假虽短，却发生了很多始料不及的事情。自己和王凯的感情也在看似平淡中隐藏着各种波澜。

“有种疼，你不懂，我可以用微笑掩盖，用冷漠包装。这种疼，你不懂，因为我们殊途陌路，你放纵在你的世界，我固守在我的心里。有些人可以陪你走很远，但那只是表面的交集，心灵从未有过碰撞。错过的人与事，不必频频回首；结痂的疤痕，无须反复触摸。”她在自己的博客上写下了这段文字，然后抬头望向窗外，在心底对自己说，“错过的人与事，不必频频回首；结痂的疤痕，无须反复触摸。”她决定原谅自己过去对林瀚泽的执着，以及因为执着而对王凯形成的伤害。

当她这样想的时候，内心里突然觉得释然很多，轻松很多。林瀚泽的电话总是在她心绪趋于宁静的时候响起。这一次，萧青青没有犹豫，很爽快地答应了与他见面。

可是一见面，萧青青便愣住了。林瀚泽的手上缠着洁白的纱布。脸色苍白，眼神悲伤，全然不见了往日那个玉树临风的模样。

“怎么了，这是？”萧青青一边放包，一边指着他手上的伤问道。

林瀚泽抬眼望了望萧青青，低声地说：“被人砍的。”

“谁？怎么回事？”萧青青瞪大了眼睛，不可思议地问。

“酒吧。因为陪酒的小姐。我被人给砍了。”林瀚泽轻描淡写的语气让萧青青突然觉得恐怖，什么时候他变成了这样的人？纵情酒色，迷途不归，他究竟怎么了？

“哦，这样啊。”她不知道再说什么了。空气里涌动着窘迫和尴尬。

还是林瀚泽打破了沉寂：“其实，我并不喜欢那个小姐，人长得一般，酒量也一般，就是看不过去那伙人的趾高气昂。”他看了萧青青一眼，“你很厌恶我这样吧？我现在是吃喝嫖赌一样不落了。”说完，他苦笑了一下。

萧青青微微笑了笑：“你让我很难回答。但是我觉得你不应该是这个样子的。你今天约我来，就是为了展示你的伤吗？”

“当然不是。我想告诉你的是，我要走了，离开青城。这段时间发生的事情很多，我也看到了你的忧郁和悲伤。不过我真想告诉你，我依然爱着你，但是已经再也配不上你了。王凯是真的爱你。我跟他谈过了，就是裴静一下葬的那天，是我约了他。

“我直截了当地问他是不是不爱你了，他说不是，只是目前找不到与你相处的最好的方式。我问他在外面有没有喜欢的人，他坦诚地说有常常联系的人，但不是喜欢，只是一种倾诉。他觉得压抑，但他是爱你的。我认为他说的是真话。

“我告诉他，我就要离婚了，如果他不是真的珍惜你，我会来照顾你。”林瀚泽一直觉得萧青青的幸福就是他的任务，所以这样说话萧青青能够理解。

“谢谢你，瀚泽！”她轻轻地说。

“不用客气，我自己变成今天这个样子，我内心里是羞愧的。但是每一次面对你，我还是会从心底生出圣洁与美好的感觉。你给我的一直是这样的感觉。

“好好努力吧，我知道我在你心中已经今非昔比了。呵呵。”说完，他兀自笑起来，笑着笑着，眼圈红了。

萧青青看着林瀚泽这个样子，心里也升起一点愧疚，自己到底是欠他的了。只是，他将无从知道，当初的放弃是因为爱他，可如今，这爱，却生生是让时间摧毁得一点不剩了。心里徒剩悲伤。他的堕落，多少是因为本性呢？那一瞬间，她甚至产生一点想要拥抱他，给他安慰的冲动。林瀚泽本性是个善良的人，萧青青一直这么认为。

林瀚泽的话让萧青青明白了，王凯跟她一样，只是因为疏离的时间太长了，所以不知道该如何继续。她决定靠近他，温暖他，也让自己温暖。

林瀚泽走的时候，萧青青没有去送他，她刻意回避了心底淡淡的落寞。

开学，上课，忙碌让她渐渐不再思考那些想了一千遍的事，她觉得充实真是一件值得感谢的事情。

就在她和王凯的感情渐渐回温的时候，李媛一个惊人的电话让她的情绪又一次进入了低谷。

李媛要离婚。

见到李媛的瞬间，萧青青惊呆了！李媛满脸泪花，眼神绝望，头发凌乱，手上的伤口还在，只是已经不再出血。

“我打了他！他个不要脸的！”李媛一边流泪，一边说。

萧青青一把抱住李媛的肩膀："怎么回事呀你们？你们疯了吗？到底怎么回事你快说。"她着急而难过的样子让李媛的眼泪流得更多了。

"他——居——然也有情人！"李媛恨恨地回答。

"不会吧，他那么老实的一个人？"萧青青不敢相信李媛的话。

"你自己看吧。"李媛拿给萧青青几张纸，上面全是潘林与一个名叫金灿的女人的甜蜜短信，通过短信来判断他们已经好了很久了。萧青青的头嗡的一下，觉得这世界真真是乱了。那些不堪的暧昧与淫秽，那些对潘林的夸张赞美，那些对做爱后的回忆，甚至还有潘林记叙男欢女爱之事的诗歌！这些太让人诧异了！萧青青看着看着，心里的怒火不由得腾空而起，"我要去找这个贱货！"她第一次对一个女人爆了粗口。

尽管她怒气难平，可还是感到了有心无力的悲伤。女人在婚姻中所受的伤害永远是最痛的伤害，它比贫穷，疾病，离散更痛十分。她看着李媛痛苦绝望的样子，心里充满了无法言明的悲伤，曾经那么令她羡慕的一对夫妻，那么温暖的生活，如今竟如风中的破絮了。这个世界难道真的不能再相信爱情了？

她不知道该对李媛说什么。她只是紧紧地拥抱着她的好友，陪着她的好友流泪。她的心中一片迷茫，甚至觉得疲惫。她不明白这是为什么。

李媛哭累了，枕着萧青青的胳膊闭上了眼睛。车窗外面已经华灯初上，下班的人流互相裹挟着，分不清楚每个人脸上的表情，似乎是一样的焦虑与冷漠。虽然三月已经过了一半，可是青城的春天还是没有来到，到处都是风，到处都是灰尘，到处都是寒冷，树梢上永远会挂着一个或几个破塑料袋。这

一切都让人心生烦恼。

又过了很久，李媛说想喝酒。她们两个第一次来到了酒吧。

迷离的灯光，迷离的眼神，迷离的舞蹈，迷离而悲伤的音乐正焦躁地充盈着小小的空间。她们像无意间闯入异族禁地的小孩，心里充满了惶恐，还没等服务生引领，她们便夺路而逃了。站在酒吧外面，再听里面的喧嚣，萧青青突然有了一种被时代抛弃的感觉。现如今，还有人像她们一样固守爱情吗？爱情真是成了奢侈品？不是谁都能消费得起吗？所谓逢场作戏，是不得已做出来的戏，还是一开始就是个演员？

李媛终究还是喝醉了。在一个装修雅致的餐馆里，李媛第一次放纵了自己对酒精的渴望。她喝多了，话就多了。

她拉着萧青青不停地问：“我到底哪儿不好？我做错了什么？”

萧青青觉得无从回答。她便自顾自地继续说：“我一直把他当作是我的顶梁柱，是我的精神力量，因为有了他，我从不怀疑自己的幸福。我安心而贪婪地享受着这种安定与平和。我以为他和我要的是一样的，是相濡以沫的家的温暖。没想到，他告诉我说，他早就受够了这种平淡无奇的生活，他竟然还说，他在我这里没有秘密，享受不到一个男人的自由和快乐！”她悲愤地拍了一下桌子，继续说，“他跟我要自由！青青，我限制他的自由了吗？他说没有秘密，夫妻之间需要多少秘密？他和金灿好了这么久我都不知道，这难道不是秘密？他妈的，是我跟不上时代了吗？你知道吗，那个金灿，竟然是比他潘林小了12岁的女孩子！一个女孩，对一个小领导的崇拜能坚持多久？可他潘林竟然还很享受！我看错他了！”

她使劲地抹了抹眼泪，大声地说：“我永远不会原谅他！”

萧青青心底与李媛是一样的感觉，她觉得潘林陷得太深。

她认为，男人面对女色动心是本能，而控制放纵则是一种素养和责任。

但是萧青青无法将自己的想法告诉李媛，她知道一旦自己的想法说出来将必然是火上浇油的。他们的婚姻将必然只有一个出路，那就是离婚，所以她什么也没有说，只是安静地看着李媛，紧紧地握着她的手，她觉得自己在这个时候所能做的就是让李媛尽情流泪，尽情哭泣。这可能是最好的安慰。

此刻，她说不清楚自己为什么越来越悲伤也越来越清醒，所谓夫妻一场，真的是爱着就是天长地久，不爱就是分道扬镳，所有的欺骗与伪装都显得特别矫情，没有谁是情圣，没有谁必然要留恋一个人，一张床，除了分手，当爱与责任不再，还有多少情分可言？萧青青看着泪流满面的李媛，内心充满了悲凉与心酸。就在不久之前，她还那么羡慕她平淡中的温馨，她以为平淡的爱情才是最暖心的爱情，却原来，这世上的人从来没有安然享受的素养，欲望永无止境。

她突然想到自己，是不是自己也是个对爱情欲壑难填的人？这样想着就又觉得有点悲伤，没有爱情的婚姻，还叫婚姻吗？

李媛渐渐平静下来，不再说话，只是趴在桌子上无神地凝望着面前的酒杯。

萧青青也不说话，她颓然而忧伤地靠着椅背，心疼地看着李媛。

过了一会儿，服务员来问要不要加菜，说师傅要下班了。她们才恍然惊醒已经在这里耗尽了一个晚上。

走出酒店，三月的风掠过脸上，已经有了淡淡的暖意，与寒冬腊月毕竟有了不同。路上空荡荡的，显得马路宽阔而安静，偶尔有一两个行人寂寥地走过，萧青青的心里便会隐隐地紧张，生怕遇到坏人。

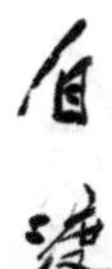

李媛不能开车了，因为她喝了酒。青城暂时还没有代驾服务，萧青青搀扶着微醉的李媛上了车，却只能无助地看着方向盘，她也喝了一点酒。萧青青突然有了同是天涯沦落人的感觉。而今，这对姊妹花也只能将求助电话打给王凯了。

送完李媛，他们自己打了车回来，一路上，萧青青都是紧紧地握着王凯的手。生怕一松手，这个人就会像爸爸一样离开她。

那天晚上，萧青青第一次觉得自己既渺小又悲伤，她不知道该如何面对李媛的事情，这一切连同裴静一和牛牛，都让她觉得突兀而不能接受。生命的状态如此之多，如此艰难与出人意料，她觉得恐慌而压抑。王凯什么也不说，只是紧紧地搂住她，紧紧地，就像是搂着一件失而复得的珍宝，这有力的拥抱让萧青青的泪水终于夺眶而出。她将头埋在王凯的胸前，感受着他有力的心跳，闻着他熟悉的体味，她竟有了要诀别般的难过。于是她也紧紧地抱住了王凯，与已经故去的人和已经离散的人相比，能活着，在一起，是多么值得开心的事情。

那天的鱼水之欢来得真实而情意绵绵，他们两个都觉得自己的爱情重新来临了。在别人的不幸里，他们越发认识到珍惜彼此的重要。当高潮过后，萧青青哭了，她已经很久很久没有体会到幸福的性爱了，她甚至以为自己就是个感觉迟钝的人。可是刚刚的愉悦，那么真实地触动心怀，王凯的温柔与坚挺是那么有力而柔和，他把控的力度就像对待初夜的新娘，萧青青终于懂得，王凯对她的爱从不曾减掉一分。原来，她一直过不去的，是自己的这一关。

他们久久没有入睡。他们就那么裸露着身体紧紧拥抱在一起，贪婪地呼吸着对方的味道以及爱的味道。萧青青出现了半年来第一次羞涩，如同新婚第一夜。她的心里有个声音说，她的爱情复活了。可是又觉得恍惚，他们之间为何总是摇摇摆摆呢？

一夜无话。

过了几天，萧青青还是不敢给李媛打电话，也不敢找她，她不知道如何面对李媛。李媛是个看似没心没肺其实却是情感细致的女人，对爱情与婚姻充满崇敬与珍惜，她不知道如何劝说如何安慰。只是向上苍祈祷能让自己的好友快点走出阴霾，尽快迎来自己的快乐生活。

十三

四月很快就来临了，学校里一派生机盎然。萧青青对学校的感情很深，她曾经在一篇文章里这样描写自己的学校：春天的衣袖一旦舒展，校园便开始热闹起来，花繁似锦，

碧树葱郁，绿草柔嫩，藤萝葳蕤，其间缀以亭台长廊，修竹奇石，小泉清池。池中金鱼悠闲而优雅，似乎也得了文化的熏陶。当清晨日出，校园内外更是飘荡着香樟树清清苦苦的香味，厚重而清新，优雅而醇香，这香味儿混着琅琅的读书声和嫩嫩的青草气息弥散，整个校园似乎都氤氲在书香之中，甚至能听见先贤微笑的声音。行走此间，我的心是洁净而愉悦的，这宁静如同鹅黄淡淡的迎春，如同蓓蕾初绽的月季。

当暮春急匆匆而来，那繁茂的樱花，浓烈的碧桃都纷纷扬扬起来，校园小路上便会洋洋洒洒着满地粉红，孩子们尖叫着，却不忍心践踏，那些花瓣如同一个个梦想，在阳光耀眼的春天飞奔四面八方，校舍楼群睿智地端立，静静地看着这烂漫的春花和如春花一样绽放着光彩的孩子们。雅致的玉

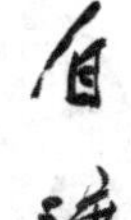

兰雍容地微笑着，紫荆热烈地盛开，像是赶赴一场华丽的演出。而我，总觉得这恐怕就是仙境吧。修竹茂盛，鲜花缤纷，岁月如果能够停留，我真希望春天能永远在我的校园驻足。

最美的，还是校园门口那座喷泉。美丽壮观的喷泉时而舒缓，时而豪迈，时而像一簇簇烟花，时而像一丝丝清梦，在绚烂的变化中向学生昭示着人生的真谛。喷泉中间挺立着雕塑，命名为“知识殿堂”，由三本书作为底座，上面托起的是一个高速旋转的地球，意为知识改变世界。喷泉池的两旁则是由爱因斯坦、鲁迅、居里夫人等组成的名人雕像群。当夜晚来临，喷泉周围的所有彩色饰灯一起闪亮，水在灯光中舞蹈，灯光因喷泉的闪烁更加迷离炫目。这样的时候，我常常觉得恍惚，这是学校，还是天上的花园？当教室里温暖的灯光映亮黑夜，那一双双闪亮的眸子眺望着远方，我知道，每个学子的心中便都装下了一个世界。

这篇情真意切的文章获得了很多学生的喜爱，萧青青也因为喜欢写文章而更加愿意研究作文的教学，说起来，也算是她们学校作文教学中比较优秀的人。

她老早就听说学校请的全国著名的教育大师胡君先生要来学校讲课，给老师们做专业成长培训，校长安排萧青青讲一节课，让胡君老师评课。

萧青青是糊里糊涂地接到这个任务的。负责通知的老师没有详细地告诉她这到底是个什么样的性质，有多大场面的课，她正沉浸在写文章的快乐里就答应了下来。等到她在电脑上敲完她那篇读后感《李清照：人生不过一场绚烂花事》之后才猛然惊醒，自己到底接下了什么活儿？问别的老师，他们也都说具体不知道，好像是要讲一课作文教学。

萧青青一听是作文教学，心里还是打起了鼓，但是刚刚完成又一篇得意之作的她还是将这件事放到了一边，又用心地读起自己的新作来。她读了，修改了，然后端详了很久，自恋地发到了博客里。

李清照：人生不过一场绚烂花事

喜欢李清照，还是念中学的时候。那时，心底纯净，生活无忧，只是因为“少年不识愁滋味”，所以醉心于李清照所创造的“寻寻觅觅，冷冷清清，凄凄惨惨戚戚”的悲伤氛围，以为自己念得了这样的文字，心灵似乎就丰富起来一样。

慢慢地，人事更迭，生死歌哭的事情渐渐磨砺了当初的纯洁，再看绚烂烟花般的岁月，便多了一些感慨。于是，重读李清照的词，心竟然沉重而不伤，悲切而不哀。眼前总是浮现那个低眉暗吟的女子，场景或是白雪纷扬，或是荡舟湖上，或是回首倚梅，或是卧听芭蕉，或是立于灿菊中央，或是仰首月桂之下……这女子，似乎总和四周有扯不开的联系，喜悲都可以染上花红柳绿，沉香绿蚁。我喜欢这样的女子，可是却不能穿越，我只能在她的词作中间寻找她活着的痕迹。

“蹴罢秋千，起来慵整纤纤手。露浓花瘦，薄汗轻衣透。见客入来，袜刬金钗溜，和羞走。倚门回首，却把青梅嗅。”《点绛唇》中，她青春逼人，活力充沛，善词工令，俊美优雅，生活在父亲李格非的掌心里心尖上，无忧与富足，使她的生命写满浪漫的勇敢。岁月的流光似乎从不曾将它带走，似乎梅花的冷香还没来得及弥散，这个女子就做了赵明诚的妻子。从此，那个关于少女的梦便越飘越远，渺茫得让人想哭。那些“自是花中第一流”的小小骄傲，也似乎变成了翩飞的蝴蝶，带着青春逝去的悲凉，凝结在了岁月的冰河里。

那个人，就那么轻轻地回眸，遇见了，此生再也不能回首，牵着彼此的手，以为世界会和他们的生命一样长，一样温暖，

一样充满爱。“卖花担上，买得一枝春欲放。泪染轻匀，犹带彤霞晓露痕。怕郎猜道，奴面不如花面好。云鬓斜簪，徒要教郎比并看。”（《减字木兰花》）新婚的娇羞与小小的自信，在美丽的花市仍不减幸福的秘密。如今读来，只觉清丽如画，似乎那女子的浅笑轻颦早已经透出薄薄的诗笺，宛在眼前。“绣面芙蓉一笑开，斜飞宝鸭衬香腮，眼波才动被人猜。一面风情深有韵，半笺娇恨寄幽怀，月移花影约重来。”（《浣溪沙·闺情》）新婚燕尔，是女人一生中最美丽的时候。每每读到此处，我眼角便会荡开微微的笑意。那个眼波流转的女子，单是照照镜子就足以撩动谁的情怀，何况要把自己的美丽和慧心化作诗句，写在丝兰笺上？那份浅浅柔柔的期许和不安，即使满心都是欢喜的，在他的面前，还是不免低下去，低下去，甚至低到尘埃里。

她期待丈夫能给予透着清香，不染瑕疵的爱，这样的梦想延续着她的执着。可是命运如同一双大手，在人沉浸于愉悦之中浑然不知的时候，它已经恶毒地撕开了悲伤的外衣，血水难止。李格非落难，赵挺之袖手旁观的冷漠，这一切让李清照的心划过无数的寒凉，甚至写出“何况人间父子情”的语句也不能打动公公，至此，那女子的心该是多么悲伤！

然而党派之争如同六月的天气，当赵挺之终归于尘土的时候，丈夫赵明诚也不得不和妻子屏居青州，而这一去就是13年。可是，或许真的是福祸相依，李清照在青州的这13年才是自己婚姻幸福的岁月，夫妻二人踏雪寻诗，赌茶指书，猜字论文，鉴赏金石……这段日子在李清照的后期生活中几乎成了永远的回忆。人生是如此漫长，而回忆却是如此短暂，不能不说是一种悲凉。可是时光就像无心的孩子，自顾自不停留地往前走，不理会人间的悲欢离合。蒋捷曾说：“流光容易把人抛，红了樱桃，绿了芭蕉。”（《一剪梅·舟过吴江》）

绿肥红瘦的日子总会年复一年，可是那流光中曾经静静微笑的女人，却在国破家亡的悲伤中渐渐老去，苍老如同毒药，它摧毁的不仅仅是笑靥如花的脸庞，还有善感细腻的心灵。

于是，李清照循着一点点的微光，带着自己的15年金石，开始了颠沛流离的生活。当丈夫的懦弱像病毒一样侵入内心，那女子再也不能对丈夫恩爱有加，他们更多的时候，是相对无语。“庭院深深深几许？云窗雾阁常扃。柳梢梅萼渐分明。春归秣陵树，人老建康城。感月吟风多少事，如今老去无成。谁怜憔悴更凋零。试灯无意思，踏雪没心情。”（《临江仙·庭院深深深几许》）对家园的思念时时折磨着她的心，可是，真的只有思念家园吗？那个在自己心中无限美好的丈夫，也随着流光远远地去了吗？

她渐渐地憔悴，像一朵无可奈何的花，在她清透的灵魂深处，一切开始变得令人恍惚，生活不该是这个样子。此时的回忆如同潮水般袭来，过往的岁月浮浮沉沉，那个在秋千上巧笑倩兮的女孩不见了，那个“却把青梅嗅”的女子不见了，那个“云鬓斜簪，徒要教郎比并看”的新娘不见了，那个与女伴一起“惊起一滩鸥鹭”的女人也不见了。生命进入残酒滴漏的岁月。当赵明诚郁郁而终，李清照的生活愈加孤独。活着，虽然冷漠，但终是夫妻，能够闻得着他的气息，能够触摸他的温度，而去了，相思无绪，亦无处可寄。“莫道不销魂，帘卷西风，人比黄花瘦”，之前的撒娇尚可换来丈夫的赞誉，可是如今，天地浩茫，谁能与她一起数风听月，谁能与她一起踏雪寻梅呢？寂寞是如此之深。

都说江南春好，可是这一切在李清照的眼里却是新的愁苦。“风住尘香花已尽，日晚倦梳头。物是人非事事休，欲语泪先流。闻说双溪春尚好，也拟泛轻舟。只恐双溪舴艋舟，载不动许多愁。”（《武陵春·春晚》）风甫住，花落尽，

只有尘土中蕴藉着淡淡的微香，这微香如同滔滔的氤氲往事，轻轻掠过鼻尖，沁入心头。那些纷繁馥郁的花儿，那些缤纷温暖的往事，那些绮丽缱绻的情致，都如同这尘烟般渐渐散去了，无迹可寻。我从未理解，那女子的清愁是如此之重，以至于连散心都不能成行，这样的心灰意懒，这样的毫无意绪。

那些暮春时节，她就这样孑然一身，行走在苦难的乱世，韶华已逝，无处可去。

浮生如白驹过隙，转眼间零落成泥。那些花一样盛开的日子，终将会纷纷凋谢，晚年，凄风冷雨。可是，曾经怒放的丰姿，以及那些嘹亮的歌声，都还会在，虽然飘在记忆的相册里。

于是，我们还可以期待，那个柔婉的美丽女子，会轻摇着团扇，在某一个清晨，踏露而来，身后是漫天的梅花。

紧接而来的依然是有人回复，第一个还是网名叫“可可西里的狼”的人，他在文章后面说：“莫道清照易老江山未变，君心似水不起微澜，春色正好。”萧青青抬眼看了看办公室，男同事们一个都不在，心里不免又诧异起来，这个人到底是谁？他一直在关注自己的文章，似乎离她很近，但是又扑朔迷离。不过，萧青青现在的心情较之前有了很大变化，所以她觉得有人在关注自己也是一件很值得开心的事情，也就不再关心这个人是谁了。

关了电脑，她才意识到要去找领导问清楚，这到底是个什么课。

从领导那里回来，她有点沮丧。一个小时，作文教学，与三位大师同台授课。她第一次觉得讲课成了负担。她很害怕，在作文教学这个领域，大家几乎没有任何现成的经验可供借鉴，回避是常态，所谓作文教学就是我布置你来写。少有科学的指导，也从没有人上过作文教学的公开课。她坐在椅子

上发起了呆，开始后悔自己草率地接了这个活儿。

放学的时候，她的心情沉重而复杂，她不知道自己能不能上好这节课。她害怕失败，也害怕被别人嘲笑，所以在工作上她一直竭尽全力。然而这次的任务很显然是一个挑战，她不知道能否应付得来。

在点名处，遇到了张欣怡。

张欣怡幸灾乐祸般地说："听说你接了个棘手的活儿，也就你是个傻子，这活儿也就派给你这样好说话的人。"她神秘地看了看四周，压低声音继续说，"领导先找了王晓琳老师，人家不想干，觉得和胡君老师一起上课压力太大，这才找的你！"

听到张欣怡的话，萧青青很惊讶："我不知道啊！原来这么回事，看来我真是个傻子，还是个替补呀！"说完她俩一起大笑起来。萧青青突然就释然了，不是种子选手，就不会有那么大的压力，可以不求成功，只求完成了。她在心里给自己放松。

在大家的帮助下，她经历了艰难的磨课过程，依然效果不佳。她渐渐觉得这个替补也不好当。而此时，她陆续听到有人议论纷纷，说她想出风头。于是一场替补的戏码渐渐地被好事者演变成了勇立潮头的好戏。她只是笑笑，并不解释。

可是不好听的传言甚嚣尘上，她渐渐觉得这件事不是那么简单了。她开始失眠，觉得压力很大，很不开心。

王凯对这件事态度很给力，他说："你只要用实力完成这堂课就好了，不用在意别人说什么。一个人在一个单位混，如果都是说你好的人，你未必是好的，都说你是不好的人，你也未必是坏的，有人说好，有人说不好才有价值，这说明有人嫉妒你，也有人支持你。但如果这次你的课能赢得胡老师的肯定，这就是作为 B 角最好的答卷！你一定行！"有了

王凯的支持，萧青青再去面对别人的误解的时候，心里多了坦然，也多了必胜的信心。

一个中午，办公室里安静极了，只有她一个人，其他人都回家吃午饭了。她听着一首名为《往事》的大提琴曲，心里突然涌起了灵感：对！就这么办！

她快速地打开文档，写下了一篇文章《眼泪》，字字真诚，句句含情，她被自己的文字感动得掉下了眼泪。

上课那天，她先见到了胡君老师。那是一个和蔼，睿智而博学的老人，虽然已经六十多岁，但是精神矍铄，目光有神，握手有力，他微笑着鼓励她好好讲，还说，"多好啊，还是个美女教师讲作文！哈哈哈！"他的笑让萧青青一下子没了压力，不知道为什么，这位老人让她觉得温暖而放松。

走上讲台后，看到黑压压的听课老师，心里还是小小地紧张了一下。毕竟是个接近坐 800 个人的报告厅，连过道里都是人。她看向坐在第一排的胡君老师和自己的伯乐校长，他们都向她投来鼓励的目光，她笑了。她冷静而智慧地与学生互动，激发起学生倾诉的欲望，又伴着音乐朗读了自己的文章《眼泪》作为范本进行写作欲望的激发，大屏幕上回闪着与文章意境相符的图片，她动情的朗诵让台上的学生掉下了眼泪，也让听课的老师哭了。她成功地打开了学生的心扉，接下来的技巧指导和学生片段练习都取得了很大的成功。

那节课赢得了满堂的掌声，她一颗悬着的心放下了，看着青城市教育局领导眼里满意的眼神，她也忍不住湿了眼眶。胡老师狠狠地表扬了她，尽管后来才知道他是为了鼓励自己，心里还是温暖而开心的。胡君先生可是萧青青崇拜了十年的偶像啊！在她得到了胡君老师的亲自指导后，她才意识到自己抓住了一个多么珍贵的机会。

很自然的，那些传言渐渐不见了踪影。

十四

王凯知道了上课成功的消息很是高兴，他决定请萧青青吃顿西餐予以祝贺。而在此之前，他们至少已经有两年时间不曾一起吃西餐了。萧青青特意换上了一条白色的连衣裙去赴约，白裙子有大大的裙摆，走路的时候会随着脚步轻移而荡起温柔的涟漪，绣着墨兰的围巾自然地搭在前胸，清新婉约之中又透出浓浓的书卷气，王凯的心竟然突突地跳起来。他几乎不记得有多久没有这样的感觉了，不知道是日子越过越粗糙还是心灵越来越迟钝，他对萧青青怦然心动的日子似乎都很难想起了，那一瞬间，他的心里充满了愧疚。

萧青青却是开心的，不仅是因为上课的成功，更因为她喜欢西餐厅这种调调，雅致，悠闲，浪漫，充满小资的感觉。尤其这家餐厅的布置，处处都体现出经营者的用心，一根干枯的树枝，配上一朵似开未开的野花；一个古朴的瓷碗，水里漂浮着一枚落叶，旁边放着一支横笛，西式的餐厅也充满了雅致的文艺情调。萧青青很喜欢。她和王凯的感情似乎也越来越好，一切看起来都在往好的方向发展，不由得内心充满愉悦之情。就在他们含情脉脉地望着彼此的时候，一个清脆的女声让萧青青的心情立刻降温了不少。

那个漂亮女孩一边拍着王凯的肩膀，一边说："嗨，亲，你也在这里啊！真巧！"说着她看向萧青青，笑眯眯地问王凯道，"这位美女是谁呀？"

王凯一边将放在自己肩上的女孩的手拿开，一边说："这位是萧老师，我的爱人。"

"你爱人？"女孩瞪大了眼睛，"你不是说你单身吗？"

王凯立刻羞红了脸，有点愤怒地说："你瞎说什么呢？我什么时候告诉你我是单身了？"他不自然地看了看萧青青，

转过头瞪着那个那女孩说，“不能这样开玩笑，懂不懂？”

那女孩眨眨眼睛，无辜地说：“我没开玩笑呀！是你自己跟我说的，你单身，还想泡我，你都忘了？”

王凯此时恨不得扇那女孩一个耳光，他惴惴不安地看着萧青青，萧青青脸色波澜不惊，随手端起开胃红酒，自顾自轻啜了一口。

那女孩还想说什么，被王凯抓起胳膊给拉走了。他一直带着嗷嗷叫的女孩走到了几十米开外的店铺门口才将她松开，指着她气急败坏地说：“我警告你，你如果再这样说话，别怪我对你不客气。”然后不等女孩说话就急匆匆地返回西餐厅。

女孩一边嘟着嘴揉自己的胳膊，一边狠狠地看着王凯的背影：“喊，装逼的男人！不是在酒吧勾搭良家妇女的时候啦！”她腾出一只手拢了拢自己的长发，自言自语道，“哼！你以为我会让你快活吗？他妈的！别做梦了！”

“嘟囔什么呢你？”一个染着黄头发的男孩子，摇摆着肩膀走过来，“怎么啦？谁惹你了？我操！这地面儿上还有人敢惹姑奶奶你？”他斜着眼，一副嘲讽兼调戏的神态。

女孩瞪了他一眼，一甩头发，走了。剩下那个男孩，目瞪口呆，反应过来之后，对着她的背影恶狠狠地骂：“操！你个贱货拽什么呀拽！大学生了不起呀！我呸！”

话说王凯急匆匆赶回餐厅，萧青青不在座位上，他懊恼不已，不知道该如何给萧青青解释这件事。他正慌张地四处张望的时候，却看见萧青青从洗手间出来，云淡风轻，一脸的安然无恙。他越发紧张，心里忐忑不安，不停地摆弄面前的餐盘和刀叉，似乎不知道怎么放才好。

萧青青看到，笑了笑，说：“快点吃吧，牛排都凉了。”

王凯尴尬地笑了笑，没有说话，慢慢地吃起来。萧青青也不再说话，而是拿出手机，打开自己的微信，一条条看起来，偶尔给别人个回复，气氛陷入沉闷。服务员站在一边，好奇地望过来，一脸的疑惑。

买了单，他们一起下楼，上车，萧青青始终一言不发，看不出情绪，也摸不透形势。王凯的心里更难受了。

一连几天都是如此，萧青青似乎得了健忘症一样，对那天的事情始终没有质问。她很快地投入到了工作中，只是有时候也会盯着电脑发呆，或者静静地打开一本书，却久久不翻一页。她开始低着头走路，看起来平静如常，眼角却常常现出忧伤。

那一日，她下了课后站在教室门前的月季花坛旁，突然听到有人说："你看萧青青现在骄傲的，见人都不理了，喊，不就是讲了一节课吗？又不是当了校长。"另一个人说："不要乱说话，我觉得她不是那样的人，倒是觉得她最近不开心。"

"你不知道吗？外面都说她男人有了小三。"

"是吗？那就难怪了，她整天那么冷冰冰的，男人往外跑也难免了。"

"不乱说话能憋死你们呀！"一个熟悉的声音平地而起，那是张欣怡，她拿着课本与那两位迎面而来，正好听到了她们的话。

萧青青听见张欣怡的话才抬起头看过来，那两位是闲人，自在地满校园乱窜。她叹了口气，对张欣怡摇了摇头。

张欣怡走过来，愤愤不平地说："这俩老娘们真让人讨厌！自己屁活儿也干不了就是挑刺在行，我们伟大的祖国就是因为这样的人多才陷入不平等的！"

"好了，现在都主张能量吸引了，你的正能量呢？"萧青青笑了笑，淡淡地说。

她们相视一笑。

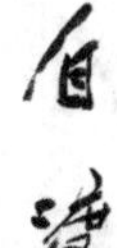

张欣怡抬手看了下表，催促道：“快上课了，我还得上三楼，我先走了。你不要跟她们生气啊。”

萧青青笑笑，点了点头。其实她不是生气，而是内心多了压抑，她不喜欢听到别人议论自己的事情，无论别人是站在她的立场为她打抱不平还是站在看客的立场等着笑料，她都不喜欢。她是看起来很温暖，其实内心很孤独很骄傲的人，或许，那是一点点自卑的投射。关于童年那些不快乐，她无论如何也难以忘记，可是又无法消除不去想起，那样的悲伤时过境迁已经发酵，深深地融入了血液骨脉，一动就疼痛不已，这或许是她喜欢躲起来，在角落里静静地待着的原因吧。

所以，面对别人有意无意的议论，她觉得自己无力反击，也不想反击。如同这几天连续出现的事情，难以预料，也无法掌控。她觉得自己的内心陷入了挣扎，可又有一个声音在不停地呐喊：不要纠结，不要彷徨，大胆往前走，要挣脱这网一样的日子。不是委屈地自己舔舐伤口，而是自己狠狠地往伤口上撒一把盐，让疼痛深入骨髓吧！唯有悲伤能治疗悲伤，唯有绝望能战胜绝望。

上课铃响了，她深深地叹了口气。换上一副笑脸，走进了教室，教室里传来大声的问候，以及她愉悦的答礼声。窗外的花便孤独地怒放着。

与此同时，王凯却在约谈那个惹了祸的女孩。

女孩还是一副桀骜不驯的样子，眼神里却流露出淡淡的鄙夷与警惕。

“你，叫什么名字？”王凯单刀直入地问。

“嘁，”女孩白了他一眼，“你不知道本小姐的名号，是怎么找到我的？”

“找你还不简单！”王凯语气流露出不屑，这似乎惹恼了那个女孩。

“怎么着？敢情你还监视我？！难不成我现在是被监视居住？你算老几呀你！姑奶奶今天来是给你面子，别不知道好歹！你不就是真名王凯吗？凯盛生物工程公司的老板，一个破公司负债经营，在外面还到处充有钱人，你以为婷婷是好欺负的？你想甩就甩？她又不是抹布，你又不是烘干机！你牛逼什么呀！有钱的爷们咱见过得多了，你这样装逼的，还是头一次见。大哥，咱能不装吗？”那姑娘一口气说了这么多，末了，还用鼻子“哼”了一声。

王凯一听，这丫头来者不善，原来是婷婷的朋友。

“小姐，你误会了，我没有在你面前炫耀的意思，只是觉得我与你仅仅是一面之缘，何苦在我老婆跟前说那番话，现在闹得我们夫妻都不开心。”

“呦嗬！”那姑娘立刻杏目圆睁，“你说什么？我害得你们夫妻不开心！少爷，您太抬举我了，我觉得自己还真没有那个能量！据说，你老婆对你早就冷冰冰的了，否则你也不会来招惹婷婷呀！你自己连个女人都哄不了，还到处拈花惹草，就你这怂样，你行吗你？”那姑娘说着兀自笑起来，她的笑声让王凯觉得刺耳、尴尬。

一个三十多岁的男人，好歹也算是有事业的人，如今被一个黄毛丫头训斥嘲讽，他觉得憋火而无奈。

那姑娘却不依不饶，摆出了誓不罢休的架势，这让王凯觉得诧异。此时，他才发觉如今能混世道的女孩简直是奇葩，绝对不好惹。他开始后悔找这个女孩谈，并敏锐地感到继续谈下去毫无意义。

他坐直了腰身，呷了口茶，说：“姑娘，我和婷婷不是你想的那样，也不存在谁招惹谁这个说法……”他用手指敲着杯子，深思熟虑般，“这么说吧，我们只是暂时相互取暖，仅此而已。”

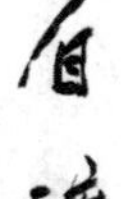

“哈，冠冕堂皇！”那姑娘冷笑一声，“相互取暖？你冷么？就算你冷，你以为别人也冷吗！？真是会给自己的流氓行径找借口！”

“……”王凯欲言又止，端起水杯，在手心里转来转去，却终究没有说话。

那姑娘盯着王凯看了一会儿，见他没有继续交谈的意思，就站起身，嘴角含着一丝冷笑地说：“大哥，出来玩，也是要讲规则的。玩不起就趁早滚蛋，别搅乱了江湖，留下骂名，以后都不好混了。”

说完，她拎起自己的包走了，走到门口又回过头来说了句：“保重啊，大哥！”

王凯的心里愤怒极了，这样的奚落与鄙夷，让他浑身充满了失败的怒火，他拿出手机拨通了一个号码，那边刚一接通他就大声地嘶吼起来：“大刚，你个王八蛋马上滚到自然居茶社来！”啪，合上了手机，又狠狠地扔到了桌上，身体疲惫地倚向沙发，双手抱在胸前，闭上了眼睛。

这一切都被刚才那姑娘看在了眼里。她嘴角浮起一丝冷笑，转身走去。

大刚来到的时候，茶社里正发生一场奇异的吵架事件。王凯俨然忘了自己正处于水深火热之中，正悠然地坐在一边看热闹。

大刚拍了拍他的肩膀，下巴一抬，示意大厅里正在吵架的男女，问：“怎么回事？公共场合就撕开了？”

“听了半天，听出来点故事。男的是女人的前夫，为了孩子的教养问题，打了起来。女人是这里的幕后老板。明白了吗？”

“那有什么值得吵的？都离了，还有什么瓜葛？”

听到大刚这话，王凯突然反应过来，一巴掌拍在伸向吵架方向的大刚的头，恶狠狠地说："转过来！"

大刚摸了摸自己的头，笑嘻嘻地说："哥们儿，咱能不这么大火气吗？不就是婷婷的一闺蜜在萧青青跟前故意说了一些话挑拨你们关系了吗？那小妮儿纯粹是为婷婷打抱不平，很有侠义情怀，我觉得不错！"

"不错你个蛋！"王凯怒气未消，粗话连篇，"你个王八蛋跟谁一伙儿的？感情那小妖精是你的姘头？"

大刚瘪了瘪嘴："听听你这说的什么话！素质！注意素质！人家那女孩别看说话糙，其实人家是良家女孩，只是喜欢把自己包装成一个太妹的样子而已。"

听到大刚这句话，王凯心里更加迷茫了，这年头，难不成你看到的女人都不是你看到的那个样子？

"别废话了，现在我怎么办？给出个主意吧？"他语气终于舒缓下来。

"没主意可出，你就该咋地咋地！天要下雨娘要嫁人，你谁也管不了。爱谁谁吧！"大刚一边说着，眼睛像是被牵住了一样看向门口，"哎哎，王凯你看，那男的不是顾子清吗？哎，看他身边那女的，我怎么觉得这么眼熟呢？"

循着大刚所指的方向，王凯看见顾子清和一个身材苗条的白衣长发女子一起走了进来。他也觉得那女子很眼熟，可一时半会儿又想不起来。就在这时，那女孩转过头来对着谁笑了一下，王凯突然说："哦，那不是，不是青青去年刚毕业的学生吗？今年应该才是高中一年级呀！他们什么关系？"

大刚恍然醒悟，拍着自己的脑门说："我就觉得在哪里见过，她不是常常找萧青青玩的吗？哎，不对呀，她最多也就十六岁呀，怎么和顾子清弄到一块去了？什么情况呀这是！这顾子清是不是专找萧青青的学生谈恋爱呀？"

王凯听了大刚的话，突然笑了："我怎么觉得你这话里

话外都透着羡慕嫉妒恨呢？而且还有一缸的山西陈醋味儿。”

“哎，你这么说就没劲了。”大刚佯怒，狠狠地剜了王凯一眼。

“哎哟，还真疼！”王凯突然捂着眼睛叫起来。

“又怎么了你？”大刚捶了王凯一下，笑着说，“看见个漂亮女孩，你就受不了了？”

“哎，那可不是。是你刚才那眼神剜得我疼，快喘不过气来了。”王凯说完笑起来，大刚也笑了。

也许是他俩的声音有点响，顾子清突然转过头来，一眼看见了王凯。他拉着那个女孩径直走过来。

王凯赶紧起身跟顾子清握手，想跟那个白衣女孩握手的时候，那个女孩只是浅浅地鞠了个躬，说了声：“王先生好！”

这阵势让王凯摸不着头脑了，一个十几岁的女学生，居然如此淡定高傲，骨子里的清高不言自现。

顾子清笑笑说：“介绍一下，这是我的外甥女，欧阳翩然。也是萧青青老师的学生呢。她爸爸是宇翱集团的董事长，欧阳雷。”

王凯大吃一惊，难怪这女孩自有一种孤傲脱俗的气韵，原来她的父亲是大财团的董事长。在青城，甚至在山东省，这欧阳雷的大名，没有人不知道，电视里常常露脸的人物，企业家，慈善家，书法家。母亲顾子惠，八十年代留学德国的才女，不但人漂亮，还写得一手好书法，关键还是学机械专业的。这家人的智商和颜值都很高。

王凯善意地对着欧阳翩然笑了笑，夸奖道：“欧阳小姐真是智慧天成、少年淑雅之人，让人敬慕。”大刚不知道该说什么好，就用点头附和王凯的话。

顾子清却大手一挥，谦虚地说：“哪里哪里，这孩子如果说还算有点礼貌，也是萧老师教育得好呀！哈哈哈……”

于是大家一起笑起来，欧阳翩然低头抿着嘴偷偷地笑。这时，顾子清突然问欧阳翩然：“翩然，婷婷怎么还没来？”听到“婷婷”两个字，王凯和大刚你看看我我看看你，

都把心提到了嗓子眼，这个时候，王凯是怕极了这个名字。他紧张地往门口看了看，两只手搓个不停，眼见额头就要冒汗，大刚赶紧对顾子清说：“不好意思，顾总，我突然想起来还有件事情没办，需要先行一步了。”顾子清立刻微笑着说：“没关系，您忙您的，我们在等一个朋友。”大刚一边笑着一边扯着王凯的衣襟说：“走吧，事情急得很，麻烦你开车送我一下。”

然而，世间事就是如此巧合，他们还没来得及转身，婷婷已经驾到了。听到欧阳翩然欢快地大叫：“婷婷，这里！”王凯的心瞬间沉到了泥淖里，他几乎有种站不住的头晕的感觉。

说话间，那个被唤作“婷婷”的女人已经来到了他们面前。看到这个婷婷，王凯的心立刻松弛了下来。“婷婷”优雅地伸出手去，一边和顾子清握手一边说：“你好，子清！好久不见了。”顾子清也热情地说：“你好，鹿总！欢迎你回青城来呀！”欧阳翩然一直挽着那个“婷婷”的胳膊，笑意吟吟地看着他们。

顾子清又把这个女人介绍给了王凯认识，王凯才知道这个顾子清嘴里的“鹿总”名叫鹿雯婷，是飞扬文化传媒公司的老板，虽然看着挺显年轻，但是看看眼神也能大体猜到是四十多岁的人了。大家互相打了招呼，算是认识了。至于欧阳翩然为什么亲昵地喊与她相差二十多岁的人“婷婷”却不得而知，这让王凯觉得有些神秘。主要是，女人与女人之间，似乎充满了神秘。

因为之前说了有事要办，所以大刚和王凯不好意思继续逗留，便告辞了他们。看着王凯的背影，鹿雯婷皱了皱眉头，

似乎在回忆什么。这微妙的表情变化被聪明的顾子清看在了眼里。

十五

四月底，青城的护城河边柳树已经蔚然成荫，柳丝低垂，妩媚地戏着春风。街边公园里的各种花木都憋足了劲儿似的竞相开放，一切都欣欣向荣情绪饱满，又充满了温暖的气息。有人说，春天是爱情发酵并迅速绽开的季节，可是，这个美好的时节却丝毫不能给萧青青带来快乐。

李媛还是离婚了。

她是办完离婚手续才给萧青青打电话通知的。

萧青青的心一下子变得异常悲伤，如果连李媛都离婚了，这世界上的婚姻还有多少值得信任？在她的印象里，潘林一向老实忠厚，不爱说话，工作却很出色。他们的生活也是蒸蒸日上，幸福快乐，怎么会突然出现这样的结果？她无法接受自己最好的朋友婚姻解体这个事实。接到电话后，她把自己锁在房间里蒙上被子大哭了一场。哭着哭着，她分不清究竟是为李媛伤心还是为自己难过。眼泪一次又一次地浸湿了枕头，她越哭越伤心，越哭越觉得莫名的委屈。那天她就这样一直哭到了黄昏，直到昏昏地睡着了。

第二天醒来的时候，她突然觉得心里似乎被巨大的棉花撑着，她觉得疲惫和压抑，心口隐隐作痛，她觉得自己病了。昨天那种漫天漫地的悲伤不见了，只是压抑。

她请了假，决定去看看李媛。

李媛还好，没有想象中的那么凌乱，只是眼睛红肿，情绪低沉，一言不发。见到萧青青，她的眼泪唰地流了下来，一把抱住了萧青青，起先只是流泪啜泣，紧接着终于号啕大哭。萧青青不知道该怎么劝慰她，只是紧紧地抱着她，温柔地拍着她的后背，眼泪断了线的珠子一样滚落。

终于，李媛止住了哭泣，慢慢松开了萧青青。她拉着萧青青的手，毫无征兆地就笑了。眼泪在腮边闪着寂寞的光，萧青青一下子心疼起来。

潘林不在，李媛说他已经搬出去了。萧青青问要不要打个电话给潘林骂一骂他，替李媛出口气。李媛摇了摇头，一边拿起纸巾擦眼泪，一边低低地说不必，然后便是沉默。萧青青向来不会劝慰，在自己的好友深陷悲伤的时候，她也只会跟着悲伤，跟着痛，却一句话也说不出来。两个人窝在沙发里，静静地望着客厅里的大鱼缸。潘林养的鱼还在，美丽的金鱼们生龙活虎地游来游去，全然不知道它们的主人已经分道扬镳，再也不会一起趴在鱼缸前看它们嬉戏追逐，看它们拥挤着抢食了。它们不懂爱情，据说它们的记忆只有七秒，当它们爱上一条鱼，只是一个转身的工夫，那份爱就消失了。七秒便是一世，金鱼的爱情真是匪夷所思。

鱼缸里氧气产生的气泡咕噜咕噜地升起，萧青青甚至能听到"滋滋"的声音。屋子里太安静了，静得让人难受。萧青青起身给李媛去倒水，拿起暖瓶才发现里面空空如也，望望饮水机，上面也只是一个空了的水桶。她拿烧水壶接了凉水，架到火上，又走回来坐到李媛身边。李媛深深地叹了口气，手里不停地撕着沾了泪的纸巾。

这一次，李媛没有控诉潘林的罪过，萧青青反而觉得李媛伤到了内心。

"青，我想出去走走，我们一起去趟云南吧。我想去看看丽江。"李媛的声音透着疲惫。

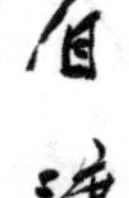

萧青青看着眼前的李媛，突然地就决定要和她一起出去

走走。她觉得自己也同样需要释放自己的压抑，以及那些理不清楚的心绪。也许，在远离自己常规生活的地方，她们都能找到生命中最真实的自己。

“好，一起去！去丽江！”萧青青握着李媛的手。李媛的眼泪又一次唰地流了下来。

请假还是费了不少口舌，因为萧青青一走，两个班的课就需要找别人暂时代上，领导不乐意，与她搭档的班主任也不乐意。可是谁又都没有权利阻止她请假，于是她拿到了一周的假期。

她们带着简单的行李出发了。萧青青没有告诉王凯自己去了哪里，这几年，她似乎已经习惯了为自己的事情做主，另外，她的不愿告别还有别的意图。她很想知道，当她远离家乡，远离婚姻，远离家庭，王凯是不是还会在自己的内心萦绕。其实，她自己在做出决定的瞬间根本没有想这么多。

当飞机在昆明长水机场降落的时候，萧青青内心突然涌起前所未有的轻松，仿佛卸下了千钧的重担。她看着机场来来往往的人，大家忙碌而漠然，彼此之间都是过客的感觉让她想起了许久之前的梦。那时候，她最大的梦想是当一个背包客，随便坐上火车往前走，想起来就下车随便看看，看够了就继续走，也许是受了三毛的影响，流浪在她心里成了一种名叫浪漫的东西。所以，很久以来，她喜欢听火车“咔嗒咔嗒”的声音。只是高速时代来临了，飞驰而过的大都是高速铁路，还没来得及细看，火车早已跑出很远了。过去那种慢慢的节奏在今天居然被称为“雅致”了。足见时代的洪流滚滚向前，但凡俗人都无法超脱。即使还有一颗浪漫雅致的心灵，在这样快节奏的时代也会被裹挟得身不由己了。

李媛的脸上多了一些笑容，兴许也是远离了家乡的缘故，她很快地融进了这个被称作“春城”的城市节奏。这个城市

有来来往往的游客，也有凄美绝伦的故事。

在去丽江的车上，她们遇到一个名叫桃子的女孩。也许因为彼此都不熟悉，桃子一路上给她们讲了自己的故事。

桃子离婚了，但是前夫希望复婚，于是彼此都在纠结。好朋友们也各说各话，有的建议还是复婚吧，毕竟是原来的配方，必然也会是原来的味道。有的建议彻底恩断情绝，各自寻找幸福，所谓好马不吃回头草。她讲到这里还故意停了下来，问萧青青会是什么态度。萧青青看看李媛，笑笑说："你问我们都没有用，你要问问你自己的心。"

桃子听了萧青青的话愣了一下，她说，从来没有人告诉她要问问自己的心，大家都是从自己的角度出发看问题，从来没有想过她自己的决定才是最重要的。

她说，不知道什么时候，她觉得自己把自己弄丢了。在婚姻里，他们总是吵架，吵架，婚姻岁月如果用一个词语来总结，似乎就是吵架了。为了谁做饭会吵，谁洗衣服会吵，周末去哪家餐厅吃饭会吵，来了电话挂断不接更会引起大争吵，吵到两个人不明白到底怒气从何而来。慢慢地，桃子觉得她在婚姻里很疲惫，分不清楚到底是谁没有长大。当他们不吵架的时候，就会紧紧依偎着，恩爱如初。然而，这样的恩爱、和平几乎是短暂的，战火可能会因为任何事情而重新燃起。他们最初只是大声说话，渐渐过渡到争吵，然后是一方离家出走，再接着是谩骂与殴打，直到筋疲力尽。桃子觉得这样的婚姻耗尽了彼此的元气，再继续下去只会让人疯掉。于是，她提出了离婚。可是，离婚了的两个人再联系时居然能够和和气气，不再吵架。他们的内心又泛起了波澜。可是桃子害怕了，不知道应该是向左还是向右，不知道往哪走才是幸福的结局。她说，她就像是走在一座摇摆不停的桥上，最初的努力谨慎消失以后，内心里只剩下了疲惫与纠结，如今，她觉得自己被自己丢了。她还说，

她来丽江就是为了要找回自己。

“找回自己”这个说法让萧青青怦然心动，她觉得自己也需要找回自己。

休息的时候，桃子继续给她们讲自己的前夫，她管自己的前夫叫“笨笨猪”。笨笨猪有一个不怎么快乐的童年，因为他算是孽缘的结晶。1968 年，上山下乡的时候，笨笨猪的妈妈从上海到西双版纳的勐腊插队。一个大都市里来的娇小姐，要和当地的那些农民一样拿起锄具，在土地里劳作，于她而言是艰难的。知青们对自己的未来充满了忧虑，可是又丝毫找不到通往明天的道路。那个年龄，除了所谓的理想鼓荡着胸怀，浑身上下还有躁动的不安分的力量。笨笨猪的妈妈，不懂什么是爱情，只是一个人的日子实在太难熬了，孤单，想家，疲惫，潮湿，这一切都和在上海的日子不同。她常常哭泣，内心充满了悲伤。日子一天天熬过去，不知不觉中，岁月更迭，北京来的知青们已经开始返乡，笨笨猪的妈妈才后知后觉地发现，她想回城是那么渺茫。政策不明，野心没有，她不敢像有的人那样偷偷跑回去。

后来，她遇到了生命里最愿意帮助她的一个彝族男子，于是一场孽缘产生了。笨笨猪的妈妈如愿返回了上海，20 世纪 80 年代初又考上了复旦大学。那个远在勐腊的彝族男人和她生的小孩从此便天涯相隔了。也许是从小缺乏母爱的原因，笨笨猪显然是缺乏安全感的那一类人。长大后，笨笨猪也曾经去上海找过自己的亲生母亲，可是她已经有了一个女儿，有一个幸福的家。她见到自己的儿子，哭得肝肠寸断，却也无法公开相认。笨笨猪回到勐腊以后，变得越发不爱言语，只是每日沉浸在作画中。后来，他离开家来到了杭州，在那里开了一个专卖云南艺术品的小店。桃子问他为什么不直接去上海开店，他固执地摇摇头说那里不是他的城市。在杭州，

离上海就已经很近很近。他这样说的时候，桃子就觉得浑身的母性细胞膨胀起来，他们就这样相爱了。桃子说，自己都不清楚爱他什么，似乎是一个侠义的念头，彼此就成了一家人。可是，心里有创伤的孩子，生活总不会那么协调。渐渐地，桃子对他不能够再像相识时那么宽容忍耐，爱，被俗世折磨。

她讲他们的故事，萧青青想起了自己。却原来，所有孽债的孩子内心里都有一个悲伤的烙印。

与桃子的前夫相比，萧青青觉得自己还算是幸运的，至少，杜青没有不认她。可是当亲生父亲有了一个和自己无关的家，那种无法言明的尴尬还是深深地印在了她的脑海里。只是，听了桃子的故事，萧青青莫名地开始怀念和杜青在一起的那两年时光。那时候，杜青满心满眼都是萧青青，她哭了，杜青就会沉默好几天，她笑了，杜青就会唱几天，她说想吃什么，杜青会在第一时间弄到。然而，萧青青小小的心里还是更加怀念她的爸爸萧然。她于是常常拿萧然与杜青做对比。萧然的爱是自然亲切的爱，充满了欢声笑语；杜青的爱则充满了卑微的歉疚，充满了溺爱和讨好。而他越是如此，她就越想着办法让杜青不得安宁。她最擅长的就是让杜青和梁娟吵架，只要看到杜青被气得要发疯的样子，萧青青就在心里向她死去的爸爸报喜。孩子式的复仇，如今想来也是哽咽难言。后来，她离开杜青回到了颜秋红身边，心里偶尔也会想起杜青，甚至有时候也会觉得梁娟其实也是个很好的人。可是当她这样想的时候，心里就会有个声音告诉她，她这样做就是背叛了自己的爸爸萧然。在很长很长的时间里，萧青青被自己内心里那个爱爸爸的小孩控制了。她渐渐不再快乐，变得沉默和忧郁。如今，萧青青懂了，那是骨子里对自己出身的怨恨和自卑，是对杜青的怨恨和惩罚。

桃子的故事让她突然间原谅了杜青，也原谅了自己的妈

妈。不知怎么的，她看着车窗外渐渐远去的山峦，心里第一次生出一种天地如此美好的轻松感觉。

李媛一直没有说话，只是静静地听桃子讲故事。末了，她问：“你既然理解你的前夫，为什么还要执意与他离婚呢？”

桃子笑笑说：“我不能接受我自己的状态呀！”

这于李媛而言是比较难理解的，因为她心里的婚姻就是彼此照顾，彼此帮助，共同把生活过好，像自己的爸爸妈妈一样，不谈爱，却能感觉得到爱的存在。那是另一种踏实与美好的感觉。可是萧青青却能懂得桃子的这句话，这一刻，萧青青觉得自己和桃子是一样的人，一样的爱自己，一样的固执而深情。抛弃，不代表爱的消失。也许，只是一种拯救。

萧青青与桃子交换了手机号码，彼此成了微信好友。

一路奔波，到达丽江的时候已是晚上了。吃过了美味的火锅黑山羊，她们走出了听雨客栈。

丽江果然是一个美丽的地方，清凌凌的水，穿街过巷，荡着甜蜜从每户人家门前流过；光滑的石板路，起伏蜿蜒，似乎每一块石头都在诉说一段光阴；慵懒的音乐柔柔地漫过石桥，纳西族的姑娘就像那河边摇曳的柳树，柔情万丈又坚忍不拔；依河而建的各种商铺都悠闲地静默着，里面摆着各种民族风格的物品，老板多半是风华正茂的青年。当她们走过石桥，萧青青恍惚觉得自己就是戴望舒笔下的丁香姑娘，安静地，幽怨地，带着丁香般的芬芳。她们站在桥上，久久地端详桥对面乐器店里的青年，他们有的弹着吉他，有的打着非洲鼓，怡然自得地唱着好听的歌。一个女子，吹着横笛，神态悠闲地坐在几个男子中间，他们在幸福地享受着时光。他们的歌声渐渐荡漾开去，似乎这灯火阑珊都因此而更加璀璨了。

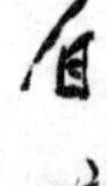

在这里，她们似乎忘记了远在青城的那些不愉快。

她们挽着胳膊慢慢前行，彼此并无多话。行走在丽江古城的石板路上，她们觉得岁月仿佛回到了从前。那时候，一样的花季，一样的无忧，日子如同校园里的蔷薇花，葳蕤而茂盛。多少个凉风习习的夜晚，她们就是这样挽着手，在校园的小路上漫步。偶尔还会惊起在花坛的隐蔽处接吻的情侣，每当那时候，她们便大笑着跑过去，现在想起来，几乎都不记得当初为什么而笑了。李媛性情泼辣而开朗，常常是她没心没肺地拉着整天忧郁的萧青青到处逛。而今想起来，那些最无忧无虑的日子几乎都有李媛的影子。李媛是萧青青青春年华里最亲密的伙伴，而今，两个人都遇到生活的暗礁，心情一样的灰暗。

后来，萧青青爱上了林瀚泽，李媛只好因形单影只而变成了学霸。孤独有时候不都是一件让人伤感的事情。她们一边走一边聊一边欣赏着让人目不暇接的异地风情。

酒吧街的音乐迷离而纷乱，不知道是哪家的歌手幽幽地唱着《滴答》。

滴答滴答滴答滴答
时针它不停在转动
滴答滴答滴答滴答
小雨它拍打着水花
滴答滴答滴答滴答
是不是还会牵挂他
滴答滴答滴答滴答
有几滴眼泪已落下
滴答滴答滴答滴答
寂寞的夜和谁说话
滴答滴答滴答滴答

伤心的泪儿谁来擦
滴答滴答滴答滴答
整理好心情再出发
滴答滴答滴答滴答
还会有人把你牵挂

夜色朦胧中，随处都是嘈杂，又随处都是安静，在这样浪漫的夜晚，居然有这样无可挑剔的声音，无可挑剔的词曲，像是高昂的呼喊，呼喊着每个人的心，那呼喊里凄凉得那般楚楚动人，如一朵云一缕风的轻泣，那呼喊却让人听到了低沉的婉转；那歌声很自然、真实、纯朴、真情，那是不染纤尘的天籁，从你的灵魂里穿过，它抚摩着你的灵魂，抚摩着你尘世里功利和浮躁的灵魂，却又让你的灵魂颤动，让你感到莫名的心痛……

青城便像魔咒一样随着音乐突然地潜入她们的心里，那些雨雪飞扬的日子，那些耳鬓厮磨的过往，那些不知不觉的疏远，那些美好落空的悲伤，那指尖冰凉的敷衍，如今在这首曲子里全部被唤起，说不出的委屈与悲伤，她们忍不住潸然泪下……风吹到脸上便突然地有了冰冷的感觉。她们紧紧地握着彼此的手，各自擦去了眼角的泪。原来，悲伤还是如影随形。

她们觉得倦了，便回了听雨客栈。

一进客栈，萧青青就看见桃子姑娘坐在大厅的竹椅上，正兴趣盎然地跟老板聊着天。老板是个文艺范儿的男青年，长着黝黑的皮肤，浅浅的络腮胡子，一双灼灼的小眼睛隐藏在镜片后面，一身淡青色粗布麻衣松松地披在身上，脖子里慵懒地搭着同质地的赭红色围巾，不帅，却透出一股美好得不得了的闷骚劲儿。最重要的是，他还有一个个性的名字：

他喇嘟。对于这个名字，萧青青表示不解其意，他说，就是为了好玩，纯粹是因为喜欢与别人不一样而已。名字嘛，代号而已，如果不喜欢叫，也可以喊他老板或大老板。他这样说的时候就会兀自笑起来，露出洁白整齐的牙齿。

看到萧青青和李媛回来，他喇嘟向她们招了招手，示意她们过来坐。

他喇嘟对萧青青说道："来，介绍一下，这是我的好朋友桃子。"李媛和萧青青都非常惊讶，恍惚间觉得世界真是太小了。她们三个突然相视而笑，他喇嘟露出一脸的不解，"你们也认识？"

萧青青浅浅地笑着说："是呢，来丽江的路上，我们聊了很久。"

他喇嘟回头向吧台前的服务生招了招手，吩咐他送点酒和点心。他说，今天必须喝一杯，实在是难得的缘分，听雨客栈许久不曾有过这样机缘巧合的事情了。

桃子听说要喝酒就兴奋地叫起来，直嚷着不醉不归。也许是身在异地他乡吧，李媛和萧青青都渐渐地释放了天性中豪气的那一面。不知不觉小酌渐进佳境，大家的话都多起来。

他喇嘟说，其实桃子是他的前女友，桃子的前夫是他的发小，一起在勐腊长大的知青的孩子。

李媛听到这句话惊讶地张大了嘴巴，做新闻的职业敏感立刻现身，她说："像你们这种情况的孩子在云南很多吗？"

他喇嘟笑笑说："是啊，很多。但不知道究竟有多少。都是岁月留给上一代的青春印记，我们负责提醒他们自己曾经拥有过的迷茫而无助的日子以及那个略显混蛋的时代。"

萧青青心里一沉，他喇嘟的话似乎也让她产生了这种无奈的宿命感。

桃子却没心没肺地笑着对萧青青说："你听，这就是我

离开他的原因。我无力承受身边有一个太文艺的男人……”她说完，大家都笑起来。萧青青望向他喇嘟，她看见他眼里一闪即过的苍凉，距离这个东西，无法言明却又真实存在，不在一个语境的两个人在一起的确难以有共同语言。

这让她想起王凯。突然地，她觉得明白了自己的婚姻究竟是哪里出了问题，原来，不过一个“语境”而已。

他们没有共同的爱好，没有共同的朋友圈子，甚至没有共同的面对磨难的记忆，太平淡的生活让他们以为各自安好便是幸福，却不承想岁月是一面照妖镜，谁的世界都逃不过日子的眼睛。他们终于越走离得越远。即使春节期间那些少有的耳鬓厮磨如今想来似乎也少了许多心有灵犀的快意。而那个在西餐厅遇见的女孩到底是谁？

萧青青又一次走神了。她不知道自己纠结于那个女孩有没有什么意思，如果她不在意王凯了，何必还会想起那个不像坏孩子的女孩呢？她不知道。

此时却听得李媛大声地说：“来，让我们举杯，为所有的一切的混蛋岁月和混蛋们离开我们而干杯！干！”她说着便举起杯来，跟大家挨个儿碰了杯，当杯子举到嘴边的时候，泪水顺势滴了进去，她仰起头，一饮而尽，放下杯子的时候，眼泪已经杳然无踪。

萧青青拉了拉李媛的胳膊，轻声问道：“李媛，咱不喝了吧？”

听到萧青青的话，三个人异口同声地说：“不行，喝！”

于是，四个沦落天涯的人开始大口大口地喝起酒来。

不知道是谁先唱起了歌，四个人开始慢慢合成一首，忧伤的《滴答》便又一次飘荡在耳畔。唱着唱着，他们都哭了。却原来，每个人心里都有一个孤单无助的小孩子，在酒精的作用下，这个小孩撕开伤口，挣脱桎梏，扯掉伪装，终于逃

出来，他们的眼泪就是那一个个小孩子的倾诉。

李媛真的喝多了，她非要拉着他喇嘟跳舞不可，于是，桃子反客为主跑到吧台放了激烈的舞曲，客栈里的房间门几乎同一时间打开，房客们好奇地看向他们。

也许，真的是有故事的人才会来丽江，才会懂得丽江。而在丽江住下的人又大多有一颗不安于俗世的心。不一会儿，客栈的院子里便聚集了很多人，大家仿佛进入了狂欢模式，一首首曲子流过，人们大声地笑着叫着夹杂着口哨声，舞蹈不止。后来，萧青青回忆起来那个情景的时候，用了“群魔乱舞”四个字来概括。

十六

第二天，他喇嘟主动说陪她们三个去玉龙雪山。然而，许是天公不作美，他们没有看见雪山的雪，视线所及之处，是霏霏细雨和薄薄的轻雾，雪山女神掩面回避，他们只做了一次雨中漫步。

萧青青对纳西族的故事充满了探知的欲望，一部电视剧《木府风云》让她愈加神往之。他喇嘟说，那就去看《印象·丽江》吧。

在玉龙雪山下的剧场里，一场撼动人心的演出彻底击溃了萧青青和李媛的泪腺。马帮男人的豪情与艰辛，茶马古道上那些叮当铃响与汉子们质朴的歌声似乎一起从古代复活；巍峨的玉龙雪山云雾缭绕，演员们在雨中仍是一丝不苟地演出，击打，跳跃，猜拳，歌咏，不醉不归，纳西族女子姗姗而来，在几百个男人中找到自己喝醉了的那个，娇嗔地叫醒他，一起回家。路上，女子累了，男人二话不说，背起女人继续沿着蜿蜒起伏的山路前行。女子柔柔地把脸贴在男人的颈间，那份幸福随着山山水水一路温柔地荡漾而去。萧青青的眼泪便轻轻地滑了下来。

纳西族的女子是一个传奇。她们一旦爱上了一个男人，就一定要和他在一起，然而，婚姻的不自由让他们无权选择相伴到老，于是，为了爱情，热恋中的男女会选择一处风景优美的地方殉情。这个故事让充满文学情怀的萧青青很是向往。当剧场里的山路上出现一对男女，萧青青的眼泪便开始伴着悲情的音乐止不住地流。终于，那男子把女子交给了等在山巅的男子，他们牵手拥抱，一起骑上白马。身后是为他们送行的亲友，她来不及仔细看过每一个人便决然地转头而去。山下的亲友久久地挥着手臂，看着山顶上渐渐消失的人影，山风呜咽，细雨多情，山下那个年轻的声音突然大声地喊着“姐姐”，这声悲伤的呼唤撕扯着无数观众的心。萧青青的眼泪，便一瞬间决堤。

等到收拾情绪走出剧场，四个人都变得沉重了。他喇嘟说:“今天，殉情已经不再是纳西族人的悲伤，但爱情与婚姻究竟是不是相爱了就会幸福一生呢？这真是令人唏嘘啊！”

桃子仍旧沉浸在演员们所演出的殉情故事里，久久不能自拔。萧青青抬眼望去，玉龙雪山仍旧在霏霏细雨中沉默，千百年来，它阅过无数悲欢，看过沧桑巨变，人的面孔来了又去，唯有它，岿然不动，不悲不喜。来的来，去的去。“人生无常”四个字第一次走进了萧青青的心里。也是第一次，她在心里默默地念了“阿弥陀佛”，她不知道这份虔诚缘何而起，但那一刻，她似乎明白了自己究竟丢在了哪里。

她叹了口气，幽幽地说：“幸福不是一种感觉，因此无法量化无法比较。它只是一种心境，欢喜是幸福，放手是幸福，慈悲是幸福，瞬间是幸福，永恒也是幸福。”

李媛点点头，说：“是的，我们却常常不懂，以为幸福必然是有一个模板的，所以，很多烦恼便由此而生。”

他喇嘟顺手扯下路边的野花，在手里把玩着，一会儿放到鼻尖嗅嗅，一会儿举在眼前，似乎在观察那花的脉络。三个女人看着他，都突然不说话了。这时候，李媛拉了拉他喇嘟的衣袖，问他：“大老板，你究竟在看什么？难道这花是你前世的情人？”

萧青青和桃子都笑起来。他喇嘟说：“它不是我的情人，可我是它的情人。”看大家不解，他喇嘟接着说，“它在玉龙雪山脚下盛开，虽美丽却寂寞，它兀自开，兀自谢，只能孤芳自赏。而我从远方来到它的身边，我来看它，欣赏它，却不能留下来陪它。我只能把它摘下，看着它在我的手里眼里心里渐渐枯萎。我用最残忍的方式爱它，可不就是情人吗？”他说完，叹了口气，轻轻地抛下了那花。

李媛若有所思地说：“那么慈悲的爱是怎样的呢？”

他喇嘟看了看与他同行的三个女人，笑着说：“慈悲的爱就是或者陪伴，或者放手。要么我留下来陪它，要么我看它一眼，然后头也不回地离开。”

这话说得深奥，萧青青却听得伤感。所谓慈悲，根本不是对别人如何，而是对自己的克制。然而，这世道孽缘纷乱，还有多少人能够如此豁达如此慈悲。

桃子的反应最有意思，她跳到他喇嘟身边，一把揽过他，盯着他的眼睛问：“你说，当初我们分手是因为残忍还是因为慈悲？如今我离开笨笨猪又是慈悲还是残忍？”

他喇嘟笑着牵住桃子的手，紧紧地握了握：“你可长点儿心吧！”

“这算什么回答？”桃子不依不饶。

“我们本无相爱之缘分，所以既无残忍也无慈悲。”他

喇嘟的回答让众人觉得更加深奥，然而细细想来，却又觉得很有道理。

一行四人说着话聊着天就来到了停车的地方。他们又回头看了看云雾霭霭的玉龙雪山，这个神秘的地方，这个有无数传说的地方，用它的沉默教会了萧青青爱就是自然的道理。

然而，在到达束河古镇的时候，李媛居然开始出现高原反应，头晕头痛，呕吐不止。她刚开始还能勉强忍受，可渐渐地有加重的迹象，眼泪扑簌簌地往下流，几乎不能再继续行走。萧青青有些害怕，也很心疼。她知道李媛是一个坚强的人，可在远离家的地方，看过了别人至死不渝的爱情，她的内心一定是更多了几分悲伤。此时的眼泪，是悲伤的眼泪。萧青青懂得。他喇嘟给李媛喝了藿香正气水，但是仍然不能减轻症状，他们觉得必须赶回丽江，不能再耽搁了。

一路无话，萧青青的心情有些沉重，但她第一次发现，错过了向往的束河古镇不难过，反而是为李媛的眼泪难过。

虽然又回到了听雨客栈，萧青青却觉得心情真的发生了变化。她觉得自己似乎在慢慢变得渺小，“我”这个概念不再像过去那么纠结。在过去的许多年里，她觉得自己从没有看清自己究竟是个什么样的人，如今想起，她竟有恍惚之感。或许，放下执着，真的能够解救自己。

李媛的头痛症状没有获得缓解，她躺在床上，眼泪静静地流。萧青青拉着她的手，不知道该说什么好。

他喇嘟和桃子一起来看李媛，他们都建议李媛去医院打针吸氧，可是李媛摇摇头，她不愿意去，只想睡一会儿。他喇嘟说：“如果你已经来到了丽江还不能缓解的话，我们就必须带你去医院了，千万不要掉以轻心。”

几个人好说歹说把李媛带到了丽江人民医院。

当护士来给李媛打针的时候，萧青青突然惊讶地对着那个护士喊："刘春！你怎么成了护士？"

那个护士转头看了看门口，没有发现别的护士来，她笑着说："你是在喊我吗？"

"是啊！"萧青青再一次肯定地回答，"你不是刘春？"

护士一边麻利地给李媛扎针一边笑着说："我从没离开过云南，我肯定不是你们的朋友刘春。我和她长得很像吗？"扎完针，调好点滴速度，她又给李媛的鼻孔插上氧气管，接着说，"真是太奇妙了。我马上打电话给我妈，问问是不是她丢了个女儿啊，哈哈。"她开玩笑似的说。

桃子在一边听得晕七晕八，也跟着说："你现在打吧？万一是呢？他们打完针可就走了，到时候你想联系也联系不上了。"

那护士说："不可能，从没听我妈说过呀。怎么可能呢！刚才跟你们开玩笑呢。"

萧青青仔细地看那个护士，越看越觉得像，一样的眉眼，一样的鼻子，一样的额头，一样的身高，唯一不同的不过是刘春脸上多了岁月的磨难，而她的脸上是静静的安然。她心里想，不会这么巧吧，如果是真的，这剧情岂不是很狗血？

那护士不再理他们，收拾东西走了，临走时再三吩咐要看好点滴，打完了要喊她来换针。

看着护士的背影，萧青青再一次怔住了，恍惚中她越发觉得这个女子与刘春像极了。然而，很快地她又嘲笑起自己来，山东和云南，隔了多少重山多少道水，怎么可能是姊妹！

"你呀，是不是狗血剧看多了呀？"桃子笑哈哈地问萧青青。

萧青青不好意思地笑了笑，眼睛还是忍不住往护士站看去。

他喇嘟看李媛渐渐能说话了，不再流眼泪，他就先回去了。

输液室里就剩下了她们三个女人。不知怎么了，气氛突然凝重起来。

桃子盯着李媛的输液瓶看着看着突然问：“你们说的那个刘春是个什么人啊？”

萧青青叹了口气：“其实我们也不太了解，她是一个善良的人，也是一个生活上不富裕的人。虽然，她只是我们一个同学的保姆，但是我们都很敬重她。”

桃子似乎没怎么太明白，也许她并不关心这个问题的答案，只是想打破气氛的凝重吧。

就在这时，病房里又来了一个重度高原反应的老人，他已经昏迷了，老伴是个个子娇小的山西老太太，一脸的悲伤焦急，眼泪不断。尽管大夫和护士都说，没事的，打上针吸上氧很快就会醒过来，她还是紧张得不知所措。

护士给老人打上针后，那个老太太显然放松了一点，可还是不肯坐下来，就紧紧地站在老人的病床前，眉眼间都是担忧和心疼，一面不时用手抚摸老人的脸颊，一面不停地念叨：“你说你咋就反应了呢！我身体这么不行，我也没有反应，倒是你这身体棒棒的反应了。唉……”

萧青青走过来安慰她说：“阿姨，不用担心，很快就好了，你看我朋友也是身体很好的，她也有高原反应，不怕，很快就好的！”

老太太努力挤出一丝微笑，算是朴实地回应。

很快地，老人就能说话了。他一开口，老太太的眼泪一下子更汹涌了。“咱明天就回吧，不看了。”老人抬手拍了拍老太太，点了点头。

不知道为什么，萧青青和李媛居然都落了泪。相濡以沫，大概就是这样了吧。当你我都皓首白发，还能牵手并肩，看人间风景，这或许就是她们心中对爱情结局的最美妙的梦想。

那天晚上，她们从医院走出来的时候，心里都安静了许多。

回到客栈，萧青青打开自己的电脑，登上自己的微博。

“我一直追求的，不过是年老时与相爱的人一起听雨迎风看日出日落，无需多言的爱，以及健康的微笑。今天，丽江，我为自己灵魂的怯懦而惭愧。”

紧接着，那个名叫“可可西里的狼”的人又一次快速回复，“少年不知愁滋味，爱上层楼，爱上层楼，却道天凉好个秋！”

萧青青不明所以，但也见怪不怪了，她相信这个神秘人终有一天会站在她的面前。

她打开窗子，向外面望去。风轻轻淡淡的，空气里有好闻的植物的香气，院子里有三三两两的年轻人坐在竹椅上喝茶。天上的星星闪闪烁烁，好像孩子调皮的眼睛。今晚没有月色，但客栈的灯光打在雕刻精美的窗户上，居然透出几分幽邃的历史感。这一切让萧青青觉得舒适。

她喊李媛过来一起看，两个人各自倚着一扇窗，静静地听外面细细的声响。院子里的灯光柔柔的，像一泓温暖的水。

突然，手机铃声打破了这禅一样美好的意境。

李媛拿起手机，犹豫了一下，“喂？”她轻轻地说。

耳畔传来潘林熟悉而又生分的声音：“你在哪里？还好吗？”

李媛强忍住眼泪，轻快地说：“很好，谢谢！”

“……”话筒里是沉闷的电流呲呲声，过了一会儿，潘林接着说：“对不起，我让你难过了。”

李媛在心里咒骂了一声，却又声音平稳地说：“没关系，我很好。感谢你让我重新审视自己对幸福的定义。”

“媛媛，其实，我给你打电话是想说……”他顿了顿，“你什么时候回来？”

“怎么了？我回不回和你有关系吗？”她突然变得愤怒

了，心里狠狠地骂着，“去你妈的王八蛋！假慈悲！”

“呃……”他吞吞吐吐的声音让李媛变得愈加愤怒了。

她一边按着自己的胸口，一边冷冷地说：“没什么事的话，我挂了！”

“不要挂！媛媛！”潘林在那边大声地说，“潘木子病了，他想妈妈。”

这句话让李媛的情绪彻底崩溃，对着电话歇斯底里地骂道：“你个王八蛋能干什么呀！才看了几天孩子你居然就把他弄病了？心里只想着你的狐狸精，把儿子当抹布随手扔了是吧？”她一边责骂一边哭，情绪凌乱不堪。此时，儿子成了插进她心里的刀，一刀刀扎破了她的心肝肺。

萧青青从来没有见过李媛这个样子，一时间手足无措，不知道该说什么做什么才能让李媛平静下来。

“对不起，媛媛，”话筒里传来潘林内疚的声音，“其实，我真的不知道带孩子是这么难。这些年，都是你和爸妈在照顾木子，直到现在我才知道养孩子需要付出那么多精力。你走了，我才知道……你的重要。”他的声音渐渐弱下去，分不清语气里是道歉还是无助。

李媛的眼泪断了线的珠子似的，她接过萧青青递过来的纸巾一边擦一边泪流不止。沉默了一会儿，她努力控制自己的声音，力图不让潘林听出哭泣的痕迹，但还是忍不住哽咽地说：“用不着你说这些客气话，潘木子是我生的孩子，我从来不觉得照顾他是一件多么难的事情。”她侧过头用力地擤了下鼻涕，接着说，“你让木子接电话吧。”

“他吃了药睡着了，明天我让他给你打电话吧？”他小心翼翼地试探着说。这时话筒里传来潘木子的声音：“爸爸，是在给妈妈打电话吗？”接着，电话里传来清楚的声音，“妈妈，你在哪儿呀？你连个招呼都不打就走，你是不要我了吗？”

潘木子大哭起来，嗓子嘶哑。

李媛的内心刀割一样难受，她一只手紧紧地捂住胸口，一边泪流满面地说：“宝贝，妈妈错了，不应该不告诉你就离开家。可是妈妈怎么会不想要你呢？我永远都爱你！妈妈只是出来几天，很快就会回去了。”

“可是，你走了，姥姥也天天哭，她说你一定难过死了。妈妈，你走了，最难过的是我，姥姥为什么说你最难过呀？”潘木子的声音懵懂好听，却越发让人听得心疼，李媛听到此话，瞬间觉得心上被狠狠地抓了一把，疼，疼得头晕气短。电话两端，母子俩都泣不成声。

因为离得近，萧青青也听到话筒里潘木子的话，她想起了自己小时候。

也是离开了妈妈，也是孤独害怕，也是生病了，妈妈却不在身边。原来，小孩子离开了妈妈，就是等于离开了整个世界一样可怕。她想起自己蜷缩在床上，盯着黑魆魆的窗户，不敢睡觉，也不敢说话，整个世界似乎都传来鬼哭狼嚎的声音。她怕极了，她不知道自己的妈妈为什么同意杜青领走她，只觉得自己不是找到了亲生父亲，而是被自己的母亲抛弃了。她那样度过了恍惚而惶恐的无数个黑夜，直到“妈妈”这个词语不再发酵，不再刺激得她想哭，那扇窗户外面才看得到了月光。

而此时，潘木子的哭声就像一道闪电，刹那间照亮了二十几年前的自己。她忍不住悲从中来，转身离开了李媛，一个人干脆坐到沙发上啜泣起来。

过了许久，屋子里还是弥漫着悲伤的气氛。两个人都没有睡意。

李媛站在窗前，一动也不动，雕塑一般。萧青青无力地斜靠在沙发里，眼神悲戚。

外面又传来年轻人快乐的歌声，似乎有人在弹吉他唱《滴答》。

……

滴答滴答滴答滴答
是不是还会牵挂他
滴答滴答滴答滴答
有几滴眼泪已落下
滴答滴答滴答滴答
寂寞的夜和谁说话
……

十七

在丽江听雨客栈的那几个晚上，萧青青和李媛都经历了从快乐到悲伤又复归快乐的过程。潘木子在一通电话之后神奇地不治而愈，母亲果然是孩子最有效的良药。李媛的内心松弛了不少，也解脱了不少，仿佛潘木子的病就是为了给她治病而生。在等待孩子的好消息的过程中，李媛渐渐明白，所谓婚姻不是一纸证书保护下的同进同出，而是在这个摇摆不定的世界里，两个人能相互温暖着撑起一片幸福的天空。当爱情与亲情都渐渐远去，放手是对自己最大的仁慈。沉溺于悲伤中，不仅于事无补，反而会伤害最需要自己的人以及最爱自己的人。当潘木子的电话再一次打来时，李媛已经决定将心怀怨恨的那个自己放下了，她对潘木子说无论妈妈在哪里，爱他都不会改变，无论妈妈遇到什么，妈妈都坚信未来一定是幸福的。

听到李媛平静的声音，萧青青的心里也开朗起来。原来，人的成长真的可以是一瞬间。那个晚上，萧青青独自看着窗外的树浮想联翩，从过去到现在，从悲伤到幸福再到迷惘和伤神的摇摆，不知怎么就想起了一句毫无关联的话：“一花一世界，一叶一如来。”在自己的博客里贴了一篇长文。

一花一世界

英国诗人布莱克写道：

一沙一世界，一花一天堂，无限掌中置，刹那成永恒。

佛说：

一花一世界，一木一浮生，一草一天堂，一叶一如来，

一砂一极乐，一方一净土，一笑一尘缘，一念一清净。

心若无物，心中清净。接纳一草一花，便可以容纳百川，拥抱万人。我非佛教中人，对禅境却充满喜爱与向往。《华严经》：“一尘中有尘数刹，一一刹有难思佛。”

过去、现在、未来，连同天地万物都不过是渺小如沙，转瞬随风。如此，何必纠结于过去的失败与遗憾，何必在意今天的坎坷起伏，又何必畏惧来日的风波动荡？花的世界便是世界的全部。该萌发时萌发，该抽芽时抽芽，该开花时尽情怒放，该凋谢时安然飘落。不要说花不懂爱恨，只是因为花不言不语，人便无从了解罢了。花的怒放不是在报答泥土的滋育？花的芬芳不是在宣告爱的甜蜜？花的凋落不是在开释迷茫？花，静立不语，不代表她心无情愫，她只是选择安谧。风起，花无怨恨，凄冷犹在，她却用清香回应，结果，风只带走了花的祝福。你若懂得，你便不会觉得凋落可悲叹，也自然不会纠结于怒放时的恣意，也就不会羞羞答答遮遮掩掩。对于生命，一草一木一花才是真正懂了尊重与珍惜。佛不是教人消极，而是给予人重新认识自己认识生命的法门。一直

以来，我不懂所谓“大自在”是指何意。当我选择慢慢靠近佛法，掀起小小的一角，才逐渐懂得，所谓自在，竟指进退无碍，心离烦恼。自在舒适，不假其他，不须外物，自我圆满。马斯洛说，人最大的幸福就是自我实现。

却原来，哲学的终极是如此相似。佛教世人追求自在，其根本也是心的自我实现，强调幸福圆融来自内心舒适。人却常常把人生弄得复杂不堪，以为世上八苦便是生活的全部。其实，当我们能够逐渐走进花的世界，静心谛听，花语便是细细的微笑，不动声色的劝导。拈花一笑，心有灵犀，彼此心意相通，心心相印。这就是凡人追求的至境吧。

我为曾经的烦恼而感到羞惭，转念一想，岂不是自寻烦恼？追求自在，首先便是接纳一切，离恨别苦爱愁怨求不得放不下，这一切都去接纳吧。承认自己的弱点才是能够自在的前提，遏制只会增加苦怨，无助于超脱。如同秋风起，既无法阻挡寒意微微，不如张开双臂让衣衫飞扬，或许，还能有意外之喜。秋风带来的只是风，感受寒凉，还是感受诗意，不取决于风，而取决于你。你，我，以及我的朋友。

一花一世界，一叶一菩提。

世界很大，心也可以很大。当我们走进自己的世界，双手柔和，目光温暖，轻轻问候自己的内心，世界便可以无穷大。

她写完，编辑好，点击了发表，不一会儿，帖子下面依然出现了“可可西里的狼”，他在回复中写道：“世界很大，心也可以很大。爱恨情愁不过是世界的微尘，你的快乐才是这世上最值得眷恋的美好。”她对着电脑笑了，是啊，快乐也就是欢喜吧。怀揣欢喜心，缘来欢喜，缘去也欢喜。她第一次给了“可可西里的狼”回复：“愿世界安好，缘聚缘散都是欢喜。”

那一天，萧青青突然看见李媛对着一朵花笑了，然后，她说该回家了。无论他喇嘟和桃子怎样挽留，说还要一起去稻城亚丁参拜仙乃日，去勐腊寻找知青的故事，她都笑着说不行。她执意要离开丽江，说不会再选择逃避来对待自己的生活。

萧青青懂得那份决然，也就让他喇嘟不要再挽留了。他喇嘟只好决定设宴为她们饯行。

饯行的时间定在了晚上，白天还是有时间可以去逛逛。李媛不想走太多路，提议去月移酒吧外面的竹椅上坐一坐，晒太阳，听音乐，赏柳观人。萧青青说这也是难得的雅致呢。

毫无征兆地，她居然遇到了林瀚泽。

彼时，林瀚泽坐在河对面的酒吧门口的沙发上，笔记本电脑在面前的桌上，没有打开。他眼神忧伤地盯着河边的树。日光闪闪烁烁，音乐缥缈轻柔，丽江在白天总是透出一股慵懒而宁静的小资情调。就在他的目光游离不定的时候，突然看见了河对岸的萧青青和李媛，他一下子站起来，起身就走，走了两步又回头去拿桌上的电脑。

不知道为何，这次异地相逢，萧青青心头涌起了与在青城相遇时不一样的感觉。当林瀚泽突然出现在她面前的时候，她惊讶地立刻从竹椅里站起来，不可思议地望向李媛，李媛也惊讶地望向萧青青。

萧青青的眼里突然就蓄满了泪水，此时，她的心里充溢着满满的亲近，像见到日思夜想了许久的亲人。她看着林瀚泽略显消瘦的脸庞很想抱抱他，很想把他轻轻拥在怀里，像过去那些年的无数个时刻一样。当这个念头出现的时候，她被自己吓了一跳。不是说都放下了吗？为何事隔经年，内心里还是会因为他而或喜或悲？不是在青城一别便决定再也不会想起了吗？为何才几个月就又相遇？她看着他，眼泪终究

还是落了下来。

林瀚泽不知道该怎么办，他很想走上前去为她擦掉泪水，然后再轻轻拥抱她，像过去那些年的无数个时刻一样。他按捺住怦怦的心跳，热烈地盯着萧青青。

李媛从包里拿出一张纸巾给萧青青，然后悄然离开了。林瀚泽走到萧青青身边，轻轻地揽过她：“我千里迢迢，特意来寻你。”林瀚泽幽幽地说罢，彼此的眼泪潸然而下。

李媛站在不远处的桥上，看着这对昔日的情侣百感交集。如果不是自己的婚姻出现了问题，她断然不能接受他俩拥抱在一起。而今，她却深深地感动起来，究竟是多么相爱，这些年来才能做到不打扰彼此？究竟是多么相爱，此刻才能如此情不自禁？她想到自己的爱情，平淡如水的过去，不起波澜的岁月，曾经以为的温暖竟如此不堪一击。浮华的浪漫，像一剂毒药，潘林喝下了，就再也回不了头。可眼前的这一对，都在自己的不幸福的婚姻里挣扎，彼此牵挂，却又无能为力。想到这些，她深深地叹了口气，眼泪静静地流淌在脸上。

不知道什么时候，他喇嘟站到了李媛身后。他看着相对而坐，却又满眼忧伤的两个人，也是深深地叹了口气。

“他俩，本是一对吗？”他问李媛。

“是的，是很相爱的一对，可是我不知道他俩为什么而分开。”李媛声音忧伤，似乎透着筋疲力尽的柔弱。

“我想，也许是萧青青离开了那个男人。”他喇嘟说。

李媛听得此言，很惊诧地看向他喇嘟：“为什么？”

“因为，我发现萧小姐是一个外表柔弱而内心独立的人。如果他俩是相爱的，那么，只有萧有勇气提出分手。”

李媛意味深长地看了他喇嘟一眼，这个男人难道是孙悟空变的？他似乎有火眼金睛。

他喇嘟或许是了然李媛的眼神里的疑惑，他笑笑说：“我是经历得多了，对人性便有了更深的理解。我总是觉得自己年龄大了，心里很平静。曾经有位仁波切说我很有佛缘，能够参悟俗世生活。哈哈……”他喇嘟的笑声里有几分淡淡的悲凉，这种笑声让李媛突然觉得心酸。其实，他还那么年轻。一个年轻人能够静静表现自己的豁达，那一定是他真的经历了很多别人不知道的悲伤。李媛转过头去，眯起眼睛看着潺潺流逝的河水，水面上一个不知哪里飘过来的纸船孤独地随波起伏。

虽然音乐此起彼伏，李媛还是觉得周围太安静了。再转眼看向萧青青的时候，才发现他俩已不在那里。

他喇嘟淡淡地说：“他们走了。”

“是的，他们走了。”李媛重复道。

“如果我没猜错，当初他们分手，萧小姐一定有难言的苦衷，而那位先生是不知道的。”他喇嘟和李媛边往客栈方向走边说。

李媛叹了口气，幽幽地说：“我真的不知道她能有什么苦衷，林瀚泽为了她几乎和家人决裂，可她还是与他分了手。虽然她从来不提起林瀚泽，可是我感觉得到，她在心里一直视他为亲人，爱他多过自己的丈夫。难道，她不难过吗？”

他喇嘟伸手为李媛拂开挡住行程的柳树枝，笑了笑说：“怎么会呢？她自己并不知道她究竟爱谁多一点。”

李媛张大了嘴巴看向他喇嘟：“什么意思？我觉得自己听不懂呢！”

“我看得出来，萧小姐像桃子一样，是把自己弄丢了，她们都不知道自己真正想要的是什么样的婚姻和爱情。她们偏偏又以为自己活得很清醒，其实她们并不是如此。”

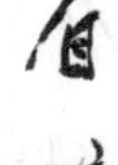

他喇嘟的话让李媛觉得费解。一个萍水相逢不过几日的人，如何能快速看透一个人的心思？这个人究竟是谁？

带着这样的疑问，李媛回到了客栈。

包还没有放下，林瀚泽的求助电话就打了过来，萧青青胃痛发作，让李媛赶紧到医院看看。

李媛赶紧拎起包包，边穿鞋子边狠狠地咒骂起了林瀚泽，“每次遇到你她就会犯病，你他妈的是扫把星啊！”

李媛赶到医院的时候，萧青青正蹲坐在门诊室门前的花坛边，她执意不肯去看医生，脸色惨白，眼泪迷离。林瀚泽蹲在她的身边手足无措，只是一味地为她抚着后背，看得出眼神里的疼惜。

“都到了医院了，为什么不去看医生？”李媛蹲下身问道。

萧青青摇了摇头，有气无力地说：“不想看，我没事的，一会儿就好了。”

林瀚泽焦急地说：“青青，别硬撑了，咱去看看吧，听听大夫怎么说，你总是这样痛不对劲呀。”

萧青青的眼泪因了这句话而流得更加肆虐。过去那些日子里的真真假假的胃痛突然浮现在自己的心海。林瀚泽的调皮装病历历在目，只是时光荏苒催人老，而今真的再也回不去了。她想起了刚才林瀚泽说的话，他离婚了，前妻带走了所有的财产，只给他留下了一个空荡荡的屋子。

那一瞬间，萧青青突然后悔自己所有的忍让，她后悔当初就不该放手让他走。

他并不知道萧青青内心的后悔和自责。她以为自己的放手是对林瀚泽爱的表达，却不曾想到，离开了她才是他厄运的开始。然而，十几年的分别让眼梢眉角都改变了模样，那些细细的皱纹里贮满了真情假意，如何能负担得起当年的相亲相爱。她越想越觉得悲伤，越悲伤，她的胃痛就越厉害。甚至开始不停地干呕，脸上满是眼泪。

林瀚泽吓坏了，他从不知道如今萧青青的胃痛是这样严重，

而她究竟经历了多少委屈才会这样？他第一次恨起王凯来。

他很想抱抱她。他抬眼看看李媛，伸出的手又缩了回来，看见萧青青脸上的泪水，他悄悄背过身去。

萧青青一把抓住林瀚泽的手，林瀚泽赶紧转过脸来，眼睛红红的，他连忙扶住要挣扎着站起来的萧青青。萧青青很疲倦似的说："我们回吧，我想回去睡一会儿。好累啊。"

听雨客栈一如既往地透出热闹中的寂静气质，喝茶，看书，听音乐，唱歌，或者给廊前的老猫米亚逗趣，每个居住在这里的人都沉浸在自己的世界里，来来往往的客人似乎与这个世界无关。这样的安然平和恰是萧青青很久以来需要的，她不喜欢别人探知自己的世界，也无意于了解别人的故事。这些年来，她看似安定地守着自己的秘密，一年一年的光阴逝去，她却不得不去面对身边那些好奇的眼睛。她以为自己已经足够坚强，却不知道会在听到林瀚泽离婚后崩溃。

她无神地躺在床上，死死地盯着天花板。

那天花板像大电影一样，忽然将她带回了遥远的过去。

新婚那晚，月华高照，喜气盈门，所有的宾客都尽兴而归，房间里只余下她和新婚的丈夫王凯。不知怎么了，当一切恢复宁静，她的心里突然变得悲伤，就这样嫁了人。看着醉意微微却满心欢喜的王凯，萧青青的心里装满了愧疚，她知道自己心里还装着另一个人，几日前还给那个人写了封信，她写给他的最后一封信。寥寥数语，却心神俱伤。"我要结婚了，一切安好吧。"那个"吧"字是踌躇了半天才加上的，她甚至不知道自己的语气是询问还是无奈的回答。她甚至不知道自己选择结婚，是对还是错。

王凯轻轻拥住她，把她搂在自己的怀里，低声地说："青青，我终于娶到你了，真好！"

萧青青牵强地笑笑，低下了头。心里另一个自己拼命扇

自己的耳光，这是多么滑稽的事情！新婚之夜，心灵已经是一个逃跑新娘，身体却留在婚床上。萧青青觉得自己是一个很不可思议的人，如此的分裂，如此渴望逃离却又如此享受这种不可得的悲凉。她觉得自己的躯体根本无法驾驭自己的灵魂。王凯对萧青青的心思一无所知。他只是尽职尽责地做一个新郎，满心欢喜。

那一晚，王凯尽情欢愉，可萧青青却难以享受自己的新婚，她闭上眼睛，脑海里浮现的依然是林瀚泽的样子，是林瀚泽的笑，林瀚泽的回首，林瀚泽的鬼脸，林瀚泽的胃疼，林瀚泽分手时的眼泪和嘶吼，"林瀚泽"这三个字便是这样陪伴她度过了自己的新婚之夜。她悄悄地流了眼泪，心里再一次决绝地向林瀚泽说了"再见"。

然而，不被提起的名字并不意味着忘记，他还是那么深深地扎根于自己的心扉。时时疼痛，时时甜蜜，愈是甜蜜，愈是疼痛。她一路跌跌撞撞，别人看到的却不过是云淡风轻。

其实，出嫁的前一天晚上，她房间的电话一直在响，她听着电话铃声肝肠寸断。

而如今，那种心疼的感觉复来。她突然发现自己当初执意地离开并未给林瀚泽牢固的幸福，他终究没有像他父亲所希望的那样，成为一个幸福的人。她的内心被后悔撕扯，被疼痛揉搓，被无奈践踏，她不知道曾经多少次下过的决心如今又开始摇摆。她曾经无数次地想，如果林瀚泽离婚了，她就义无反顾地离婚回到林瀚泽身边。她甚至觉得，也许冥冥之中，上苍会因为可怜他们的痴情而改变主意，赐他们一段姻缘。可现在，这个念头连冒一下都觉得是莫大的耻辱了。林瀚泽的离婚让她觉得自己成了罪孽，她觉得自己成为恶毒而淫荡的女人。这些乱七八糟的想法让她觉得头痛，心口憋闷。

李媛端了杯水放在床头柜子上，拉过她的手，深深地叹了口气。“青，我知道你今天为什么会这样。”她又深深地叹了口气，接着说，“其实，你何必如此悲伤！人各有命，林瀚泽的婚姻不幸非你所能预料，你自己的感情究竟何去何从，不应该因由外力来决定，而是取决于自己的内心。你看我，我离婚了，可是我离婚并不觉得解脱，因为我爱潘林，爱潘木子，爱我的家，可是我过不了自己内心的坎，我没办法面对自己的精神洁癖，既不能原谅潘林的背叛，又无法忘记曾经的恩爱。我不是被潘林折磨，而是被自己折磨，你能体会吗？”

萧青青的心思被李媛一席话拉了回来，是啊，她何尝不是在自己折磨自己呢？她伸出手握住李媛的手，突然觉得李媛才是真正有勇气面对自己内心的人，而她不过是思想的巨人，情感的矮子，行动的侏儒。她想的，从来只是如何维持别人眼中的形象，而不是自己心里最想成为的自己。她觉得有些悲哀了。

她沉沉地叹口气：“媛媛，我觉得特别累。”她动了动脑袋，继续说，“你知道吗，在我听到林瀚泽离婚消息的时候，我心里没有喜悦，而是悲哀和心疼。一直以来，我以为我还在渴望他离婚，然后我也离婚，我们重新走到一起，为了这个愿望，我在内心里想了很多次。可是，今天我才知道，我并不想他离婚，无论如何，离婚总是人生的大苦楚，他受煎熬，我心里疼得难受。我忽然明白，我过去这些年刻意的忘却，其实不过是自欺欺人的把戏，我的心里还是摇摆不定的，而瀚泽从来没有远离过。但是，媛媛，今天我才真正知道，我们再也不可能回到过去。再也不可能了。”说着这话，她的眼泪又流了出来。

李媛也深深地叹口气：“青青，你和王凯真的不能继续下去了吗？如果不能，你觉得林瀚泽还会像过去一样对

你好吗？”

萧青青抬头看了眼窗外，外面翠竹葳蕤，草木茂盛，一派生机盎然的样子。她幽幽地说：“媛媛你看，窗外的景色这么美，可是如果我们不看，这景色不就白白被辜负了吗？也许，我从来没有认真去感受王凯对我的好，所以我以为自己从来不曾爱过他。可如今，我竟不知道我该何去何从了。”

就在此时，她听见桃子与一个人说着话向她俩的房间走来。她赶紧擦了擦眼泪，示意李媛把自己的外套拿了过来。整理了下头发的时间，桃子便已经推开门走了进来，跟在她身后的是客栈老板他喇嘟。

原来，他们来邀请萧青青和李媛去楼下的院子里吃饭，以此作为饯行。

萧青青简单地梳洗之后就下楼来了，到了楼下才发现林瀚泽没有走，就在院子里的廊子下的长凳上坐着，面色憔悴不堪。手上还夹着一支半燃的烟。他们叫他一起来坐，说着天下相逢就是朋友之类的话，于是，本来说定的四个人变成了五个人。

音乐渐渐响起来，今天他喇嘟特意为萧青青和李媛播放了古典的琵琶曲，悠然而略带深情的悲伤，像低低的诉说。丽江的晚风熏凉中带着浅浅的植物的香气，这个身处僻静小巷的客栈里却也充满着浓郁的异族风情。他喇嘟作为主人首先致辞，却不再是初见那晚的文艺范儿。他举杯，满满的啤酒便在晕黄的灯光里微微泛起涟漪，他说：“有缘千里来相会说得过于喜悦了，今晚，我心有不舍。虽然我认识几位时间不长，却深深地被你们感动，因为，在这世界，从来不缺少会作的年轻人，而你们，是满怀真诚生活的人，这一点让我觉得敬仰。明天，你们就要返程了，这第一杯酒，我为能够认识大家而喝，谨祝你们归程平安顺利！”大家各自端起

酒杯一饮而尽，离别，无论感情深浅，总要有离别氛围。而当一个人着意想买醉的时候，酒就会比水咽得更容易。

李媛放下杯子，又拿起一瓶啤酒，先给萧青青满上，又给自己满上，然后将酒瓶挑衅地递给了林瀚泽，林瀚泽抬眼看了看萧青青，接过酒瓶，给自己的杯子也倒满了啤酒。与此同时，他喇嘟和桃子也各自满上了第二杯酒。

他喇嘟说："这第二杯，我想说，活着不易，能按照自己心里想的那样去生活更不易。我们五个人，各有各的不如意，可是这些不如意就像你家里的老鼠，可能会时不时地探出头来恶心你一下，甚至还可能会偷吃你的面包，咬啮你的衣服，但是，只有傻子才会为了捉一只老鼠而拆掉自己的房子，放弃自己的生活。为了我们都不做傻子，干了第二杯！"他喇嘟说完一仰脖子就喝干了，桃子眼睛突然红了，也端起酒杯一饮而尽，放下酒杯却不停咳嗽，咳着咳着眼泪就出来了，萧青青赶紧给她拍拍后背，她就笑起来，脸上还淌着泪。在桃子流泪的时候，萧青青似乎听到他喇嘟轻轻地叹了口气。

林瀚泽端起自己的酒杯，想说什么，却又没说，慢慢地喝光了自己的酒。放下酒杯后，他看着他喇嘟说："他老板，如果，不如意不是老鼠，而是地震，该如何？"他眼睛有点红，满目苍凉。

他喇嘟笑笑说："若是地震，只有一个选择，等着它震完。"

听到这话，大家都愣了一下。"难道不用逃跑吗？"桃子问。

"你能往哪里跑呢？如果是地震，你以为只有你家里在震吗？"他喇嘟似乎又变身为了那个神秘的有参透人心灵的他喇嘟，他微微叹口气说，"其实，每个人的生命中总会有些事情像地震那样带来伤害，或是身体，或是财物，但最重要的是心灵的伤害。你若能自己拯救自己，即使地震让你变

成残缺的人，你也一样可以生活得很好，如果你做不了自己灵魂的主人，即使你房屋钱财俱在，你也难以获得安宁。我们不怕自然界的地震，最可怕的是心里的地震啊。”

他喇嘟的一席话让在座的各位似乎都觉自己的世界顿时坍塌了一片，一样的狼藉不堪，一样的千疮百孔，一样的血泪斑斑。每个人都觉得自己是这个世界上经历了最多磨难的那个。然而，这样的情绪似乎比之前更容易被控制了，他们几乎是脸上波澜不惊地完成了短暂的失神，继而又开心起来。

他喇嘟端起第三杯酒，手停在半空中，似乎在斟酌如何措辞一般，他抿了抿嘴，望向林瀚泽，幽幽地说：“一场春雨就会迎来万千春色欲滴，一场雪也可能冻煞了所有未曾凋谢的花朵。有些记忆不会因为不常提起而忘记，有些人也不会因为不常联系而被忘记。岁月能够沉淀的，永远是最真的东西，只是这真，就如同我们手里的酒，喝下去了，醉心醉肠，杯子里却再难寻找它的痕迹。所以，我们不必因为爱这酒，就把杯子也带走。那是徒劳的。既然如此，今日一别，但求缘分吧。聚散都怀揣欢喜，这就是我最想说的话。干杯！”他的豪爽，不像是在云贵高原上生活了许久的人，倒像是侠气的山东人。

听了他的话，林瀚泽勉强地笑了笑，也举起杯子一饮而尽。他知道，这番话是他喇嘟说给他听的。可是，这一次不远千里特意创造的与萧青青的偶遇，他的内心却真的与上一次在青城相见不同了，他觉得亲近而伤感。只是，命运如此，短暂的相见又要别离，而她还是别人的妻子。他知道萧青青的内心里那些蚕丝一样的哀伤，可是他越是爱她，越是不敢亲近她。他知道萧青青骨子里其实是一个传统的女人，她被自己所受到的教育紧紧包裹，不会反抗，一味地隐忍。他放下酒杯，侧脸看着萧青青，萧青青的脸色因为喝了酒而透出少有的红润，眼睛却是出奇的明亮和安静，没有胃疼时的悲伤和纠结的绝望，她的眼睛，让林瀚泽想起他们分手时的样子，那时候，她的眼睛也是这样的镇静。虽然他知道自己不能打扰萧青青，可是看到她如此的若无其事，心里还是疼痛起来。她越是云淡风轻，他越是悲不能已。

于是，林瀚泽就一杯接一杯地喝酒，渐渐地话多了起来，眼泪也不自觉地流了出来。他喇嘟见状，深深地叹了口气。一旁的桃子或许也是被这离情别绪所感染，也像林瀚泽一样一杯杯地喝起来，只是，与他不同的是，桃子喝多了就是笑，各种笑，起初还能坐在自己的位子上，渐渐地，她开始走到他喇嘟身边，非要他喇嘟陪她喝酒不可，一边端起他喇嘟的酒杯，一边仰头喝干了自己的酒。他喇嘟轻轻地扶住桃子，夺下她的酒杯，柔声地说："桃子，乖，不喝了，好吗？"

他喇嘟的话，让一脸笑容的桃子突然就泪流满面了。她紧紧地抱住他喇嘟，喃喃地说："他他，我想我的猪了！我的心里难受，疼……"她亲了他喇嘟的脸颊一下，接着说，"我也要回家了，亲爱的，我还是不能忘记我的猪！我知道，他肯定也在想我了，呜呜……我是不是太任性了啊！不知道他瘦了没有，不知道他每天吃什么，不知道他生病的时候，谁给他端水。他他……我得回家了。"她的话，让萧青青和李媛都流下了眼泪，谁的心里，没有放不下的人呢？

几个年轻人终于被这浓浓的悲伤笼罩了，大家渐渐地不再喝酒，而是坐着，相对无言。夜风淡淡凉凉，音乐若有若无，四周的喧嚣像落幕的电影，冷了一地的凄伤。

十八

萧青青没有和林瀚泽告别。

当她和李媛已经坐上返程的汽车，丽江渐渐成为一段记忆的时候，她才开始打开手机，给林瀚泽发了条微信。“从此再次天涯相隔，唯愿你吉祥平安！”轻轻按了发送键，这句蕴含了无限别意又蕴含了无限留恋的话便“嗖”的一声变成了挥手时的眼泪。她叹了口气，忍不住将脸埋在长发里，望着窗外疾驰而过的风景，心里闪过再无可能相见的悲凉。

她想起昨晚的饯别，也想起林瀚泽的沉默，重重的沉默，像心上压着千斤的秤砣。他不说话的时候，她其实是心疼的，然而道德告诉她，你想要表达的已然说过，再有想说的话还是算了吧，他是婚姻的自由人，而你，却已是有夫之妇。此时，当王凯和林瀚泽同时出现在她的脑海的时候，她的心里乱极了。一会儿想回去就和王凯离婚，一会儿又想是不是应该告诉林瀚泽到青城来找她，等她，娶她。她被自己折磨。

李媛碰了碰她的胳膊，低声地说：“青青，我想说一句话，不知道你会不会生气。”

她转过脸来，撩开头发的时候顺势擦了擦湿润的眼睛。“说吧，没关系的。”她牵强地笑了笑。

“我知道你在想什么，”李媛说，“但是我想说的是，你不能那样做，林瀚泽已经不是十几年前的那个他了。他变了，你没感觉到吗？”

萧青青立刻露出惊讶的表情：“变了？你是说变成什么样了？十几年的时间，人都会变的。”她叹了口气，幽幽地说，“我不是也变了吗？”

“我说的不是你说的那个意思，”李媛接过萧青青的话头，继续说道，“他婚姻不顺早已经不是今年才发生的事情了。

早在四年前，他的婚姻就发生了问题，他老婆本来是富人家的孩子，长相平平，但是父亲的经济实力强，所以也就能吸引一批不错的男孩子，在众多的男人中，他老婆唯独相中了他，倒并不是他是最优秀的，而是那个女人的父亲认识当时香洲市的一个市长，而那个市长又恰好是林瀚泽的老家叔叔。在林瀚泽博士毕业的时候，他的爸爸就委托这个市长给他的儿子找份良缘，他说自己不在孩子身边，让他的市长兄弟就把林瀚泽当成自己的孩子来把关。所以有了这些关系，那个女人的爸爸就安排了他们见面。一开始，林瀚泽并不喜欢那个女人，他觉得她身上有种他觉得陌生的东西，类似骄傲和蛮横，又像被夸大了的自信。可是架不住各方面给他做工作，女人的父亲又出资帮他开了个公司，他的父亲听说后，还在老家放了鞭炮。一切都没有办法改变，林瀚泽没有退路，因为他也想创业，可是当时除了那个女人的父亲和他的本家叔叔，在人地两生的香洲，再没有更好的机会了。他们只好结婚了。”

萧青青听得异常惊讶，从来没有人告诉过她林瀚泽是为了事业而娶了这个妻子！如此说来，当初他结婚时打来的那个电话说的都是骗人的？并不是如他所说，他们因为相爱，所以结婚，很幸福，请放心。这些话居然给了她如许多的安慰，这些年，她每当想到林瀚泽是幸福的，就会觉得当初主动离开他是多么豪壮的一件事。

李媛叹了口气，接着说：“结婚的时候，他那个岳父又送了套别墅作为陪嫁，于是，他的婚姻给他带来了房子、车子、公司。可是好景不长，他的妻子渐渐地不愿意在家做个全职太太，她不能忍受林瀚泽一天到晚不能陪她，所以坚决要求来公司上班。林瀚泽知道他们俩在很多事情的见解上都不一样，所以坚决不同意她来上班。女人跟他谈判失败，干脆就不再谈论这个问题，而是直接到公司去了。你想啊，他们在

一个公司，开公司的钱是他老丈人出的，他老婆还不得立刻占领财权啊。他们的矛盾也就可想而知了。这样争争吵吵的大概有一年多，林瀚泽就提出了离婚，可是他的想法遭到了所有人的批评和谴责。最离谱的还是他爸爸，他爸说，他要是敢和陶虹离婚（陶虹就是他老婆的名字）他爸就立刻吊死在家里。”说到这里，李媛顿了顿，犹豫了一下，继续说，“其实，我听说，当初你们谈恋爱，他爸爸就用过类似的招数表示反对呢。”看萧青青沉默不语，李媛接着说，“嗨，继续说他们。林瀚泽的离婚闹剧便草草收场了。可是夫妻间的裂痕便开始真正的产生了。有一年，咱们班里的薛其刚去香洲玩儿，林瀚泽接待了他，结果林瀚泽喝醉了，一直说这辈子最后悔的事情就是结婚了，老婆不是自己最爱的人。再后来，断断续续地有人说，林瀚泽喜欢找那些年龄小的小姑娘玩儿，玩得开心了，就喊人家老婆，给人家钱，让人家给他生孩子，花样百出，越来越不成样子，他老婆就得跟在屁股后面收拾残局，今天去找张姑娘，明天去找李姑娘，男人的贱性在一两年的时间里被林瀚泽发挥到了极致。由于他的自甘堕落，他公司的决策大权也被陶虹抢了过去，可是她毕竟精力有限，渐渐地也就开始失眠，多疑，林瀚泽的日子也就不那么好过了。唉，他是一点一点把自己的老婆逼成了抑郁症。”

“这些事情，为什么你从来没有对我讲过？”萧青青听得又惊讶又心疼，直到此刻，她在内心里还是疼他的，虽然他有这样不堪的婚姻，她也还是觉得他本不是这样的人，她信任他，如今却也多了一丝说不清道不明的悲伤。

“不是我不想告诉你，是我告诉你有什么意义呢？你们已经分手那么些年，彼此都已经是对方的过去，知道他的真实情况对你又有什么好处呢？我不希望你的心里始终放着一个林瀚泽，要知道，心就一个苹果这么大，装得了一个林瀚泽，

就必然装不下王凯。可王凯是你的丈夫啊！林瀚泽只是你的青春，王凯却是你的生活。”李媛一边说着，一边用力地握了握萧青青的胳膊。

萧青青将头靠在车窗上，山路弯曲，车有点颠簸，她的视线便跟着车的颠簸时而清晰，时而模糊，像那些远远过去了的生活。车子里突然响起了音乐，是那首熟悉却久违的歌“你说这样认识一场，起码要来说声再见，心事才算完，明天起你就要去流浪，这一生，不再回来这地方……”童安格的声音幽幽弥漫，萧青青的眼泪肆虐，这首歌曾经是林瀚泽唱过的。

“这种道别有些感伤，知道不能留你，让心跟你到远方……假装自己最无情，把你的泪，你的笑，你的眼神都忘记……现在说起，云淡风更轻，希望你的真情，有人懂得疼惜，等你天亮离去，一切永远不再提起……”林瀚泽看着萧青青，深情地给她唱这首歌的时候，正是两个人热恋的季节。那一日，教室的窗外细雨沥沥，门前的竹林在雨雾中摇曳，空气里流动的全部都是湿漉漉的浪漫，两个年轻的孩子坐在教室里无忧无虑却又故作深沉地歌唱，他说，他最喜欢童安格的歌，因为他不但人帅歌好，对爱情还特别专一。十几年前的画面如今想来却让萧青青撕心裂肺地疼，原来，一语成谶的悲伤是如此沉重！那首道别的情歌啊，当时只觉情深意重，而今重听，心里却满是翻江倒海的无奈。时过境迁，原以为都忘了的东西，却因为一首歌而被全部忆起。如果诠释一首歌需要经受这样的难过，她宁愿当初他们都不曾听过。萧青青将脸埋在头发里，紧紧地闭着眼睛，心口开始慢慢地憋闷，唯有眼泪，四处逃逸。

李媛深深地叹了口气，不再说话。车上反反复复播放着这首歌，渐渐地连李媛都听得伤感了。

突然，她的手机里“叮”的一声，这是邮件来了。

她打开手机邮箱，发现邮件是潘林发来的。“媛媛，对不起！我读了你给儿子写的信。痛心不已！你离开家的这段日子，我才发现，也许我真的错了。但是，我已经无法回头，她怀孕了。”

潘林的信像一把刀一样立刻扎进了李媛的心里，她的眼泪瞬间狂奔而出，心痛难当。原来，他们早已不是初识！原来，他们都已经有了孩子！原来，这些年的恩情竟真的抵不过一个芳华女子的诱惑！李媛的心再一次痛到无以复加，在那一瞬间突然后悔自己与他离婚了，她觉得自己不应该这样轻易地让潘林得逞！李媛恨不得把手里的手机捏碎，她紧紧地攥着拳头，努力克制自己的悲愤。可她的战栗还是让萧青青注意到了她的异样，这两个女人的手紧紧地握在了一起。彼此无语相对，满目凄然。

那段到机场的路实在是漫长。

当她们终于到达机场的时候，李媛的脸色还是异常难看。她们拖着行李，步履沉重。她们都不知道回到青城后，等待自己的又会是什么样的烦恼。萧青青再一次看着机场川流不息的行人，突然觉得心里升起难言的寂寥。

桃子特意到机场来送别她们，一副小鸟依人又春风得意的样子。彼时，她和一个清瘦而年轻的男子在一起。桃子开心地向萧青青介绍道：“青青，这位就是我的猪，嘻嘻……”桃子捂着嘴笑了一下，面对那个男子说，“好吧，我正经一点哈，这是我在丽江结识的心灵知己，萧青青，”她又对萧青青介绍说，“这是我的前夫，朱文祥，也就是我跟你讲过的‘猪猪’。”

他们互相问了好，朱文祥热情地帮萧青青把她随手带的背包放好。又一起挑了个座位坐下来。这一次，萧青青才完整地了解桃子的故事。原来，朱文祥迫于桃子的任性哭闹而答应与她离婚，他害怕因为自己的不答应而让桃子憋坏，他心里清楚桃子只是个任性的孩子，她还没有学会如何放下内心里的执着，她不懂得坚忍和放弃。一个念头起来了，就非得要实现不可，否则她就会寝食难安。于是他与她办了手续，以为她很快会回头，他以为这不过是又一次重复的夫妻矛盾。然而，当桃子从家里搬出去的时候，他的心痛得无以复加！那种感觉，如同当年他找到妈妈又失去妈妈。他日日买醉，消沉不堪。后来遇到一个年长的顾客，只给了他一句话“问问自己的内心”，他豁然开朗，突然明白自己内心不曾对桃子薄情，只是不懂得宽容，才会彼此难以和谐。他发起了寻找行动，终于在桃子的博客上发现了她的行踪。然而，他不去打扰，只是远远地看着，跟着她们去了玉龙雪山，去了束河古镇，回到丽江后，又住在紧挨着听雨客栈的云间客栈。他喇嘟给她们饯行的时候，他就站在隔壁的楼上静静地看着这院里的场面，当桃子抱着他喇嘟大哭不止的时候，他也在那边楼上泪流不止。于是，他确信桃子的心里还是爱他的，所以就在当晚找到了桃子的住所，再一次向她表白，希望能重新开始。

听他们这样说，萧青青也觉得很开心。她微笑着看向桃子，发现她脸色红润，艳若桃李，这显然是沉浸在恋爱中的女子才有的脸色。桃子与朱文祥的手紧紧相握，仿佛害怕彼此再一次跑掉一样。

桃子拉着萧青青的手，像个语重心长的老者一样说：“青青，我忽然懂得了一个道理。在婚姻关系中，争吵，冷战，厮打甚至离婚都不是解决婚姻问题的正确方法。如果两个人还有感情，那么这些充满了负能量的方式根本解决不了任何问题。在丽江的这些天，我不停地反思，但都没有找到我想要的答案。直到猪猪来到我身边，我才知道，解决婚姻困顿的唯一方法是自我改变。只有每个人去改变自己，婚姻才会

迎来新生。青青，我找到了自己，你也要加油啊！”

这时，机场广播开始：“各位旅客请注意，您乘坐的FM9452航班现在开始登机，请带好您的随身物品，出示登机牌，由……”桃子拉着朱文祥的手赶紧站起来，催促她们向登机口走去，他们跟李媛说了再见，桃子又回来拥抱了萧青青才又牵着朱文祥的手离开了。看着他们的背影，不知为何，萧青青的心里突然涌起一股疼惜的感情，转头望向李媛时，心里默默希望李媛也能像桃子一样。

李媛疲惫地靠在椅背上，眼神空洞。她心里想起那封写给儿子潘木子的信。

那是来到丽江的第五个晚上，在客栈门口看到了一个像潘木子一样大小的孩子仰头看着自己的妈妈笑，那对母子之间的安然静美瞬间击垮了她的心，自从孩子出生，一直都是她妈妈帮忙带孩子，她的记忆里似乎找不出多少与自己的孩子单独相处的画面，对儿子的思念迅速生起。她回到房间后，忍不住思念，给儿子写了封电子邮件。

亲爱的孩子，我的小天使！

你还好吗？

当妈妈给你写这封信的时候，我实在不知道该如何向你表达我的思念和愧疚。我和你爸爸曾经情深，恩爱。可是很遗憾，在结婚十年后，我们离婚了，而你才七岁。

在决定离婚的那一刻，我完全被气愤和悲伤控制，忘记了我还是一个孩子的妈妈。儿子，我为我在那一刻忘了你而愧疚。当我拟好离婚协议书，抬眼望见我们一家的合影照片安然地挂在墙上时，我知道，你将成为我生命中一个巨大的伤口，让我哭，让我疼。只是那时候，我以为，我会熬得住。我以为时光终究会消弭我的伤痛，而我可以带着你好好生活。

办完手续的那天，我特意让姥姥把你带去了新房子，我怕你看见我歇斯底里的哭号。在姥姥面前，我不敢哭，我怕我的眼泪让姥姥担心难过，可是，儿子，妈妈到底没能像之前预料得那样平静，我还是哭了一整个晚上。等到眼睛都哭疼了，哭累了，看着你曾经睡过的小床，看着你的电动飞机，看着你乱乱的书橱，看着我们一家三口曾经挤着睡的大床，悲从中来，我的心里默念着，从此以后，我的儿子就再也没有爸爸来陪了。想到这里，我难过得肝肠寸断！孩子，我没有处理好自己的婚姻，这苦果却要你和妈妈一起来尝。我不知道该如何面对你，我的心里乱极了，我几乎失去了再一次面对你的勇气。孩子，妈妈并不是懦弱的人，可想到来路还是胆战心惊，你还那么小，我将如何回答你关于爸爸去了哪里的问题？我将如何面对你的眼睛？如何面对你的哭泣，以及你对爸爸的思念？如何面对姥姥哀伤的眼神，如何面对你的老师和你身边的小伙伴，我不敢想，我害怕让你去承受别人异样的眼光。也因此，我纠结而悲郁。

那天夜里，我不停地做梦，梦见你一会儿被狂风卷走，一会儿掉进了河里，一会儿穿着又脏又破的衣服站在寒风里被别人嘲笑是个没有爸爸的孩子，我拼命地追你，拉你，抱你，我大声地哭喊，从梦里惊醒，看到黑漆漆的家里只有我一个人，忍不住又一次放声大哭。孩子，我是那么害怕你受到伤害，却不知道是妈妈自己没有了安全感。

你和姥姥一起来看我的那天，我已经快被思念熬烂了。我一把抱住你，眼泪汪汪，而你却只是像受了惊吓的小鸟一样，待在我的怀里一动也不动。儿子，如今想起来，你一定是被妈妈的蓬头垢面吓坏了，妈妈何曾那样不顾形象过。姥姥站在一边泪流不止，我的眼泪一滴滴落到你的头发上，渐渐地感觉到我的胸口被你的眼泪濡湿，孩子，你哭了，这让我突然意识到，你小小的心里似乎已经了然。那一刻，我心里翻江倒海般的难过和后悔，为了你，我不该如此草率地结束我和你爸爸的关系。然而，覆水难收。我无法面对你爸爸的背叛和伤害。即使过去数年的恩爱，我的心里也仍是难以接受那样的事实。我终究不是一个大度的人。而你，却带着腮边的眼泪告诉我："妈妈，以后我来保护你！"你稚嫩的声音是那样让人心疼！听着你的话，我却忍不住更加悲伤。儿子，你才只是个七岁的孩子！

今天，我在离家千里之外的地方看见一个跟你一样大的孩子，跟你一样有着胖乎乎的脸蛋，细细的眼睛，红嘟嘟的小嘴儿和嫩嫩的肌肤，甚至有一样的纯真的笑容。我的木子，我多想马上回到你的身边，拥抱你，亲吻你，告诉你，孩子，别怕，妈妈在！可是，我的儿子，你的妈妈却因为怯懦而躲到了如此遥远的地方。对不起！

我不是一个合格的妈妈，我没有勇气面对自己的决定，这一事实让我的心里更加难过。所以，我决定马上返回，我要陪着你。儿子，现在，我才知道我想要的幸福，只是与你在一起，陪你慢慢长大。

等着我！

邮件写好后，她不知道该往哪里发，于是给自己的邮箱发了一份，给潘林的备用邮箱发了一份，那本是潘林给儿子潘木子申请的邮箱，只是他还没有学会如何使用。没想到，自己给儿子发的第一封邮件居然是如此的悲伤。那一天，她发完邮件后，久久地盯着电脑屏幕，深深地叹了口气。

可是潘林的信息让她最后的一点希望完全破灭。此刻，她恨透了自己。觉得自己简直贱到不行！明明是不能接受他的背叛和伤害，所以选择了离婚来保护自己的尊严，却又在心底里保存了一丝幻想，希望他能回头是岸。她为自己的矛盾而看不起自己，心里一遍遍地骂自己是个自轻自贱的傻瓜。

十九

萧青青走下飞机，打开手机，除了他喇嘟发来的“一路平安”的祝福，没有其他任何新的内容，她的心里闪过淡淡的失落。倒是李媛，远远地看见潘林带着潘木子等在外面。她的眼睛紧紧地盯着自己的儿子，心有万千语的样子让萧青青觉得心酸。

潘林还是尴尬的，他眼神躲闪，不敢与李媛对视，只是轻轻地说了句：“回来了。”便再无多话。李媛放下手里的行李箱，径直走到潘木子身边，蹲下来轻轻地拥过自己的儿子，眼泪便盈满了眼眶。潘木子明显地瘦了，眼神里居然有淡淡的悲伤，但还是开心地抱着自己的妈妈又笑又叫：“妈妈，你到底去哪里了？我好想你啊！”他又从李媛怀里挣脱出来，一只手拍着心口说，“你不在家，我想你想得心都快碎了。”他稚气的声音惹得李媛笑了起来，可眼泪却更加肆虐了。她亲亲儿子的脸蛋说：“妈妈想你也想得心都碎了！”

萧青青静静地站在那里，看着眼前的这对母子，这曾经幸福的一家人，心里突然思念起王凯来。是啊，王凯，这些天，他一个电话都没有，没有问候，没有关心，没有责问，也没有想念。他如此的冷静，莫非是他都不曾发现自己的离开？那个被叫作“家”的地方，究竟还是不是家？她的内心乱极了。她看着潘林的尴尬，想着王凯的“出轨”，莫非，王凯也已经投进了那个所谓的名叫“婷婷”的女人怀里？莫非，他们也像潘林一样有了“爱情的结晶”？想到这里，萧青青厌恶地瞥了潘林一眼，走到李媛身边，也蹲下来轻轻地抱住他们母子。

李媛拒绝乘坐潘林的车回家。萧青青只好顺从她的意见，在外面打了个的士。的士绝尘而去，李媛回头时看见潘林的头发在风中被吹到了脸上，遮住了一只眼睛。转过头，她的眼眶又湿了。

"真的回不去了吗？"萧青青问。

李媛沉默不语，只是紧紧地抱着潘木子。潘木子听到萧青青的问话，赶紧回答说："能，等司机叔叔送完我们就去送你，阿姨，你不用担心，肯定能回到家！"

萧青青心里一酸，伸出手摸了摸潘木子的脸蛋，疼惜地说："嗯，木子说得对！"

看着潘木子无邪的笑容，牛牛便忽然闪现在萧青青的脑海里。这些孩子，为何得不到苍天的庇佑？为何不能给他们一个幸福的家呢？这个世界的阴差阳错如果只是折磨大人也便罢了。她第一次庆幸自己没有孩子，不用陪她一起面对这种摇摆不定的生活。

她拿出钥匙，轻轻插进锁孔，一拧，门开了。一切都还是她离开家之前的样子。除了茶几上的灰尘告诉她这些天房子的空寂，一切都是冷冷的安静。她放下钥匙，关上门，站在门口愣了一会儿，才慢慢走到沙发上盘着腿坐下来。

说好的放松呢？在丽江这八天的生活，她以为自己足够想清楚一些问题，可到头来，什么也没有想清楚，反而更加的糊涂了。那八天，她尽可以不去面对自己的婚姻，可林瀚泽的突然出现又让她不得不思考自己该何去何从。而八天的分别，她隐隐感觉王凯似乎又一次离开了她的内心。她决定要找王凯好好谈谈，丽江一行，她真切地发现自己内心里最爱的还是林瀚泽，虽然知道也许再无可能，可她再也不愿意像这样与王凯一起生活。两个人的疏离和冷淡实在太久，那颗凉了很久的心怎么也难以热烈起来。

那天晚上，她没有吃晚饭，没有喝水，就那么在沙发上睡着了。放在茶几上的手机突然亮起来的时候，她已经在梦中沉沉地睡去。然而，手机却执着地闪了又闪。

第二天早上，她醒来的时候才发现手机已经完全没有了电，她把手机拿去充电，然后回到沙发上继续发呆。看看客厅里悬挂的钟表，已经是上午九点半了，她忽然惊觉自己是应该去上班了。假期已经用完，再不去，领导会发飙了。她这才跳起来，赶紧去梳洗，换装。

突然，门铃响了，她一边拿过一条毛巾擦脸，一边快步走到门边，开了门。来的人居然是她的公公，公公一脸的凝重，不似平常的和蔼。她手足无措地让公公进来坐下，又赶紧跑回洗漱间快速地梳了梳头发。走回到公公面前的时候，她几乎不知道该坐在哪里。

“青青，你先坐下。”老人一开口，声音有点嘶哑。

“哦，好的，爸。”她犹豫了一下，说，“您怎么了？我听您的声音有点哑，我去给您倒杯水吧？”她作势就要去接水。

“不用，没事的。我也不想喝水。你先坐下，我有件事情想要跟你说。”他挥了挥手，示意她不要去麻烦了。

萧青青只好在公公旁边的沙发上坐下来。

“青青，你妈住院了。”他哽咽着喉头说出的这句话让萧青青一下子惊叫出来。他叹了口气继续说，“你妈不让通知你们，说你们都忙。她以为只是平常的毛病，住几天院就好了，其实她不知道自己得的是癌症，胃癌。”说到这里，老人的眼睛湿润了。

萧青青久久地不能缓过神来，这不幸的消息来得太突然。她觉得头有点晕，胸口有点疼痛和憋闷，她强忍住难过，轻轻地问：“那，这几天都是您在陪护？”老人点了点头。

这个突如其来的消息让萧青青尚未平复的心情又起了波澜。她立刻站起身，想要马上赶去医院。老人却叫住了她。

“青青，不着急。我等医生查完了房才出来的，一时半会儿应该没什么事。我想和你聊聊小凯。”他咽了口唾沫，眼睛盯着面前的茶几。

萧青青又坐下来，看向公公，眼睛却又是游移的。

“你妈最近一直在问，怎么你不来看她也不给她打电话了。她寻思，是不是你和小凯真的有什么不高兴的事情。其实，我也听到过一些话，但是，你从没有在我们面前说过，我们当老人的，也就不好多问。”他低下头去，咳嗽了一声。

萧青青的心里突然难过起来：“爸，最近我也确实忽略了，没有去看妈，让你们担心，是我不对。”她刻意避重就轻，实在不知道该怎么应对老人的话。

听到她的回答，老人抬头笑了一下：“青青啊，你是个好孩子。我们都知道。只是，我们不知道到底该怎么办。现在，你妈病了。我想说，如果你们真的有什么事情的话，能不能不要让你妈知道。”说到这里，老人的眼睛突然湿了，“她也没多少日子了，我不想让她难过。”他的声音低下去，语气里充满了悲伤和哀求。看来，他是知道自己的儿子和儿媳之间发生不快乐的事情了。

萧青青的心里也是满满的凄凉。想到那么慈爱的婆婆就要离开自己，她的心里难过极了，再想起自己的万般纠结，眼泪就扑簌簌地流了下来。

看到儿媳哭了，老人赶紧起身，嗫嚅着：“你，你不要哭，你妈……呃……我先回去了。”他叹了口气，慢慢地向门口走去。萧青青站在原地，看着自己的公公步履缓慢，似乎一下子老了很多。

医院里依然是那种让人窒息的压抑，人来来往往，除了产科门前多是欢声笑语，其他的地方也大多是愁云惨淡。医生们许是见惯了生死，他们的脸上平静而略显冷漠，只是萧青青明白，面对死亡，医生也无法阻止。

走廊里，她又一次碰见了蓝医生。对于她的到来，蓝医生显然是很惊讶的。

简单回答了蓝医生的问话，她才知道，蓝医生也是婆婆的主治医生。突然地，两个人都有点悲伤。毕竟裴静一的离世时日并不多，有时候那伤痛还会在萧青青心头徘徊。而今，听到蓝医生的介绍，心里更是多了忧虑和难言的悲切。

看见萧青青进来，她的婆婆高兴得要起身，萧青青立刻大步走到病床前制止了她。婆婆紧紧地握着萧青青的手，笑着笑着，眼泪就流了出来。她的泪，萧青青懂。可是萧青青却抽出一只手去拿纸巾，一边微笑着说："妈，你看，我不来看你，让你受委屈了。"婆婆听到这句话，突然破涕而笑。萧青青一边给婆婆擦掉眼泪，一边说，"妈，我陪李媛出了趟门，所以这段时间没给你打电话，怎么就病了啊！"

婆婆微微地叹了口气："嗯，我知道你忙。"她心里是疑惑的，儿媳出远门这件事，儿子从来没提起过，他是不知道她出了远门，还是知道却没说呢。无论哪种情况，都是不正常的。于是，她试探地问，"今天，小凯怎么没和你一块儿过来呀？"

萧青青听到婆婆这样问，笑笑说："他最近不是公司忙吗，所以我就没等他。"

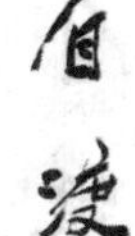

婆婆的笑容凝住了，心想，看来，萧青青并不知道王凯

被派出所拘留的事情。她眼神看向老伴，老伴却装作没有听到他们的对话，忙着低头削苹果。

这时候，大姐王羽走了进来，跟以往不同的是，她对萧青青的招呼表现出少有的轻慢。她面色阴沉，容颜憔悴，对萧青青的问候只是点了点头，就径直走到母亲身边，俯身查看了下正在注射的情况。然后，就静静不语地站在了旁边。萧青青走到王羽身边，刚想开口说什么，她却一转身就离开了。萧青青愣愣地站在那里，久久没有回过神来。

她看向婆婆，满眼的疑惑。婆婆却开口说："你大姐最近有点累，也许是太忙了。医院里一大摊子事情，你姐夫身体还没有完全复原，需要照顾，我又病了，她着急上火的，也就顾不得周全了，你不要怪她。"

萧青青立刻笑了笑，顺势坐在婆婆床边，说道："我怎么会生大姐的气呢，想来她也是着急的。妈，中午你想吃什么，我回家去给你做。"

公公将费了半天劲削好的苹果递给老伴，说："还是我回家去做吧。你中午如果不忙，就留在这里先陪你妈说说话，我去做饭。等我回来你再走吧。你大姐中午顾不上，她也得回家给孩子做饭。唉……"他沉沉地叹了口气，转身拿起床头柜上的饭盒走了。

病房里只剩下了婆婆和萧青青。不知道怎么的，气氛突然尴尬起来，安静得让人觉得压抑。萧青青自始至终不敢提王凯，因为她没有见到他，而且在她离开的这段日子，王凯更是连一个电话都没有。她不知道他的踪迹，所以无法在婆婆面前谈及他。然而，今天家人的态度却又让她觉得一定是哪里出了问题，否则不会这么古怪。但，王凯的去向，作为妻子的她又是无论如何难以问出口的。她怕让婆婆知道他们其实已经离得越来越远这个真相。

婆婆轻轻握住她瘦长的手，深深地叹了口气：“青青啊，不是妈要管你们小辈的事情，实在是因为我喜欢你这个孩子，总觉得就像自己的闺女一样，所以，我害怕你受委屈。你妈妈离得远，爸爸又不在了，我打心底里觉得自己要是不好好疼你就是没良心。”青青想打断她，婆婆又握了握她的手，接着说：“你这次出门，我是知道的。因为几天没见到你，我和你爸爸买了些菜，又给你包了荠菜馅儿的水饺，去给你们送的时候，碰到你楼上的邻居，她说见你拉着行李箱出门了。我想给你打电话，可是你爸不让。他说你肯定是有心事，所以才想出门去散心，因为不是放假的日子，你请假不容易，如果不是很重要的事情，你应该也不会出门，所以，我就没敢给你打电话。可是孩子，儿行千里母担忧，我怎么能不担心你呢？可是我也知道，你心里委屈。虽然你从来也不说什么，我能看出来，你是不开心的。”萧青青听着婆婆的话，眼泪扑簌簌地流了下来。婆婆看到萧青青哭了，又是深深地叹了口气，那叹气声凉凉的，带着来自心底的沉重，“我知道，你不容易。”

萧青青不知道该说什么好，她的压抑突然得到了释放，婆婆的话让她再一次感受到了母亲一样的关怀，被理解的温暖瞬间让她的眼泪更加肆虐。她几乎觉得自己对一个“婷婷”的执着是一种小气的表现。她双手紧紧地握住婆婆的手，温热的眼泪滴到了婆婆的手腕上。

“妈，我不委屈。”她的眼泪流过脸颊，却又笑着对婆婆说：“我一直觉得做您的儿媳妇是我的福气。只是，这些年，我没能给王家生个一男半女，这些是我心里最大的压力。”

“嗨，傻孩子！”婆婆笑笑说，顺手抹去了萧青青眼角的泪，“生儿育女也只是一种生活，你和小凯只要不在意，我和你爸是不会在意的。我们不是老封建。”

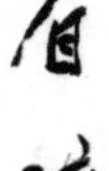

“嗯，您越是这样，我越觉得对不起您和爸。”她抬起头，轻轻地说着心里话。

“唉，青青呀，有了孩子就得给孩子一个温暖的家，养孩子，不是养一条小狗一只小猫，养孩子需要付出的是心血啊。你们都这么忙，唉……”也许是觉得自己说多了，她及时地刹住了话闸。她看着自己的儿媳妇，心里说不出的难过。天伦之乐，谁不想呢？可是，这对他们夫妻来说竟成了奢望。

不知道为什么，婆媳俩的谈话都刻意地避开了王凯这个话题。其实，萧青青懂得，越是如此心照不宣，婆婆知道的真相可能就越多，因为她是那样的善解人意，她不想谈的话题，婆婆是不会主动挑起来的。

萧青青给婆婆喝了点水，嘱咐她好好休息。就在这时，婆婆的手机却响了起来，萧青青帮婆婆拿过来，看见屏幕上是一个陌生的号码。

婆婆看了一眼，轻轻地挂掉了。又自言自语地说了句：“都说了，不买。还打干吗呀。”

萧青青笑了笑，没有多言。刚接过婆婆的电话，她自己的手机就响了起来，婆婆立刻说：“要是一个女的打的，你就挂断，不要理她。”说完，她自己愣在那里。

萧青青看了一眼手机，笑着说：“哦，是刘春，裴静一家的那个小保姆，她打电话给我有什么事呢？”

电话接通后，刘春哭着说自己去看了牛牛，可是牛牛的阿姨要做生意，没有人帮忙，只好带在身边，才几个月没见，牛牛已经又脏又黑。她想收养牛牛，可是她男人不让，说负担太重了，还想生自己的孩子。可是刘春不想生，因为她是男人买来的，虽然男人不打她不骂她，对她很好，可是她不能原谅他像买东西那样把自己买回了家。

听到这番话，萧青青震惊极了！

可怜的牛牛，可怜的刘春！难怪刘春对牛牛那么好，原来，他们都是早早离开妈妈的人啊！

公公来到医院后，婆婆便催她去看看刘春，说这么一个苦孩子，还有这么善良的心，实在是一个难得的好人，如果她有什么困难是一定要帮忙的。萧青青一边答应着婆婆的交代，一边犹豫着要不要马上就去见刘春。公公见状也点了点头，说去吧。她走出病房的时候，似乎听到二位老人深深的叹气。她回过头去，却又看见婆婆对着她笑。她也笑了笑，离开了医院。

刘春显然是刚刚又哭过，眼睛还是红红的。街边花园里的红叶石楠已经长出新叶，玉兰花也在枝头清高地怒放着，四周都是春天温润的气息。萧青青默默地坐到刘春旁边，还未开口，刘春的眼泪便已经像断了线的珠子一样滚滚而下。她向萧青青讲述了自己的故事。

她的男人叫邱七龙，三年前从一个名叫雷雨的男人那里把她买了过来。说到这里，刘春大哭起来，一边哭一边说，她恨雷雨，但现在更恨邱七龙。

原来，刘春不是青城人，她从小就在山西长大，可是村里那些同龄孩子常常说刘春的父母不是她的亲生父母，她是她爸爸妈妈捡来的孩子。她不信，就跟说她的孩子打架，她力气大，就把人家的头打破了。那孩子的父母不愿意，就拉着孩子来她家里告状。她的父母从田里回来，找不到她，不知道真相是什么，只好低声下气地道歉。她藏在厨房的柴堆后面，不敢出声，眼泪啪嗒啪嗒往下掉，心里既委屈又害怕。最后，她妈妈掏了钱，抓了一只母鸡，又拿出了不舍得吃的鸡蛋赔给人家，那孩子的妈妈才逐渐消了怒火。临走的时候，那个女人又回头说了句，“真不知道你们两口子到底造了什么孽，捡了这么个丧门星孩子回来”。刘春的妈妈哇的一声

哭了出来，一下子跌坐在院子里。听到妈妈的哭声，刘春不知道该怎么办，犹豫了很久，她还是从柴草堆后哭着走了出来。看到刘春头上身上沾的尘土和柴草，她妈立刻停止了哭泣，诚惶诚恐地看向刘春爸爸。刘春哭着问他们，自己真的是捡来的吗？为什么连李叔叔家的婶婶也这么说？她妈妈的眼神黯淡下去，爸爸蹲在院子里，也不说话。三口人就那么静静地僵持着，谁都没有说话。刘春想，那么，自己肯定是被捡来的孩子了，于是哭着跑了出去。

天渐渐黑了，外面的风呜呜地吹过，刘春躲在野外的洼地里。她又冷又怕，心里开始呼唤自己的爸爸妈妈。爸爸找到她的时候已经是半夜了，她蜷缩在那里，哭得不成样子，爸爸看到她的那一瞬间流着泪扬起了手，却终究没有落到她身上，只是脱下自己的衣服包住她，背起她往家走去。路上，爸爸沉沉地叹了口气，告诉刘春她的确是捡来的孩子，但是这些年，他们从来没有把她当成捡来的孩子，而是当作自己的孩子一样养育。今天，李家婶婶的话说得是难听，不应该这么说一个孩子，爸爸听了也很难过。可是又没有反抗的理由，毕竟是自己的女儿打破了人家孩子的头，明摆着理亏，这才没有斥责她。爸爸觉得既然刘春已经知道了非亲生这件事，干脆就全说出来吧。于是，她知道了自己的身世。原来，爸爸捡到她的时候，她才只有三个月大，正在生病，是被人遗弃在村外的地瓜田里，爸爸掀开小被子，居然看见她睁了睁眼睛，就把她抱回了家。找医生看病，四处托人打听有没有丢孩子的人家，可是一个多月过去，也没有任何消息，于是他们就给她起了名字，自己养起来。因为是春天刚栽完地瓜秧就捡了她，所以给她起名叫春儿。刘春自己想，也许她的亲生父母是因为她是女孩才抛弃她的吧。

因为自己的身世被所有的同学都知道了，她渐渐地觉得自卑，就不愿意再去学校。十四岁那年就跟着邻居家的大姐姐去昆山打工了。十六岁那年，她认识了雷雨，两个人就恋爱了。后来，雷雨说昆山的工作不好，挣的钱少，不如去广州，那里的钱好挣。被爱情冲昏头脑的刘春就毅然决然地辞别了邻居姐姐跟随着雷雨去了广州。到了广州，他们来到了一片建筑工地，晚上就住在工人房里，一个移动房里要住十几个人。工人们劳累一天，工棚里又少见女人，刘春免不得总是容易受到言语上的骚扰。她很厌烦那里的氛围，一心想离开。可是雷雨不愿意离开，在那里，他找到了志同道合的人，下班后一起赌钱。这个爱好大大刺激了雷雨对金钱的欲望，慢慢地，工地上打工所赚来的钱已经不够他挥霍了，因为捉襟见肘的生活，他的脾气也越来越暴躁，对刘春渐渐没有了半点疼惜。

在又一次输钱后，雷雨沮丧地回到宿舍，看见帘子后面安静地睡着的刘春，他动起了邪念。半个月后，工地上来了一个人，雷雨喊他老邱，说是徐州老乡。后来才知道老邱并不老，只是因为先天残疾，又长在农村，所以略微显得老相。雷雨对老邱很热情，常常请他去自己的宿舍喝小酒，每次他来，刘春就借故躲出去。可是雷雨却说，没关系，都是好兄弟，以后凡是老邱来，就不用往外躲，大家一起吃吃饭，多个朋友就像多了个兄弟，凡事也好互相照应。老邱是个老实人，慢慢地刘春也就不再对老邱有什么偏见。有一次，老邱一个人到宿舍来找刘春说话，支支吾吾，欲言又止，最后“嗨”了一声就转身走了。刘春很是疑惑，却也没放在心上。

大概过了两个月，雷雨说家里打电话来，母亲生病了，他得赶紧回家一趟。刘春一听，这么重要的事情是得赶紧回去，就帮他收拾了行李，掏出自己仅有的两千块钱给了雷雨。雷雨接过钱时眼圈红了，刘春也流了泪，嘱咐他一旦母亲好转一定要赶紧回来，她会想他的。

雷雨走后的第三天，老邱来到了宿舍。老邱说，雷雨打电话给他让他来照顾一下刘春，他暂时回不来。刘春感激老邱的仗义，给他做了好吃的饭菜。又过了几天，老邱说，要不然带刘春去找雷雨吧，也不知道他母亲的病需要多少时日才能好。刘春心里思念雷雨，又信任老邱，于是想着给雷雨打个电话，跟他说一声自己要去找他。老邱说，还是不要告诉他，这样就可以给他一个惊喜。刘春听了老邱的建议，没有打电话通知雷雨。二人坐上了去徐州的火车，刘春满心欢喜。下车后，他嗫嚅着拿出一张简易合同，合同上是刘春被卖给了老邱，价格一万元！看到这张纸，刘春傻了眼，一下子坐到地上哭起来。老邱说，“你要是决定去找雷雨，这钱我就当丢了，但是我想告诉你，雷雨不是徐州人。他一开始就是在骗你。你要是觉得我还不错，咱们就一起过，回到家，我会给你办个隆重的婚礼。说实话，我没想到雷雨会为了一万块钱就把你卖了。当他这样说的时候，我心里想，我要是不买下你，他也会卖给别人。要是真的有那样一天，我觉得你的命也就太苦了。我是喜欢你，但掏钱给雷雨是我的不对。走或留我都尊重你，你自己决定。”

刘春心里刀绞一样的难过，号啕大哭。可是身无分文，前路茫茫，十几岁的刘春第一次不知道该何去何从。那天，她只好先跟随老邱回了他的老家。

刘春的到来让这个贫困的家庭焕发了无限的生机，老邱的老母亲颤颤巍巍地迎出来，还不停抹眼泪。那一瞬间，刘春觉得这或许比离开老邱更好。毕竟这里没有人知道她过去的一切。然而她又不愿意轻易放过雷雨，就决定到派出所去报案，说自己被拐卖了。可是，手机上常常会看到这样的信息，买卖人口都是犯法啊。如果她去报案，也就会连累了老邱。而老邱却是真心喜欢自己的。这个糊里糊涂的姑娘就打消了

报案的想法，和老邱一起生活了起来。

老邱确实比雷雨对自己好，只是家里情况艰难，他们不得不出来打工。可是出门之前，老邱说要不就把结婚证领了吧。可是刘春心里还是有芥蒂，就沉默不说话。老邱就叹了口气，算是作罢。后来，两个人一起来到了青城，刘春不愿意去工地，就去中介找了当保姆的活儿。老邱因为身体不算太好，只能去一个工地上给一个老伙夫帮下手。两个人在郊区租了一个小屋子，每个月只需交100元房租。去一趟厕所要走上半里路，晚上黑灯瞎火，条件艰苦。

后来，她认识了裴静一。裴静一去世后，刘春就没再遇到像裴静一那样的主顾，只好做起了保洁工作，虽然又忙又累，倒也还知足。只是今天遇到了牛牛，心里突然地悲伤起来。都是被收养的孩子，都没了自己的妈妈。虽然从小在养母的关心下也算无忧无虑，但真相还是击溃了她。命运的亏欠让她无论何时想起都觉得委屈和无助。

不知道为什么，萧青青突然想起在丽江见到的那个护士，也许，她真的就是那个护士的姐妹呢？她打定了主意，于是就安静地劝慰刘春，一切都过去了，虽然有那么多痛苦的经历，好在现在有人陪伴和疼爱，总好过之前的无助。刘春拉着萧青青问她能不能想想办法收养牛牛，他跟着他的姨妈真的是太让人伤感了。她自己都自顾不暇，又能给牛牛什么样的教育呢？走到大城市，她才知道，人不是仅仅吃饱喝足就可以的，人和人是有差距的。她说，她觉得牛牛就像她自己，被命运的手牵引着，不知道下一秒会去哪里。每次这样想，心里就会郁闷拥堵。

萧青青没有答话，她不知道该如何回答刘春的要求。她既不能告诉刘春自己有一大堆几乎处理不了的糟糕事情，也不能一口回绝她。但刘春的提议，还是在萧青青的心里激起

了一片小小的涟漪，是啊，如果能收养牛牛，这也是一件幸福的事情吧？

晚上的时候，萧青青又去医院看了看婆婆，陪着她坐了一会儿，但仍然是没有提到王凯。从医院离开的时候，她甚至不知道为什么会这样。

在医院门口，她碰到了王羽，行色匆匆的样子。

“大姐，你来了。”萧青青问。

“嗯，来看看，不放心。”她顿了顿，欲言又止，眼睛看向别处，咬了咬嘴唇，接着说：“青青啊，你知不知道小凯被派出所拘留了？你们之间是不是出了问题？为什么他被拘留这件事只有你不知道？你们究竟有多久没有联系了？还是不是夫妻啊？”她一连串的问题让萧青青惊呆了。王羽也越说越激动，“你一向是个闷葫芦，什么事情都是报喜不报忧，小凯更是个不靠谱的，什么事也不说，你们俩到底是怎么回事？”

“大姐，先不说我们的事情了，你来说说王凯是怎么了，为什么会被拘留啊？”她打断了王羽的话，急切地问道。

“嗨，说起来也是丢人！”王羽用恨铁不成钢的语气说，“他去歌厅唱歌，喝多了，跟别人打架，把人打伤了。人家报了案，死活不同意和解，他就被拘留了。你说他这么大了，怎么就不知道给人省心呢？自己做着生意，好歹是个老板，这样作，传出去对他有什么好处？”

“大姐，你别着急上火的了。”萧青青眼神黯淡下来，心里的紧张和担忧油然而起，“你去看看咱妈吧，王凯的事情我去处理吧。我们之间的事情也不是一两句话能说清，有时间我会好好跟你聊聊。谢谢你对我的宽容。”说着，声音哽咽起来。

王羽深深地叹口气，这一家子不知道究竟是怎么了，病的病，灾的灾，孩子读高三了，男人的身体渐渐康复中，但是也得伺候着，母亲病了，需要人照顾，弟弟这个不争气的，这一切都压在当大姐的王羽身上，她最近明显地憔悴了很多。看着萧青青的背影，王羽的心里充满了说不上来的不安。

萧青青，这个一向温和孝顺的女人，究竟是怎么了？她出门去了哪里没有告诉任何人，弟弟就在她出门的第二天被派出所拘留了。他们之间，难道传言都是真的？

二十

萧青青没能见到王凯，因为派出所有规定，拘留期间，家属不得探视。

她站在派出所门外的马路上，抬头看了看灰蒙蒙的天，四月的天，还是不时会有沙尘暴，雾霾阴魂不散，沉甸甸地压在心头。这终究又是一件不怎么光彩的事情，但她的心里没有心疼，没有愤怒，只是抑郁。潜意识里，她觉得这是老天给王凯的惩罚，一个不断地作的人，早晚都是会出事的。她对此深信不疑。几个月来，她内心的压抑已经让她开始失眠，偶尔的入睡也是噩梦连连。

学校里的王主任打电话来了，质问她怎么空堂了。她才发现已经是上午的十点钟，第三节课已经开始了。她不开车，虽然去年王凯就送了她一辆雪佛兰，可她不想开。

她从手机里调出童师傅的电话打了过去。

十几分钟后，童师傅就到了。

“嗨，姑娘，你好啊！”童师傅笑着打招呼。

“你好，童师傅，麻烦您送我去学校吧。”萧青青强作欢颜，礼貌地回答。

“姑娘，前段时间，我在德仁路看见一个人，很像你妈妈年轻时喜欢的那个人。就在什么土菜馆附近。不知道是不是他。”师傅一发动汽车就开始说话。

“是吗？应该不是吧，他怎么会来这里？”萧青青淡淡回应后不再说话，扭头望向窗外。

等她急匆匆跑进教室的时候，一节课已经上了一多半，班主任正在班里帮她管理着学生。看见她进来，学生们一起鼓掌，表示欢迎，班主任瞅了学生一眼退出了教室。

那节课，她没有继续给学生讲课，而是给学生讲了云南的美丽以及收获。她告诉学生们，所有的美丽都在心里，一颗沧桑的心只能看到悲悯，却看不见活力，唯有安静，才可以拥有慈悲与柔软。而一个对自己慈悲的人，生命才可能是柔软而有韧性的，他的力量才可能是强大的，眼光才可能是独特的，格局才可能是无限大的，如此，一个人才能破除眼前的迷障，从而看到生活本真的一面。学生掌声雷动，她却突然地觉得迷惑，云南之行，她究竟是放下了执着重新懂得了自己，还是陷入了新的迷障？那个找回自己的初心，是否已经完成了呢？

回办公室的路上，她的心里恍恍惚惚地出现林瀚泽和王凯。她分不清楚此刻自己的心究竟在哪里漂泊，摇摆不定的纠结，到底是因为自己不够爱，还是因为自己从来没有走出爱情。她困惑了。

一进办公室，张欣怡就说：“王主任来找你了，没找到就给你打电话，刚才还来电话说，让你去他办公室一趟。估计要发飙，你可得忍住啊。他老婆股骨头坏死，最近住院了，心情正不好过呢，家里家外的连轴转，据说他要疯了。”

萧青青点点头，放下东西就去找王主任了。

可是王主任并没有像想象的那么暴怒，他让萧青青坐下，然后说："你今天怎么会忘了上课的事情呢？难道还没有从休假状态调整过来？你带的是毕业班，现在已经是四月底了，再有两个月学生就要中考了，你怎么能说不来就不来上课呢？给你八天的假就已经是勉为其难，今天居然旷班，要是校长知道了咱俩就都遭殃了。"王主任说得语重心长，萧青青也只好不断地低头表示自己错了。

她没有解释自己为什么旷班的事情，因为实在也说不出口。她和王凯的事情本来就在学校里是一件大家热议的事情，如果再被人知道王凯被拘留这件事……她的头都要被烦炸了。

好不容易熬到中午放学，她立刻赶往医院去看婆婆。

到了医院，婆婆正在垂泪。公公无语地坐在旁边的椅子上，一副愁容。

"妈，怎么了？"萧青青一边放下手里的饭盒，一边低声地问。

"唉，"婆婆叹口气，"隔壁病房的今早上又走了一个，心里难过。"说完又哭起来。

萧青青想起裴静一去世之前的样子，也是这样为那些早早离开的病友难过。她在婆婆身边坐下，一边抽出纸巾给婆婆擦泪一边劝解道："妈，您不要这么难过，好好休息才能恢复得快啊。"

婆婆点了点头："唉，我也知道，难过也没用，该走的还是得走，每个人的寿限老天爷都记得呢，不会平白就把一个人带走的。"她擦了擦眼窝，继续说，"青青啊，今天在学校累不累啊？你是毕业班的老师，时间紧张，不用每天来看我，医院里有你爸还有你大姐，你好好工作就行了。"

"我不累，妈，"萧青青笑了笑，"倒是爸辛苦了，您也受罪了。都是我们没有照顾好您。"

"嘿，哪里话呀，人年纪大了，毛病多，是很正常的。"

她沉默了一会儿，看了眼自己的老伴，接着说，“可是，青青啊，妈想问你一件事，你和小凯是不是闹别扭了？他怎么也不来看我？我都住院四天了，他连个面儿都没露过。这孩子，太不像话了。我这是养的什么儿子呀，唉……”她问得小心翼翼，却又能感觉到语气里的担忧。

萧青青不知道该怎么回答，她实在不知道从何说起。只好尴尬地笑了笑。公公似乎看出了萧青青的为难，借着递水的机会，跟自己的老伴说：“唉，你就别操那么多心了，孩子们都结婚那么些年了，有矛盾也正常，哪有不吵架的呀。”

大姐王羽就在这时候走了进来，听到了爸爸的话，心下也就明白了几分。她把母亲床头花瓶里的鲜花拿出来，换上新买的康乃馨：“漂亮吧，妈妈？”她故意引开老人的注意力。其实，萧青青的婆婆是个很智慧的老人，儿媳妇不辞而别去了外地，儿子电话打不通，也不见人影，虽然王羽说王凯出差去了广州，要谈一笔大单子，但母子连心，她知道儿子肯定不是去了外地。今天，她已然从家人的话语里明白了几分，不由得心里也沉郁起来，只是面对大家的善意，她也不好继续纠缠这个问题，就勉强地笑笑说好看。

等婆婆吃完了饭，萧青青才往家赶，只有一个小时的休息时间了，下午还得继续上班，她觉得很疲惫。她不是一个能够撒谎的人，婆婆的追问让她觉得紧张，因为她还没有准备好如何面对家人。一路恍惚着，直到听到尖锐的刹车声才从走神中惊醒，原来她只顾着低头走路，居然没有看到红灯亮了。司机是个年轻的小伙子，随着大声的责骂出现在眼前的，是一张已经扭曲了的清秀的脸孔，他恶狠狠地指着萧青青，怒气冲冲。萧青青退回到斑马线，迷惘地看着眼前的宝马车疾驰而去，那些辱骂渐渐消散在空气中。周围的人却比萧青青更愤怒，纷纷指责年轻人的粗俗和招摇。许是那年轻人的

辱骂让萧青青突然觉得自己是该活在当下了吧，她居然有一种渐渐清醒的感觉。对啊，有什么大不了呢。错了，就该付出代价，别人的眼光就像那小伙子的责骂，停留在空气中也就是几秒钟，再来的人根本不会知道这里刚刚发生了什么。每个人都忙忙碌碌，这个世界每天都有无数新鲜的事情发生，真的没有谁会一直关注你的故事。

萧青青决定等王凯从派出所回来就跟他谈谈。何去何从，终究要有个了断，再不能如此摇摆了。心累，日子也就黯淡无光。

下午快放学的时候，他喇嘟打了个电话过来，说是按照萧青青的要求又去丽江人民医院找了那个小护士，她回家问了自己的妈妈，是不是有个姐妹在外面。小护士的妈妈一脸茫然，说只是生下了小护士，再没有其他孩子啊。可是到了晚上，小护士的爸爸听说了这件事，忽然提醒她妈妈说，记得怀孕时，肚子很大，所有的人都说可能怀的是双胞胎，找人把了脉，说就是双胞胎。会不会是生产的时候，被别人抱走了一个，却告诉我们只保住了一个？这个假设让小护士的妈妈惊出了一身冷汗，难道自己当初生下的孩子都活了，只是第二个孩子被别人抱走了？这些年来，她几乎忘记了这件事，从未觉得自己当初是生了双胞胎。

这个电话让萧青青的心里既涌起了希望又充满了复杂的悲酸。如果刘春真的是小护士的姐妹，那么她心里的被抛弃的情结可能会有所缓和，但同时被人贩子偷走又抛弃这件事可能也会加深她的痛苦。她拿着电话沉默不语，情绪又一次陷入纠结。

她把电话重新拨给他喇嘟。

“他他，我想知道小护士的家人对这件事是什么态度？他们想知道真相么？有愿意与刘春做DNA鉴定的想法吗？如

果我跟刘春说了这个消息，她会怎么样呢？”她抛出一系列的问题。

话筒里传来他喇嘟的声音：“这件事情还是要慎重，我想，小护士家的真相并不是最重要的，因为这些年来人家生活的也很幸福，并无不妥，所以，对他们来说刘春是不是自己家的孩子在目前来看不是很急切的问题。只是刘春心里有这样的疙瘩，如果她满怀希望来认亲，结果却又不是小护士家的人，也许她的生活从此就被搅起了波澜，再难安宁了。寻亲，其实是一件很容易陷入执着的事情。我们还是再考虑吧，你说呢？”

“嗯，你说得有道理，那么暂时我还是不告诉刘春吧。”萧青青的心里有了底，他喇嘟的善良周到又一次让她刮目相看。

“给谁打电话呢？这老半天的！”张欣怡来到办公桌边，悄声问道。

“一个朋友，聊一点小事。”萧青青敷衍道。

“哎，”张欣怡拉了拉萧青青的胳膊，俯下身小声说，“你听说了吗？教美术的小张老师她老公死了。昨天晚上。”

萧青青一惊：“为什么？怎么回事？他不是在六中当数学老师吗？”

“走，走，”张欣怡抬头看了看办公室，示意萧青青跟她出去聊，来到办公室外面的连廊时，她接着说，“听说是跳楼自杀。据说是因为欠了太多的高利贷。”

“高利贷？一个老师怎么会欠高利贷呀？”

“嘿，这年头，有点欲望的人都想着赚钱，能力大的多挣，能力小的少挣。他本来是偷偷办辅导班，收了些学生在他们家的车库里上课。车库不太大，每一期也就只能教八九个人，但是其中有一个同学辅导了很久也不见成绩有改变，那孩子

的爹就急了，一个电话举报给了区教育局，教育局一查一个准，这是典型的有偿家教，他就被处罚了。这是前年的事情了。辅导班办不成了，工资还被封了好几个月，张老师那人又喜欢高消费，热衷买皮草买LV，他俩的工资哪够生活支出呀。于是张老师的老公就跟着别人放高利贷，前两年，民间借贷还真是暴利。他就赚了不少钱，有了钱，胆子也就大了，找亲戚朋友融资，生生弄来了几百万，可是没想到，年前形式变化快，很多老板跑路，借出去的钱都成了死账，可是他的钱大多是从亲戚朋友同学那里借来的，利息收不上来了，人家察觉了不正常的状态，纷纷找他要钱，家里的钱全部拿出去了，也只是还了三五个人的而已。因为没钱，又赶上春节，张老师就跟她老公吵架，矛盾天天升级。据说，昨天晚上张老师的老公在外面喝完酒回来就开始找事，把他们家的电视什么的都砸了，然后就跳楼了。当场死亡。张老师哭了一夜。唉，人都死了，哭也是哭不回来的。唉，要那么多钱干吗呀！真是作啊！”张欣怡说完，咂着嘴叹息道。

“真可怜！”萧青青也忍不住叹息道。两个人站在高处看着校园里已经盛开的玫瑰月季，不约而同地说了句：“春天都来了。”说完，都笑起来。

“其实，张老师的老公也是希望生活能越过越好的，只是他选错了发家致富的路子而已。”萧青青突然说道。

“不过，话说回来，咱们当老师的，工资真的不多，想过一种相对安逸自在的生活还是捉襟见肘的。为什么国家要查假期的补习呢？学生和家长都有这个需要，老师们利用假期发挥自己的特长为自己生活改善做一点努力，双方都有利的事情，为什么就不被允许呢！？难道国家是希望咱们当老师的，到了假期就跟楼下的大爷一样去打麻将，跟那些大妈一样去跳广场舞才算是保住了教师形象？我真不理解！”张

欣怡愤愤地说。

“是啊，这就是‘身正为范’四个字给老师的紧箍咒。虽然现在也没有家长认识到语文学习的重要性，也没有人会找语文老师给自己的孩子补习，我也是觉得国家不允许老师辅导学生是一种极端做法。”

“是啊，咱们教语文的，真是悲催啊！”张欣怡的感叹透出一股浓浓的自我解嘲的忧伤。“啊，春天，我是多么想买一条花裙子，穿上它，在你的似锦繁花中穿梭，可是，我穷，你狠，转眼花就凋谢了，我还没来得及逛街，你就把夏天一把推了过来。然后，像个婊子似的离开了。”她朗诵的语调发着牢骚，这样子倒是把萧青青逗笑了。

“瞧把你能的！”萧青青推了她一把，她便“咯咯”笑个不停。“就你作这歪诗的水平，不说你误人子弟就万福啦！”

“哦，对了，你不说水平我还忘了，你请假期间有杂志社寄来的样刊，你不在，我就替你收着了，走，回办公室我拿给你。”她立刻拉着萧青青往办公室走，一边走一边念叨，“还是你的水平高，高啊，高，不还是一样没人找你辅导吗？”说着又捂嘴笑起来。

萧青青跟着张欣怡一路小跑，她觉得张欣怡走起路来简直一点也不淑女，速度太快。可是张欣怡身上永远有她学不会的东西，什么事情都不放在心上，所谓的文艺女青年的毛病真是少之又少，那么快乐，那么自在，这股没心没肺的乐呵劲头，让萧青青羡慕得不得了。

那天晚上，萧青青第一次认真考虑金钱与幸福的关系。张老师家的遭遇让她逐渐认识到贪欲的可怕，金钱，女人，权利，性爱，名誉，这一切都组成了控制人心的要素，想要幸福，毋宁大小，是否都要摆脱欲念方能得到？她问自己，自己想要的爱情、婚姻究竟是不是也掉进了欲望的黑洞？林瀚泽是她爱情的灵魂之所系，王凯则是她婚姻的躯壳之所托，她想二者相融，这却是难以做到的。她在电脑里打下一句话，“那么，我究竟最需要的是什么呢？”

她看着这句话，陷入久久的思索。

突然楼下传来嘈杂的声音，接连不断，渐渐地传出女人的辱骂声和男人的呵斥声。她走到窗边，拉开窗帘，看见楼下一群人推推搡搡，其中一个年轻的女子正蹲在地上哭，腰身半露，一个身材略微粗壮的短发女人试图冲过一个男人去撕扯那个年轻女子，不远处还有一个一手叉腰一手恶狠狠指着粗壮女人不停责骂的男人。四周渐渐聚集了十来个看客，有的托腮沉思，有的哧哧笑着，有的指指点点窃窃私语，有的一脸鄙夷，有的双臂交叉站立在单元门前的石阶上，穿睡衣的，披着外衣的，穿着拖鞋的，人在当看客的时候，往往以为自己是隐身人而不顾及形象。过了几分钟，一辆警车鸣着笛开了进来，站立着责骂的男人突然向四周发难，他大声地骂道：“谁他妈的报的警？我们家的事情关你妈的 X 事！你个王八孙子给我站出来，谁让你报的警？！”他话音还没落，警察同志就走到了旁边：“同志，请注意语言文明。这是怎么回事？”一边说着话，一边指挥另一个警察去拉开了架势十足的粗壮女人。

这时，突然在人群里冲出一个十岁左右的小男孩，他挤到警察面前说：“叔叔，是我报的警。”听到这句话，那个怒气冲冲的男人一个箭步冲过来，举起手就要打那个孩子，被警察一把抓住了胳膊。“你想干吗？”警察同志呵斥了那个男人，转而对那个孩子说，“你继续说，怎么回事？”

“我讨厌他们打架，丢人！”那孩子指着蹲在地上的女人说：“她就是引起我爸爸妈妈打架的女人，她今天居然找到我们家，说她怀孕了。我妈生气就骂她，可是我爸居然向

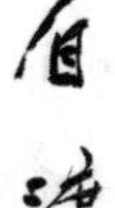

着那个女人，还要打我妈，要不是对门的毛叔叔出来阻止我爸爸，估计我妈今天又得被我爸打了。警察叔叔，您能不能把我爸爸带走，然后再让他俩离婚，我受够了。不想和他们一起过了。”孩子说完这句话，紧紧地咬着嘴唇，眼泪流了下来，孩子的话让那个粗壮的女人突然无力地蹲在地上大哭起来，似乎所有的委屈都倾泻出来了。

看到妈妈哭，那个孩子转身进了单元门，回家了。看到这一幕，萧青青的心里突然觉得冷，这样的家庭给孩子造成了多么可怕的压力，原来，所有冷漠的背后都是无能为力的痛苦啊。她拉上窗帘，关上窗户，不再关注外面的情况。

又是小三！又是伤害！这个世界到底怎么了？萧青青心烦意乱起来，胸口里憋闷的一团气像要冲破肋骨，她觉得头晕恶心心跳加速，“婷婷”这个词便霍然蹦现在大脑中。这个名字开始像针一样扎着她的心，一下一下，她终于忍不住跑到洗手间，对着马桶呕吐起来。

电话响了，她没有力气去接，眼泪吧嗒吧嗒地落进了马桶里。

过了很久，她才支起身体，慢慢回到床上。拿起手机，发现李媛发来的微信。

“青，你没事吧？为什么不接电话？”

“没事，我刚才在洗手间呢。”

“嗯，我想和你说会儿话。”

“好。”

“青，我怀孕了。”

这条信息让萧青青感到非常惊讶！这样的时候，居然会出现怀孕这种事情！于是，她赶紧打过电话去。

李媛对着话筒无奈又无助地啜泣起来。

“你打算怎么办呢？”萧青青问。

“不知道，很迷茫。其实，自从国家放开二孩政策以来，我一直想再生个孩子，可是每天那么忙，就觉得不合适。等我知道潘林出轨这件事以后，我整个人就蒙了，我没有心思放在自己身上了，所以，上个月没来例假我都没有在意，从云南回来，我就觉得身体不太舒服，感觉很差。到医院一检查，才发现怀孕了，已经快两个月了。你知道吗？这个孩子并不让我觉得快乐或幸福，甚至让我觉得是个耻辱。因为，潘林居然可以先后让两个女人怀孕，他是怎么做到的？他怎么可以那么不要脸？！他居然能那么淡定，他的心到底有多强大！这么久了，他瞒得滴水不漏，我始终被蒙在鼓里，还傻傻地幸福。”李媛的情绪渐渐激动起来，“那次咱俩上山，他还打电话来催我们赶紧回家，怕天黑开车不安全。我从来没有怀疑过他对这个家的感情，然而，他居然能做出这种禽兽不如的事情！”

李媛放声大哭起来，似乎这个孩子的到来加深了她的耻辱感。萧青青知道，她是个多么阳光而自信的女人，可是潘林完全粉碎了她的自信，否定了她作为女人的魅力。这让李媛痛苦的深渊，不知道需要多少泪水才能填满呢。

静静地等她哭了一阵子之后，萧青青温和地问：“媛媛，你有什么打算呢？”

李媛沉默了一会儿，叹口气，无力地说：“我决定打掉他。”

“你真的决定了吗？”萧青青的心口又一次疼起来，一半是为了李媛，一半为了自己。孩子，始终是萧青青心头的创伤。“你还是冷静几天再做决定吧。是不是考虑告诉潘林，他无父母兄弟，想必更希望多要一个孩子吧。”

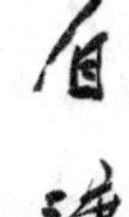

“不，不会告诉他的。当他从这个家里走出去之后，我就在心里把他驱逐了出去。我的所有的事情都将和他无关。如今，我又怎么舍得让这个孩子在这样的情况下出生？对一个孩子来说，没有比他一出生就要面对家庭残缺更残酷的了。”李媛说着又啜泣起来。

萧青青沉默无语片刻，说：“那好吧。这终究是需要你自己拿主意。但如果你去医院，一定记得打电话给我，我会陪着你去的。”

放下电话，萧青青头痛剧烈，胸闷的症状更明显了。她觉得自己胸口似乎要被什么东西撑炸了。这一天下来，她觉得自己似乎经历了很多事情。她像个救火队员一样到处面对灾情，而她自己的后院早已焦灼不堪，气息奄奄，却又毫无办法。婆婆病重，自己又见不到王凯，倔强的自尊不允许她去叫张俊彦帮忙，“婷婷”这个名字像一个紧箍咒扣在她的头上，而林瀚泽，总是会在她无助的时候出现在荒芜而悲凉的心里。她所有的压抑全部沉沉地留在心底。

今晚注定是什么也写不出了。她只好拉过被子盖住自己，闭上眼睛，希望自己在梦里能笑一笑。

二十一

王凯终于被放出来了。

萧青青和大刚去接他的时候，心里静静的。似乎这一切都没有发生过，而王凯不过是到外地出差了。王凯看到萧青青的时候，却说不出的难过。这些天，他想明白了一个问题，饮鸩止渴这种事情除了会让事情变得更糟糕以外，真的不会有任何好报的。自己究竟是有多鬼迷心窍，才会这样疏远自己的妻子。看着阳光下的萧青青，他眼睛一热，流下了眼泪。

萧青青淡淡地说：“走吧，我来接你。”

王凯跟着萧青青上了车。一路上，萧青青都沉默不语，表情不悲不喜，不嗔不怒，大刚一边开着车，一边斜眼观察这俩人，什么也不敢说。气氛依然是难堪地安静。不知道为什么，王凯心里突然有了不祥的预感，萧青青的沉默冷淡是如此反常。

萧青青让大刚向右拐弯，王凯突然说："你这是去哪里？"

"去美发店。"萧青青从观后镜瞥了一眼王凯，"先去理个发吧，然后换件衣服。"

"还是回家吧，我不想去理发。"王凯小声地说。

萧青青不说话，大刚只好径直把车停到了美琪理发店门口。

俩人走进店里就立刻被两个长得帅帅的理发师迎过来。走过来以后，其中一个理发师说："哎呀，大哥，好久不见你来了，上次一起来那个美女今天怎么没跟你一起来呀！办完卡就没见过了。"

萧青青听到这句话，扭头就走了。大刚慌里慌张地跑进来，问："怎么了，怎么了，萧青青怎么什么也不说就走了？"王凯叹了口气，说："唉，随她吧。"看到这情形，理发师吓坏了，赶紧躲到一边去，情知是自己说错了话。可谁又知道情况复杂呢？他背对着王凯，不住地打自己的嘴巴。王凯走过来说，"没事的，兄弟，来吧，给我理理发。"

大刚看到这一幕，惊呆了。王凯的脾气什么时候这么好了？男人的直觉也告诉他，他们之间的关系有可能要改写了。

一切收拾妥当之后，大刚才结结巴巴地说了王凯母亲住院的事情，王凯这才开始发了急。一路上一直催着大刚把车开快点。大刚一边开车，一边简单介绍情况，告诉了王凯，他母亲并不知道他被拘留的事情，只是说王凯出差了，所以他得稳住，装得像一点才行。听了大刚的话，他才明白萧青青拉他去理发店的原因，再一想到母亲病了，心里便又满满都是愧疚，这样想着，眼睛就红了。

等到他们到达医院的时候，萧青青正站在停车场入口处等着，依然是云淡风轻的样子。王凯神情紧张，却又不知道该如何打招呼。

“一起上楼吧。”她说。

于是，两个人就一起去了病房。

一看见儿子回来，萧青青的婆婆立刻来了精神，拉住王凯的手问东问西，问怎么去了这么久，合同签了吗，广东热不热，给青青带礼物了吗，一连串的问题每一个都让王凯心惊而心酸。他不知道该怎么说，只是紧紧地握住他母亲的手，暗自垂泪。突然，老太太哭了，一边哭一边说：“你去了趟广州，怎么变得这么瘦了呢？”

萧青青明白，婆婆是知道王凯撒了谎了，这么久不来看生病的母亲，一定是遇到了大事情，否则，怎么可能不来陪伴呢。老太太的眼泪怎么也止不住，王羽只好把母亲的手抽出来，放回被子里，让她慢慢躺下来，说：“哎呀，妈呀，你儿子终于忙完他的生意了，来看你，你应该高兴，怎么哭起来没完呢？真是老小孩。”

王凯站起身，说去打水。

萧青青趁机坐到婆婆的床边上：“妈，你不要哭了，你哭得我心里难过。这不是都回来看你了吗？二姐说，她下午就能到了，坐高铁来。”

老人立刻止住了哭泣，略显兴奋地说：“哦，霏霏也要回来吗？她那么忙，领导怎么会准她假的呀。嗯嗯，好，”她又转向王羽，接着说，“等你妹妹来到了，你让小凯去车站接一下。我都多久没见过她了，这个缺心的孩子！”说着眼泪又出来了。

王羽一边安慰自己的母亲，一边答应着好的好的。她的情绪这才慢慢地平静下来。但是，王凯去打水迟迟没有回来，

她的脸上就又写上了忧虑。她定定地看着萧青青，欲言又止。萧青青深知婆婆张不开嘴去问他们之间到底怎么了，也就装作没有看懂的样子。她实在不想当着大姐和公公的面谈这件事。而且，她想和王凯离婚这件事，在当前这个情况下怎么说得出口呢。

她想起春节前两个人的状态，那样的忽冷忽热，若即若离，不像是夫妻，但又都似乎等待着对方往前走一步。面对王凯离婚的要求，她希望能给彼此两个月的缓冲期，她以为，时间或许会让他们记起年轻时，记起恩情、欢愉以及爱。可是，命运兜兜转转，不知道怎么回事，他们却好像真的走到了婚姻的边缘了。林瀚泽的出现的确让萧青青开始动摇，她不再坚信自己和王凯能够走出魔咒一样的疏离，这样冷冰冰的日子，真的不值得留恋了。可是婆婆病了，她无法对这个慈祥的却又正在遭受疾病折磨的老人说出“离婚”两个字。她告诉自己，不要再想了，也许这就是命。她和王凯的缘分究竟还是太浅，可是和这家好人的缘分却又太深。她呆呆地盯着点滴瓶里的药液，渐渐忘记了忙前忙后的王羽。

王凯一回来就碰到了蓝医生，随后他们离开了病房，去蓝医生办公室了。

王羽很焦急，她凭着自己当医生的敏感觉得蓝医生的不苟言笑里藏着的是一个不好的信息。她怕医生宣布回天无力，也害怕医生给出难以接受的手术理由，各种担心纷纷涌上心头。等了半天，王凯还是没有回来，王羽让萧青青去看看，怎么还没回来，是不是病情复杂。

萧青青在去蓝医生办公室的路上碰见了潘林。他尴尬地跟在一个女人的身边，想必那就是他的情人了。萧青青抬头看看就医指示牌，他们是要去妇产科，心下就明白了几分。她故意走到潘林面前：“潘林，你来孕检啊？”

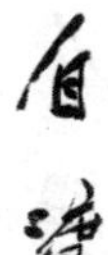

潘林的脸红了，不好意思地说：“呃，是的，好像情况不太好。”那女人立刻用敌视的眼光看着萧青青，潘林介绍说，“这是一个朋友，萧青青。”那女人又马上换一副笑脸打招呼，说：“你好。”声音嗲嗲的，语气里透出浅薄来。萧青青不屑地说了句，“你好”，就不再理她。但是面对潘林，她表现出关心的样子：“哎呀，不会是先兆流产吧？那得好好看看，顺便你也留下医生的电话，过两天，我还得陪媛媛来呢。”

一听到媛媛这个名字，那女人马上撂脸不高兴了，潘林不理会她，突然语气焦急地问：“媛媛怎么了？”

“哦，不太舒服，检查一下。你们忙吧，不打扰了。”萧青青说完头也不回地走了，她听到那个女人尖锐的声音质问潘林：“你故意让我难堪是吧？你把我带出来很丢你的人吗？！你居然还在关心你的前妻！”萧青青笑了笑，心里感叹道，才几天呢，原形毕现了，潘林你这个傻子就等着吃后悔药吧！

王凯带来的是一个好消息，老人的病情得到了控制，病变细胞没有扩散。这让王羽喜极而泣，萧青青心里也觉得很是开心，只有她公公点了点头，没看出来有多大的喜悦。

王霏来到的时候，已经是下午四点多了，她一进病房就哭了：“妈，怎么就病了呀？我心急火燎地往回赶，烦死自己了，干吗待在那么远的地方，不能马上见到妈妈，我心里可难过了。”

“嗨，这不是还有你姐姐和小凯、青青嘛，他们天天来看我，不生病还见不到人呢，你们都忙。这下好了，我的孩子都在我眼前了。妈妈开心！不哭哈。”她自己说着，眼里也噙满了泪水。所谓父母子女，哪一个不是分离才知可亲，难见才知情深呢。

一家人约好了一起出去吃饭，好久都没有聚齐过了，就算是过春节，王霏也没有回来看望父母，也许搞科研的人就是这样忙吧。

王羽回家给孩子做饭去了，孩子读高三了，还有不到一个月就要高考，每天都忙得像陀螺，孩子认真好学，一分钟也不舍得浪费，所以他是不会跟着王羽去吃饭的。她只好先回家把孩子的饭做好，等孩子回家了会自己吃，然后返回学校继续学习。

等到萧青青他们都暂时出去了，王凯的妈妈才皱着眉头示意老伴帮自己调整一下床铺的高度，她慢慢躺下去，脸色痛苦。王凯的爸爸一言不发，只是轻轻地揉搓着老伴儿的手。

“老伴儿，我咋觉得我的日子不多了似的。昨天夜里，我梦见了我妈，她穿戴整齐，笑盈盈地站在门口，说就知道我要回来了，她在等我呢。今天孩子们都回来了，我就觉得他们像是来给我送行来了。我最放心不下的是小凯，他的样子不像是出差，倒像是蹲了局子。我这心里，一点都不安稳。”老太太叹息着，语气里分不清楚无奈还是疲累。

王凯的爸爸整理一下老伴额头上的银发，递过来一杯水，说道：“你呀，就不要多想了。又不是要命的病，孩子们来看你，是因为孩子们孝顺，不要瞎说，什么送行啊。你要是走了，我一个孤老头子怎么过？你说，我跟哪个儿女能行？你得快点好起来，这样，就有人给我做饭，陪我说话了。”他说完，满含深情地望着老伴儿，望着望着眼眶就湿了。他心里最清楚，蓝医生的话，不是真的。他是怕孩子们不能控制自己的言行，才刻意提前安排蓝医生不要讲实话的。

王凯的妈妈伸出手颤巍巍地替自己的老伴儿抹干了眼泪，笑着说：“你哭啥？我这不是没事吗？唉，我呀，都想好了，要是我真的得了癌症什么的，我是坚决不会做手术的。你想想啊，咱们年轻那会儿受了多少苦？‘文化大革命’，我爸我妈被打成右派，我到处受人欺负，不能读书，不能考学，连吃饭都低人一等。稀里糊涂地长大了，遇到了你，辛辛苦苦生活，为了养孩子咱们俩没少受罪。我这一辈子除了吃苦就是吃苦，老了老了，是无论如何都不能在身体上划几个刀口了。我是不会同意的。你一直说，等退休了就带我出去旅游，可是我等啊等啊，你退休了，似乎就忘了这事儿了，我也忘了似的。现在，我最想出门去看看，只是，年龄大了，病了，不知道还能不能走得远了。我想去看看老家的房子，再去苏州看看我姑姑，她九十岁了。等我出院了，你陪我去吧。”老太太说得认真，老头儿却听得伤心。别说去苏州，就是去看看老屋，可能都不太行。老头这样想着，就想劝劝老伴不要瞎想，老太太却按了按老头儿的手，接着说，“其实，你们不说我也知道，小凯和青青过得不好。他俩都是好孩子，但是他俩互相不亲近。他们心里都过得苦。”说着，眼泪出来了，“如果青青和小凯要离婚，咱们不要阻拦他们，还是让他们自己做主吧。这两年，眼看他们离得越来越远，我心里也很难过。只是他们不说，咱们当老人的又不能去问，青青又内向，所以他们是受苦了。这段日子，小凯不来看我，你们都说他出差了，我是他妈，我哪能不知道他是出了事。这个混账儿子，肯定是在外面做了错事，所以青青才闭口不提，甚至连他出差这件事都是王羽说的。现在，我是相信你在外面听到的闲话了。”老太太说着说着又哭起来，想到儿子不知道受了什么苦，又在外面做错了事，心里又是疼又是恨，五味杂陈。

老头儿安慰她说：“孩子们大了，他们想怎么做就怎么做吧，咱不用操心。过几天，等你出了院，我就带你去看姑姑，顺便去看看苏州园林，散散心。不过，我得提个要求，今晚出去吃饭，你得听话，不要乱说话，我说回来就赶紧回来，行吧？”

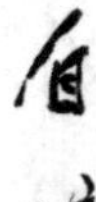

“好！”她看着老伴儿认真的样子笑了起来。

因为老太太的身体情况不好，他们在外面的餐馆很快就吃完了饭，王羽不同意让老人在外面久留，于是大家就回到医院来。这天晚上，王霏主动要求留在医院陪护，她说平时大家辛苦了，也得给自己一个独享母爱的机会。老太太一面笑着夸王霏懂事，一面示意儿子回家去吧，王凯本想留下来，但因为王霏不知道具体情况又不便解释就没有勉强。大姐王羽夫妻俩就住在医院家属楼，他们也不需要送，于是道别后就离开了医院。

他们把车停在月湖边上，下了车。晚上八点钟的城市透出熙熙攘攘的热闹，四月的微风拂面，到处都是生机勃勃的样子。才半个月没有出来，王凯第一次觉得这样平淡的生活真好。晚上出来遛弯，手拉手看看景观湖边唱戏的票友，跳广场舞的大妈，听听孩子们追逐嬉闹的银铃般的笑声，看夜市里小商贩们热火朝天地买卖，各种吆喝声此起彼伏，平时显得聒噪的声音，今晚听起来居然那么让人觉得幸福。萧青青一直不说话，她不知道从何说起，只好等待王凯主动开口。

“坐一会儿吧，”王凯找了个靠近湖边的长椅，“要不要我去车上拿一件外套给你？”他关切地问。

“不用了，坐一会儿就走吧。也不算冷，都快进五月了。”萧青青语气平静。

“你不问问我为什么被拘留？”

“为什么？”萧青青盯着湖面问，夜晚的霓虹灯照亮了一片水域，水面上起伏着彩色的波光。

“我跟人打架了。因为一个叫婷婷的女人，也就是你在西餐厅见过的那个女孩的朋友。”

“哦。”

萧青青不咸不淡的反应让王凯觉得很受伤，她什么时候

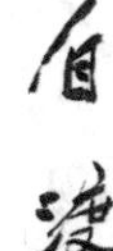

能主动关心一下他呢？不是心疼，至少也该质问一下吧？他皱了皱眉头，接着说："是的，所以，我对不起你。但是，我希望你相信我，我和那个婷婷一点关系都没有，只是有几次在酒吧偶遇，她失恋了，我心里也不舒服，两个人就一起喝酒。顶多算是我的酒友而已，这事儿大刚也知道。你要是不信，可以问他。但是，上次遇到的那个女孩说的话可能会伤着你了，其实，我也是后来才知道，那个女孩喜欢婷婷，她是个同性恋。本来，她俩就是好朋友、闺蜜，后来，婷婷谈了男朋友，那女孩就不开心，很多次让婷婷分手。婷婷不想分手，她很喜欢自己的男朋友，于是就一直拖着。那女孩知道婷婷不愿意和男朋友分手之后就主动去找那个男孩，告诉他离开婷婷，她说自己才是婷婷最爱的人，她俩是'蕾丝'。男孩一听，这不就是同性恋吗？于是就和婷婷分了手。婷婷觉得内心痛苦，可是又恨不起来那女孩，就到酒吧里喝酒散心。我们就遇到了，也就是说说彼此的郁闷而已。真没什么的。可能她觉得我和婷婷的交往让她又产生了危机感，所以才会对我有那么深的敌意。青青，你要相信我。"王凯第一次对萧青青说了这么多话。可是对萧青青来说，这些话根本就是漏洞百出，她是不会相信的。再说了，信不信还有多少意义呢？

这样想着，萧青青转过脸，面对着王凯说："王凯，我想过了，我们还是离婚吧。"

三个月前，离婚是王凯心里最急切的想法，他在这段婚姻里也几乎看不到希望，他觉得自己像是被碾压在沥青路面下的树根，无法呼吸无法伸展，空有一树被外人羡慕的枝叶，却不知道即将枯萎的悲凉浸透在每一条叶脉。然而，他受伤这件事让他又确实感受到了萧青青心里的温柔，这让他在久久的干涸里似乎看到了喜雨来临的征兆，所以，他改变了主意。但他万万没有想到，自己竟然会出被拘留这件事。所以，听到萧青青这句话，他登时愣在了那里。“你说什么？离婚？为什么？”他气急败坏地问。

“你不要这么激动。”萧青青依然平静地说，“我想离婚，不是因为婷婷或者其他什么人。你知道的，最近几年，我们已经不像是夫妻了。我们彼此冷淡，我从害怕独居害怕黑夜到习惯独居习惯黑夜，从害怕别人的议论到始终被议论包围，这是一个很大的成长。以前，我的确需要婚姻来保护自己的脆弱，可是后来我才发现，一开始我的目的就是错的，婚姻不是一个工具，而是一份温暖。我给不了你，你也给不了我。你很好，可我们终究不是心意相通的夫妻。春节前，我试着靠近你，理解你，可是都失败了。我还是不够大度，无法面对你的扑朔迷离，婷婷不过是叫醒了我的心，让我开始问自己，我究竟能给你什么？答案让我很悲伤，我什么也给不了你，我给不了你孩子，帮不了你的事业，解不开你的心事，看不懂你的脸色，我对你来说和一个陌生人没有什么不同。我想，你在我们的婚姻里也一定是压抑的，所以，我决定离婚。给你你想要的，也给我我想要的。可是，妈病了，我不希望她知道这件事情。”

“青青，”王凯一把抓住萧青青的胳膊，“你是知道我是爱你的！我闹出婷婷这件事也是纯属偶然。你不能放弃我！”萧青青的话让王凯的心被揪成了一团，紧张又疼痛。真的到了这一步，他才发现自己根本无法割舍萧青青，“青青，我不会离婚的。”他渐渐低下头去，泪水吧嗒吧嗒地滴到萧青青的手上，萧青青的心里也泛起难言的悲伤，仿佛这一别就是一生的感觉立刻袭上心头。

“我错了。我不该用婷婷这件事刺激你。其实，我偶遇婷婷没假，但是后来的几次的确是我们约好的，消息也是我散布出去的，就是希望你能关心一下我，我想试试我在你心

里还有没有位置。现在我知道自己很傻了，这样除了给自己找来了麻烦，什么好处也没有。但是我保证，以后再也不会有婷婷，也不会有任何其他女人，你不要离婚，我不想和你分开。”王凯声音里透出苦苦哀求的可怜，这是萧青青没有想到的。相比春节之前的王凯，她似乎分不清哪一个才是真的了。

她轻轻抽出自己的手，低声说：“王凯，我和你离婚真的不是因为婷婷。虽然我不否认是她点燃了这个念头。我只是不喜欢这个生活状态。我从小缺爱，不想一辈子都生活在纠结和摇摆中。也许我的内向对老人来说是隐忍，可是我自己知道，我想要的不是忍受委屈，而是战胜委屈，不是冷漠，而是战胜冷漠，不是相敬如宾，而是琴瑟和鸣。可是这一切都很遥远，这让我很有挫败感，感觉不到幸福。我不喜欢这样的自己，你能懂得吗？”

王凯不懂，既然不是因为婷婷，何必非要执意离婚呢？多少夫妻不都是这样过来的吗？少语，忍让，搭伴过日子而已。他才发现自己真的不懂萧青青在想什么了。萧青青不再说话，王凯也低头不语，气氛再一次陷入沉寂。

远处传来咿咿呀呀的唱词，唱的正是《西厢记》里“长亭送别”一出。“碧云天，黄花地，西风紧。北雁南飞。晓来谁染霜林醉？总是离人泪。”此时，柳絮纷扬，有一朵恰好落在了萧青青的眉上。或许，没有如许深情，所谓离别也是慈悲吧。她摘下那朵柳絮，心里浅浅地叹了一声。

四月底的暖风柔和得像新婚妻子的手，可在这个晚上，王凯的心里却满是腊月的冰凉。他在心里狠狠地骂自己，好端端的正确道路不走，一手把自己的婚姻推上了绝路。而今，悬崖峭壁，深渊万丈，难道真的粉身碎骨才能证明这一步是对的？他伸出手臂环住萧青青的肩膀，却再也说不出一句话。

一夜辗转反侧，两个人都难以入眠。萧青青并不知道自己的决定是否正确，但她选择尊重自己内心的声音。如果在见到林瀚泽那天，她想离婚的念头生起，多少有想和林瀚泽再续前缘的意思，但是这几日的事情出乎意料地改变了她的想法。她突然发现，婚姻不是一个跳板，如果没有平静的内心，即使她和深爱的人在一起，也不见得会是幸福的。此时，她才深深了解桃子的找回自己的意思究竟代表了什么。原来，人在红尘中丢掉的不是肉身和眼泪，而是视野和心境。她开始佩服桃子了，一个八零后女孩，怎么就能做到如此豁达了呢？她的开悟真是让人羡慕。然而，只要她还在婚姻里，她觉得自己就没办法看清自己的内心，无法衡量王凯和林瀚泽的重量，她破除不了自己的魔障，她决定给命运赌一把，幸福真的是难以企及吗？

而王凯则是暗自流了泪。在他的印象里，自从他小学五年级摔破了腿哭得昏天黑地以后就再也没有流过泪了，可是今天，眼泪却是流了又流。都说大丈夫有泪不轻弹，这一次，他真切地觉得内心疼痛不已，原来，萧青青这个女人在自己的心里早就扎了根，大风吹过，最糟糕的情况也就是枝叶摇落，而今要连根拔起，他才发现心里早已鲜血淋漓。所谓婷婷，一个萍水相逢逢场作戏的女人而已，她的存在却伤了萧青青。他一遍遍地骂自己混蛋。想到这里，他忍不住起床来到萧青青的房间，轻轻地躺在她的身边，从背后抱住了她。他把头紧紧地贴在萧青青的脖颈间，吻了吻她。萧青青睁着眼睛，却没有拒绝。那一瞬间，她的心里也涌起万般感慨，久违的温柔差一点让她流下眼泪。但她假装睡得昏沉，实在不愿意面对这样的温存，她怕自己内心好不容易做出的坚定选择会土崩瓦解。她精神上告诉自己要离开这个男人，可身体却对他依然眷恋，她暗骂自己的卑贱，怨恨身体对精神的背叛。

如今，躺在一张床上的夫妻却再也不是心心相印。他不知道她的不肯回头，而她同样不知道他的良苦用心。夫妻感情的阴差阳错让这个夜晚少了久违的所谓小别胜新婚的欢愉。

看到母亲的病情相对稳定，王霏就准备回北京了。王凯送王霏去青城高铁站，一路上王霏面色凝重，王凯问东问西，她都淡淡应对。察觉到二姐的不正常，王凯看了一眼副驾驶座上的姐姐问："二姐，你怎么了？"

王霏叹口气，严肃地说："心里难过。昨晚和妈妈聊了一会儿，她似乎知道了自己的真实病情，她说的很多话都像是安排后事。"说着，眼泪流了出来。

看到二姐的眼泪，王凯也突然很伤心，但他坚信蓝医生的话不会有假，于是安慰二姐说："你不要把事情想得这么糟糕，蓝医生说目前控制得很好，没有扩散的迹象。"

王霏抽了一张纸巾擦擦眼睛："可是她自己的身体她最清楚，就算是病情稳定我还是免不了担心。我远在北京，不是十几分钟半小时就能来到的。妈妈有什么事情还是指望你和大姐。可是咱姐也过得艰难，姐夫生病，身体弱，秦智扬又面临高考，家里家外全靠咱姐一个人，你可不能再给她添心事。妈说，前段时间青青出了趟远门，谁都没告诉，她总该跟你说了吧？"

王霏的话让王凯吃了一惊，萧青青出远门这件事他还真不知道。这段时间不能见她，还以为只是派出所不让见，他并不知道她出远门了，那么去了哪里？和谁一起去的？到底发生了什么事情？他一概不知道，是啊，这哪还像是夫妻啊！彼此不了解行踪，彼此不懂得心情，是啊，这对一个女人来说同样是不公平的啊。他昨天还只是想到自己，觉得萧青青是太冷淡自己了，原来，他不过是打着爱的幌子，行着伤害的事实啊。冷漠，不代表尊重和给对方自由，他完全误

会了平等和自由的含义。心里开始乱乱地，他支吾着回答了一个“哦。”

王霏接着说：“妈妈对你和青青很担心，她让我劝劝你。我不知道你们究竟发生了什么，但是我知道青青是个好孩子，她温柔安静，孝顺公婆，对咱爸妈比你付出的多。如果是你做错事情，我希望你主动求得她的原谅。如果她做错了事情，我也希望你看在她是个好儿媳妇的份上原谅她。家有贤妻才能兴旺，你不要因小失大。”

“是，我知道了，二姐。”王凯声音低沉，他无法向二姐解释这到底是怎么回事，因为连他自己都还没有搞清楚状况。萧青青到底是为了什么要离婚，难道和这次外出有关？她到底经历了什么样的心路历程才会做出这样的决定？他感到萧青青像团迷雾一样在眼前飘荡，他什么也抓不住。

送完王霏，他的心里乱得不行，胸口开始拥堵，他开始反思自己究竟是从什么时候开始冷落了萧青青的。这几年，他们的确是交流得越来越少，而且，他的心里也隐隐地觉得萧青青是个无趣的人。他以为成功的男人都会有一两个所谓的红颜知己，这是公开的秘密，大家在饭局上带着年轻漂亮的女人出现，没有人会问是什么关系，有的说是秘书，有的说是朋友，大家心照不宣，似乎很和谐，甚至你哪怕带着的真的是关系纯洁的小学同学出现，那些所谓的老板们也会微笑着说：“啊，是的是的，我们都相信。”其实，他们什么也不相信，只相信自己的判断。而在他们的逻辑里，只要是年轻漂亮，就一定是情人。曾几何时，他不知不觉地站到了这样的队伍里，并且默认了这样的逻辑和判断。

一个偶然的聚会，他认识了一个女人。在他心里，那女人善解人意，热情大方，不像萧青青那样冰冷和沉默。呃，想到这里，他摇了摇头，不能再想了，终究还是自己错了。

哪怕一次辜负，也是对婚姻的背叛啊。如果这世界佛祖真的显灵，如今的下场一定是对他的惩罚。他觉得自己的心里更加郁闷了，几乎不能神志清楚地开车，只好找个路边停下来。他的头趴到方向盘上，无助地闭上了眼睛。

不知道过了多长时间，听到有人敲他的车窗玻璃，他降下车窗，车外是张俊彦的笑脸。张俊彦给他敬了个礼，说道："王老师，您的车违章停车了，我得按章给您开条了。真对不起。"

"哦，没关系，开吧。我不知道这地方不能停车。"他抹了一把脸，叹口气说。

张俊彦一边写罚款单，一边说："王老师你怎么会在车上睡着呢？工作太累的话就休息一下吧。萧老师最近是不是身体不舒服，我见她常去医院。"

王凯接过罚款单，回答道："哦，不是的，她挺好的。是我母亲最近病了，在住院。"说完这话，他突然想到一件事，"你怎么看见萧老师的？医院不在这条路上啊，不属于你值班的范围啊。"

"嘿，我家住在医院附近。"

"哦，我问你一个事情，前段时间，你萧老师有没有找过你？"

"没有啊，我听说她去了丽江。"

"哦，你也听说了啊，"王凯笑笑，接着说："这事儿也有人关注啊？你萧老师的人缘可真好！"王凯的心里很不是滋味，连一个毕业这么久的学生都知道的行踪，他这个做丈夫的居然不知道。

"哦，老师有微博，我看见她发的图片和心情，就知道她去了丽江。上周她在班上也讲了，我邻居家的小子一放学就跑我家说萧老师从云南回来后就像变了个人，一下子开悟了似的，讲了一段话，可好了。"张俊彦说着笑起来，"这

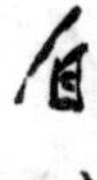

么些年过去了，萧老师还是男生心中的女神。”

王凯也跟着笑，打趣道：“这么说，萧老师的魅力是更大了，现在的孩子，要求多高啊！”

俩人都笑起来。

告别了张俊彦，王凯的心里更加不是滋味了。自己的妻子，在做什么，想什么，喜欢什么，去了哪里，他这个丈夫全都不知道。他以为只要自己挣足够多的钱就可以把那个牢牢长在萧青青心中的林瀚泽比下去，她就会全心全意爱自己。可是，钱挣来了，妻子却越来越远了。他开始怀疑自己对萧青青的爱从来都只是他自己的一厢情愿，他根本不知道萧青青想要的爱情和婚姻是什么样的。除了李媛，他不知道萧青青的朋友都是谁。而他，从未想过要李媛的电话号码，只好打电话给潘林，希望联系上李媛，问问萧青青究竟出了什么状况。

王凯的电话进来的时候，潘林正和李媛坐在茶室里。他挂断了电话。

李媛说：“你怎么不接电话？需要我回避吗？”

“你误会了，是王凯。我想他找我应该也没什么大事情，稍后我会给他打回去的。”

“那好吧。刚才我们说到了哪里？”李媛气定神闲地问。

“嗯，说到潘木子的老师最近打电话问是不是家里出了什么事情，这孩子上课老是走神，我说我最近出差，孩子情况不是很了解。”潘林小声说。

“你当然不了解了。你的心里哪还有孩子啊，一个小妖精就够你折腾的了。以后孩子的事情麻烦你就不要过问了，我会和老师沟通的。”李媛说话夹枪带棒的。

潘林便红了脸：“那样不好吧，万一他老师和同学知道我们离了婚，会不会对潘木子有坏的影响？”

“坏影响？”李媛的怒火腾地一下子升起来，“你要是

知道坏影响，你会那么做吗？！你不要再演一个所谓的慈父了！虚伪！”

“你干吗火气这么大呢？我心里确实是这样想的。”他极力忍住自己的委屈，看了李媛怒气冲冲的脸，低下头，看着茶杯里起伏的茶叶，接着说，“媛媛，我错了。我不该做出这样的事情。可是，你知道吗？我现在最后悔的事情就是和你办了离婚手续。”

“屁话！”李媛骂道，“难道你想家里红旗不倒，外面彩旗飘飘？你也太无耻了！”

“我不是这个意思。”潘林的语气变得有点焦急，“我想重新回到我们的家，你能接纳我吗？”

李媛听到这句话，哈哈笑起来：“潘林，你以为我的家是旅馆吗？你想退房就退房，想入住就入住？哼，你还是和你的小婊子一起过吧！”她第一次当着潘林的面骂那个女人“婊子”，她是气急了，心里突然地觉得潘林既可耻又让人恶心。

潘林却不生气，他说：“你骂我，我不生气。的确是我做得不对。可是，当老师给我打电话说潘木子的情况的时候，我的心里非常难过。我狠狠地扇了自己巴掌，如果不是我，我的儿子就不会这么早变得郁郁寡欢。我知道你不会原谅我，可是请你看在儿子的面上给我一次机会，好吗？”

“给你机会？那谁给那个小婊子机会？难道她肚子里怀的不是你的种？她将来生了孩子，你是不是也会用同样的手段回到她那里去？你就是个大骗子！！！”李媛指着潘林骂道。

潘林的嘴哆哆嗦嗦，终于说出一句话来：“她，我会处理好的。前几天带她去医院看了，孩子发育不良，医生建议流产。她不同意，我在等她同意。就算她不同意，我想孩子也可能会要不成。”

李媛被潘林气得咬牙切齿：“我真是看错了你！你这个

人真够狠够自私的！你真无耻！要是我能早点认清你的嘴脸，我是绝对不可能和你结婚的！没想到，你居然是这样的人。”

潘林沉默不语，紧紧地闭着嘴唇，任凭李媛讨伐。他的沉默让李媛更是厌恶，一个男人的自私，怎么会是这样让人痛恨的一件事呢。于是，两人不欢而散。

二十二

林瀚泽自从萧青青离开丽江就再没有联系过她。他知道真正的爱就是不去打扰，丽江的偶遇让他的心突然安定下来，这些年，他并不知道萧青青究竟经历了哪些事情，她的胃疼因何而起，她是不是还是过去的她。他都不知道，只是觉得自己已经不再是过去的自己了，努力过，成功过，挣扎过，也作恶，堕落，而如今一无所有，什么也给不了她了，只能把爱与关心藏在心里，远远地祝福她罢了。父亲知道他离了婚，气得病倒了，住了院。他不想回去，不想听他叨叨，那些劝他复婚的话实在不愿意多听了。于是，他就离开丽江，去了大理。

在那里，他什么也不想做，只是每天看风景，看苍山洱海，看云起雾散，听白族姑娘唱歌，看流水打门前流过。大理如今越来越文艺了，年轻的，年老的，各种高人层出不穷，只是，像他这样的一个前妻眼里的 loser 似乎与艺术是不搭边的。每每看到成群结队的年轻男女意气风发地游山玩水，他的心里都会想起多年前与萧青青在一起畅想未来的样子。那时候，他们风华正茂，身体里涌动着无限的激情，口袋里却少有金钱可用。他和萧青青坐在学校后面的山上，看着天上的云说，迟早有一天，他会给她一个温暖的家，会带着她去

看丽江，看大理，看拉萨，看贝加尔湖，看原始森林，看大漠孤烟，他会陪着她坐在海边听海鸥歌唱，看轮船由远及近，各种海鸟在头顶盘旋。他们梦想当一对现代徐霞客，走遍美丽的地球。他开玩笑说，到时候，萧青青就写书写故事，只写爱情。林瀚泽就当编辑，只编萧青青的作品。这样想的时候，他俩就充满信心地相视而笑。有她参与的大学时代是这么美好，他笃信萧青青是爱他的，只是不知道在他考上研究生之后，是什么原因让她坚决地放弃了自己。为此，他百思不得其解。心里说着自己终究也算是辜负了她，嘴里也就叹息一声，这沉沉的叹息很像年老的瞌睡，自然而无法阻止。

那一日，他在酒吧街转悠，于熙熙攘攘的人群里突然听到了童安格的声音："你说这样认识一场，起码要来说声再见，心事才算完，明天起你就要去流浪，这一生，不再回来这地方……"这首歌曾经是他给萧青青唱过的。"这种道别有些感伤，知道不能留你，让心跟你到远方……假装自己最无情，把你的泪，你的笑，你的眼神都忘记……现在说起，云淡风更轻，希望你的真情，有人懂得疼惜，等你天亮离去，一切永远不再提起……"这音乐是如此熟悉，以至于他不由得停下了脚步，循着音乐的方向，他突然地看见那个在门口揽客的姑娘，那姑娘像极了年轻时的萧青青。看着那姑娘微笑的脸庞，不知道为什么，他突然哭了。一对情侣，牵着手，轻轻地从他身旁走过去，走进了酒吧，那姑娘微微弯腰，阳光就恰到好处地跳跃在那姑娘的额头上。

她看了过来，彼时，林瀚泽的脸上已满是泪水。姑娘惊讶地愣在那里，转眼又走进酒吧。林瀚泽这才恍惚惊醒，用手擦了眼泪，轻轻叹息，这是大理，她也不是那个叫萧青青的姑娘。于是他转过身去，准备继续前行。刚走了几步，那姑娘便跑出来，朝他喊道："先生，先生。"他回过头，看见那姑娘微笑着朝自己走来。

她约他去酒吧里坐坐，说老板有请。“老板？我在这里没有认识的人啊！”他很是惊讶。

“嗯，我们老板说，如果你不愿意来，就让你走，如果你愿意来，就请跟我去。”那姑娘始终微笑着。

他的好奇心瞬间被激起，这老板究竟是什么样的人呢？为什么要请一个素未谋面的人坐坐？在来来往往的人群里，难道他有了透视眼，居然能看到谁从他酒吧门前经过？

他随那姑娘走回到酒吧，这个名字为“MM的时光”的酒吧充满了对青春的追忆和祭奠。所有的摆设都少不了青春的元素，大梁自行车，带红星的书包，许多年前的小学课本，戴着红领巾扎着羊角辫的少年的照片，藤条水壶，以及藤编的各种桌椅。走进这里，似乎走回到了20世纪80年代。

老板却是一位文质彬彬的七零后，他穿着一身带刺绣的民族风汉服，白净的脸上架着一副近视眼镜，笑容淡淡的，颇有归隐山林的学者之风采。他礼貌地邀请他坐下，示意侍者送来两杯酒。

他开口说道：“您知道我为什么邀请您进来坐一坐吗？”

林瀚泽答道：“这就是我来的原因。”

他浅浅一笑说：“因为您听这首歌的时候流了眼泪，而我对这首歌也是情有独钟。我想，能听懂这首老歌的人，必然是有故事的人，所以我想请您也听听我的故事。”

林瀚泽又一次愕然了，在这个拼命保护隐私的时代，难道还有人会主动交代自己的隐私吗？

“那还是上学的时候……”他悠悠地说起。

二十年前，这首《陪你到天亮》刚发行不久，童安格的声音正在所有少男少女的心中飘荡，这个名叫杨洋的酒吧老板那时候还是一个大学一年级的学生。他爱着文学，爱着长跑，

爱着打球，爱着书法，爱着电影和唱歌，是一个无忧无虑又多才多艺的阳光大男孩。当这首歌开始在校园流行起来时候，他在一个下着雨的日子遇到了一个美丽的丁香姑娘一样的女孩，叫林曼妙。

“林曼妙？”林瀚泽惊讶地瞪大了眼睛。

“是啊，她就叫林曼妙。”杨洋微笑而伤感地说。

“可是我姐姐也叫林曼妙啊！”林瀚泽再一次表现出惊异之感，怎么会那么巧？“只是，姐姐很多年前已经去世了。你说的这个人肯定不是我姐姐了。”想到早已经去世的姐姐，他的心里还是充满愧疚和难言的悲伤。

这一次，轮到杨洋惊讶了：“你姐姐如果活着，现在应该是多少岁？”

“如果她活着，应该是42岁了。”林瀚泽答道。

杨洋吸了一口气，眼睛渐渐地红了，喃喃道：“哦，42岁，那就是和曼妙一样大了。”

接下来听到的故事，深深地刺痛了林瀚泽的心。

“如果你姐姐也是在北海大学读的书，那么，她就是我的曼妙。”他深深地长叹一声，他的叹息瞬间击溃了林瀚泽的泪腺，这个世界上怎么会那么巧，两个人一样的名字，一样的学校，一样的年龄！

“很抱歉，”杨洋说，“也许我不该把曼妙的故事讲出来，但是她在我的心里，时间越久，越是让我的心口疼痛难忍。那个雨天，我爱上了她，因为我看见她一个人躲在学校芙蓉树下哭，天上是绵绵的细雨，路上人少，只有她瘦小的身体在凉凉的风里耸动着肩头。那一瞬间，我的心突突地乱跳，我以为这就是戴望舒诗里写到的那个丁香般的女子。我没有打扰她，只是站在她旁边帮她撑着伞。她哭累了的时候才注意到我，她的眼里闪着无助的光芒。那一天，我知道了她的

名字，好听的林曼妙。她比我高一年级，刚和男朋友分手，因为男朋友喜欢上了小师妹而抛弃了她。听到这些，我心里很是愤怒，那时候，始乱终弃这个词在我心里比叛国更可恨。

“我比她低一年级，也许在她心里，我就像可爱的小白兔一样没有攻击力，所以她对我并不设防，渐渐地跟我说了更多的心里话。我去找了她的那个负心的男友，发现他实在是毫无回心转意的可能，也就不再过问。当第二年春天来临的时候，她也爱上了我。我们的爱情遭到了所有人的反对，她的闺蜜说我太小，我的伙计说她太大，怎么能找一个师姐做女朋友呢。可是我们两个人却深深地相爱，陶醉在彼此的气息里和身体里，那时候真是年轻，巴不得创造一切机会享有对方的身体。如果遇到周末，我们就在外面的房子里缠绵一整天，那些日子的快乐几乎使我忘记了还有寒暑假这样的分别。我以为，这辈子，我一定能陪她白头到老。

“我们俩一人一个耳机，用小小的随身听，一起学习童安格的这首歌。有一次，她在宿舍里唱，她同学说，‘你干吗老唱这种伤感的歌曲啊，小心一歌成真。再说了，你那个小杨洋也可能真的会去流浪啊，他可不是个能安安稳稳陪你回青城的人。’这句话让她的心里突然难过起来，也许因为失恋过，她变得有些脆弱。后来，她不停地问我会不会陪她回青城。我每一次都很坚决地说会，可她还是不确定。放假的时候，我们俩在车站久久拥抱吻别，难分难舍，她哭得厉害，像是一年半前在雨里那样。

“我回了合肥，每天给她写信。那时候，写信是一件很幸福很诗意很美好的事情。然而，有一段时间，我几乎有一个星期没有收到她的来信，我的心里隐隐地不安。再后来，她写了封最短的信，几句话，淡淡的语气。我难过得要命，决定去找她，我想问问她是什么意思，难道才二十几天不见

就变心了吗？我没有告诉她我的决定就买了车票出发了。没有想到，我的这次突然到访将她打进了死亡的边缘。”

说到这里，杨洋长吁了一口气，似乎吐出了重重的心事。林瀚泽低着头，眼泪已经开始在眼眶里打转。“剩下的，我都知道了。”他说。

“你来了，你俩的事情终于被我爸爸坐实，因为有一天，我姐没在家，我帮她收了信之后放在桌子上，我爸回家的时候，我就拿给了我爸，他丝毫也没有考虑就撕开了封口，读着读着，他的脸色变得铁青，我怕极了，偷偷跑出去，在外面待到很晚才回来。后来，他总是截留姐姐的信，然后再给她。我很希望我姐能认个错骗骗他，因为有一天我听见他跟我妈说，这个丫头片子居然上着学就跟男人上了床，万一给他弄个外孙子回来，他的老脸就丢尽了。可是姐姐说我小屁孩不懂，其实我不是不懂，那时候我已经上高中了，怎么会不懂呢。他们之间的较量让我和妈妈觉得很压抑，我们不知道哪天会爆发战争，直到你来找我姐姐的那天，战火真正被点燃了。我爸很愤怒，我下午放学回来的时候，我姐姐正跪在地上，我妈在哭，我爸爸手里拿着家法，怒气冲冲地站在我姐姐前面。我姐不哭，也不认错，只是沉默着。她的沉默让我爸疯了一样地用力打她，我和我妈都跑过去抱住我姐，可是我姐仍然不道歉不认错不求饶。可想而知，我爸会被气到什么程度。

“姐姐被打得厉害，我扶她上床之后才发现她流了血，我妈这时才知道姐姐怀孕了。看到姐姐流产，妈妈心疼却也生气，哭起来没完没了。这件事让我爸和我姐彻底决裂，五天后，我姐被赶出了家门。我姐走的那天，我爸在家里也哭了，一个人喝掉了一瓶白酒，打了一个晚上的吊瓶。她去她的同学家住了一个晚上，她同学的妈妈知道了缘由后也委婉地赶走了我姐姐。”说到这里，林瀚泽的心里郁闷不堪，他

实在不愿意继续回忆，如果不是他把那封信交给自己的父亲，也许他爸爸就不会因为看了信里那些火热的想念的词句而发怒，就不会知道姐姐恋爱的真相。他一直觉得姐姐的郁郁而终，实在是自己一手造成的。

然而，他的话却让杨洋惊讶得浑身颤抖，他几乎是哭着说：“你是说，曼妙来找我之前，身体流了产？”得到林瀚泽的回答后，他瘫坐在椅子上，以手捂面，痛哭不止。

哭了很久之后，他说：“我真是应该下地狱！我完全不知道她在家里受的苦，还在她面前对她的父亲说了很多不好的话。而她，始终没有怨恨自己的父亲，只是说，他们是为她好，害怕她被人骗，所以才会恨铁不成钢。没关系，只要我们相爱，这一切都不是困难。那天她脸色煞白，身体虚弱，我竟不知道十几天前她居然经历了这样的事情。或许，我们的相遇太美，所以连老天都嫉妒吧。我大三那年，她已经是大四了。我开始沉迷于之前组建的乐队，到处参加比赛，到酒吧去演出，慢慢地忽略了她。那时候，乐队里有个主唱是个大二的小师妹，很可爱，白净，阳光，充满生命的活力，跟曼妙是完全不同的女子。有的时候，我们在一起聊文学，聊绘画，很是开心。我不知道什么时候被曼妙看见了我俩在一起开心大笑的样子，她就变得郁郁寡欢。她开始怀疑我已经和那个女孩好了，但她并不说。她只是沉默和不开心，即使我们在自己租住的房子里，她也沉默得可怕。我觉得很压抑，又不知道该怎么办。只是会紧紧地抱她，每次抱她，她就哭，我不知道她是因为什么哭泣，我很焦灼，所以在一段时间里，我有些刻意地疏远她。

“寒假的时候，她说她不想回家，身体也不舒服，总是发烧，昏昏沉沉的。我以为是感冒，就给她买了感冒药，嘱咐她一定要吃。然后我就和乐队一起去了电视台参加比赛。

然而，当我们获得了第一名，给她打电话的时候，却找不到她了。我这才慌了神，突然想起来她最后一次在出租屋给我唱这首歌时的情形，原来那已经是告别，我却不知道。

“再后来，我疯狂地找她，却再也没有找到，她没有等到大学毕业就离开了校园。我一直觉得她隐居在某个地方，终有一天我能够找到她。我大学毕业后，实在不愿意留在合肥，就来到了大理。我曾经跟她说过，如果将来我去流浪，就会在累的时候，选择一个城市，然后在那里开一个酒吧，静静地等待岁月老去。那时候，我们还开玩笑，如果走着走着，一个人把另一个人丢了，一定要来大理找对方，暗号就是循环播放的《陪你到天亮》。”说到这里，杨洋苦笑了一下，“这么些年过去了，暗号天天播放，她却再也没能来找我。”

林瀚泽问他：“那，你知道我姐姐是在哪里去世的吗？”

“我是五年后才知道的。她的闺蜜来大理旅游，听到了这首歌，就走进来，看见了我，她哭着说曼妙走了，五年前就离开了。听到这个消息，我病了一场，整整两个多月，我都神思恍惚。我想梦见她，于是告诉自己多睡觉，等她来梦里质问我，可是没有，我想她是恨我的，否则，不可能这些年都不让我见到她。”他眼睛湿了，鼻子变得通红。

“因为没有找到她的坟墓，所以我不知道到哪里去祭奠她，就把这个酒吧从‘我们的时光’改成了‘MM 的时光’，也就是‘曼妙的时光’。我希望她的灵魂若来大理，还是能够找到我爱她的证据。”他说着，声音低沉下去，很疲累的样子。

“那么，你其实是真的不知道我姐是什么时候去世的，是吗？”林瀚泽问。

看到杨洋点点头，他接着说：“我姐姐从学校离开后，并没有回家，因为我爸爸说过和她断绝父女关系，其实，我

爸也就是在气头上这么一说，但是姐姐很在意，或者她内心里也觉得自己怀孕这件事是一件难以面对父母的事情，所以，她选择了逃避亲情。她去了贵州支教，并在一次山体滑坡中失踪。事实上，我们也没有见到姐姐的遗体，妈妈像你一样认为，我姐姐始终还活着，只是不知道隐居在哪里。她每天都会到车站去等姐姐，她以为不一定哪一天她就会坐着汽车回来了。”

两个人都沉默起来，一个人就这样不声不响地消失了，所谓生命的缘分，有多少是人可以掌控呢？

林瀚泽说完了姐姐的故事，内心里突然变得轻松了很多，这些年，姐姐的事情一直像一块巨石压在自己心上。但看到杨洋的痴情，他反而觉得有些感动，有些心疼。时光究竟是多么漫长啊，这样的思念居然已经快二十年。年华老去，生命不再，岁月中草芥般的故事也注定会湮没在历史的长河里，唯有那些爱你的人帮你记住了你的过去。杨洋是这样，在他的心里，林曼妙永远存在。这份执着如今在一个离了婚的男人心里，的确唏嘘不已，所有的遗憾都是源于不懂得珍惜和过于执着，无论错过还是失去，那些已然远离了的，还有可能会回来吗？如同，姐姐的魂魄真的可以跋山涉水，来到这个有着她的故事的酒吧吗？

他突然明白了萧青青的泪水，那正是无奈的挣扎，也是理性的放弃。他想，她必然是知道自己不可能远离现有的生活而重新与他走到一起，她无法做到对王凯深爱，但离开的决定也很难做出。她无助纠结、摇摆，只是时光荏苒，他们都变了，每个人身上都背负着历史的痕迹，这已经难以抹去，所以，面对曾经的深情，萧青青只有以泪水相对，面对未来，她同样无法乐观。他以为自己是懂得萧青青的，然而，他无论如何不会想到，萧青青已经向王凯提出了离婚。做一个决定，

对萧青青而言，从来不是他想象的那样难以决断。男人对女人的认识，永远落后于女人自身的淡定。

“你的父母都还好吗？”杨洋打破了林瀚泽的思绪，略带歉意地问道。

“姐姐失踪后，母亲就时而糊涂时而清醒了。父亲的脾气也是变得更加古怪，每天总是唠叨不止。”他简单介绍道。

杨洋的心里很不是滋味：“对不起，都是我的错。”

“嗨，不要这么说，这几年，我总算明白一个道理，每个人的命都是自己的，过得如何，与他人无关。”说完这句话，他又沉沉地叹了口气，“唉，命由己造啊。”

这时，那个长得像萧青青的女孩子走了进来，轻声问杨洋：“你今天还去不去苍山呢？”

杨洋突然想起什么似的，赶紧站起身，对林瀚泽说：“不好意思，我要去苍山一趟，今天就不留你了，下次我再约你。”

林瀚泽告别了杨洋，出门的时候，又抬头看了看“MM的时光”几个字，恍惚觉得，这时光从容了似的。这一次的偶遇，让林瀚泽对《陪你到天亮》这首歌有了更加不一样的感觉。他在心里默默地祈祷，希望姐姐能够了解，她怨恨的人，其实并没有背叛过她。只是，他到底也没有想清楚，这其中是不是有被刻意忘却的故事，一个误会怎么会导致一个人的离去？他忽然记起，某一天，妈妈在家里撕心裂肺地哭泣。

那是他读高三的时候，也就是姐姐大四那年的春天，还有几个月就大学毕业了，姐姐却给家里寄来了一封信。她在信里感谢父母的养育之恩，如今无以为报，她将到遥远的外地去，隐姓埋名，绝不会再做任何辱没家风的事情。信里写得悲凉，林瀚泽读得也悲凉，他的母亲却是号啕大哭不止。从那以后，姐姐再没有信来。母亲骂她绝情，父亲却严令禁止谈论自己这个女儿。他怎么可能会想到，他的父亲只需轻

轻一推，这个身心受到创伤的女儿就再也不会回来了。

下午四点多的时候，林瀚泽收到了杨洋的微信，他在微信里说："我赴苍山凭吊故人，方知情缘远去，不宜徒留怨恨。虽我未言令尊冷酷，但也略知几分。而今他已苍老垂暮，你还是放下吧。回家去，代你姐尽孝膝前，也不枉他费尽心血育你成人。至于感情，缘尽则散吧。"看着这条信息，他动摇了，对父亲的思念也的确生起了一点。是啊，毕竟，那是父亲，如今他已老，何必执着于过去。

就这样，他决定第二天就返回，自从离婚后，他已经在外面晃荡一个多月了，也是时候面对家中父母了。

二十三

这天一大早，萧青青就接到了李媛的电话，说是金灿的孩子没了。胎停育，自然流产。听到这个消息，萧青青的心里还是恍惚地难过了一下，毕竟，这是一个生命。但一想到她害得李媛婚姻破裂，幸福被毁，那仅有的同情也就很快消散了。

"现在你是什么情况？肚子里的孩子是不是打算生下来？"她转换了话题。

"不想生。出于母性的心理，我很希望把他生下来，可是理性来看，这样会是一个很不理智很不负责任的决定。"李媛的决心可鉴，萧青青想了想也觉得她说得有道理。"可是你知道吗？潘林那个王八蛋昨天居然又来我家里了，他痛哭流涕地说，他想回来和我重新开始，一定和那个女人分开。再说孩子也没有了，更没有必要和一个害得自己离婚的女人在一起。你说他说的这是人话吗？"李媛愤愤地说。

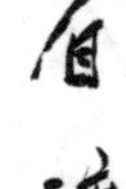

“哼！真不知道潘林是这样的人！”萧青青也语气里流露出鄙夷来。

“青青，周三你请个假吧，陪我去医院，我约好了王大夫。”李媛轻叹一声。

“好。”萧青青答应道。

放了电话，萧青青坐在办公桌前发起了呆。别人不想要孩子，孩子却来了，自己一心想生个孩子，却始终无缘。她之前是什么都不信的，不会知道为什么这两年来，她越来越开始信命了。她曾经陪婆婆去寺庙里上香，偶遇一个颇有仙骨的和尚，他说自己子女缘薄，怕是难以再有子嗣了。当初，她对这个和尚的话嗤之以鼻，而今却莫名其妙地相信起来。想到这里，她无奈地笑了笑，怎么会有这样的想法呢，自己毕竟是受过教育的人啊。相信这样的宿命论，难道是真的老了？

突然地想到了牛牛和刘春。

她看了看手表，快到中午放学的时候了，她拨通了刘春的电话。约好了中午一起去银座购物中心楼下的小面馆吃饭。

几日不见，刘春的心情明显地好多了，一看见萧青青就愉快地坐下来，一边放包包，一边说："萧老师，您今天约我，我太意外了！很高兴！"

静静地等她坐好，萧青青递过菜单让刘春点餐，刘春看也不看地说："嘿，我就要一碗雪菜肉丝面，其他都不要。"萧青青也不勉强，她点了几样小菜，又给自己点了一碗牛肉面。刘春看到服务员离开，立刻兴奋地说："萧老师，我爸来电话了，他说要来青城看我，顺道看看老邱，我爸说，既然和老邱在一起已经两三年了，过去的事情就忘了吧。这些年不回家，他和我妈都担心，现在知道我活得好好的，身边还有个人照顾，他们也算是放心。虽然我不是他们亲生的，但是这些年，

从来也没有想过亲不亲的问题，一直当作宝贝一样养着。几年前我离家出走，他们也是怨恨和伤心了一阵子，但是毕竟天下父母心，他们还是在意我。接到爸爸的电话，我心里的负担一下子消失了。老邱知道后也很开心，他之前一直以为我是孤儿，现在突然知道还有父母，他是又惊讶又激动，一直说着让我陪他买新衣服去。说实话，接完爸爸的电话，我再看老邱，都觉得老邱还是蛮好看的呢。”刘春说着说着笑了起来，这是认识刘春以来，第一次看见她笑。

萧青青也为她高兴，爱永远是疗伤的良药。“那么，你们是计划跟你爸爸回山西吗？”萧青青问。

“不一定，我现在觉得在青城挺好的，我俩攒了一些钱，再等等就可以买一套小一点的房子了，然后，我们会正式登记结婚，”刘春突然脸红了，“老邱说，等买了房子，我们就生个孩子。”

“那好啊！”萧青青由衷地替刘春开心，“到时候，我可一定要去喝喜酒啦！”看到刘春的快乐，萧青青觉得幸福真是一件简单的事情，可是为什么有的人过着过着就迷茫了呢？面条上来后，刘春大口大口吃饭的样子让萧青青感动，这世界，哪一个人不是心怀深情地对待生活呢？他喇嘟的话于是在耳边回响起来，那个准备告诉刘春的消息被轻轻地压到了心底。是啊，已然如此，何必再让刘春的感情世界经历一次震荡呢？那个远在云南的家，从未曾涉足，也就当作从来不曾拥有过吧。

刘春看萧青青只是喝水，停下筷子，问道：“萧老师，你是不舒服吗？怎么不吃面条？”

萧青青开玩笑说：“没有不舒服，是在欣赏你的狼吞虎咽。”

刘春害羞地抿了抿嘴角，小声地说：“我习惯了，吃饭很快。离家出走后吃的最好吃的饭就是雪菜肉丝面，所以，一见雪

菜肉丝面就像狼一样。”她想了想，接着说，“萧老师最近去看牛牛了吗？我都想他了。可是老邱说，我老去看他不好，牛牛的姨妈会有想法。”

“是啊，牛牛是个可爱的孩子。可是我婆婆病了，在住院，我没来得及抽出时间去看他。”萧青青略带歉意地回答。

“啊！老人家病得厉害吗？需要我帮忙照顾吗？”刘春很关切地问。

“暂时还不要，我大姑姐是大夫，顺便就能过去看看，平时都是我公公照顾，我下班后才去接替他们。需要你帮忙的时候，我会打电话给你，好吗？”

“嗯嗯，一定记得啊。”刘春许是心情好的原因，说起话来也自信了很多。

“刘春啊，”萧青青从包里拿出一个信封，递给刘春，“这里面是一千元钱，你抽空送到牛牛的姨妈那里去，就说是裴静一的朋友送给牛牛的，看看牛牛需要什么就给他买点。”

“可是萧老师，牛牛的姨妈会把这钱花在牛牛身上吗？”刘春接过信封，疑惑地问。

“会的，放心吧。她其实是一个心地很善良的人，只是生活艰难，她才会是之前那个样子。”萧青青叹了口气，“她也是个苦命的人，牛牛跟着她虽然不一定享福，但目前来看，这也是唯一的办法。至于你上次所说的，希望我能收养牛牛的问题，我也思考了很多，我也很想收养他，只是当前我有些事情没有处理好，所以暂时还不能去做这件事情。虽然牛牛是苦了一点，但总比被送到孤儿院好一些。”

听了这番话，刘春默默地把钱装到了包里。两个人又说了些闲话，喝了点茶。

饭后，刘春把剩下的小菜全部打了包，说是送到工地上给老邱吃。萧青青看着她幸福满满的样子，又是一番感动，

所谓夫妻情深，这也算是吧？什么时候都会把对方记挂在心里的感情，不就是爱吗？看到刘春打包饭菜的形象，她忽然想起林瀚泽给她讲过的故事。他说，他在读研究生的时候，有一次坐火车回学校。对面坐着的是一对中年夫妻，看衣着打扮，他们很像是出门看病的，因为那个妻子的气色很差，没有力气的样子。到了该吃午饭的时候，男人从塑料袋里拿出一个鸡蛋，细心地剥好，递到女人嘴边，可是女人只是咬了一点点就拒绝继续吃，她执意让男人先吃一口，可是男人不肯，也不说话，只是一边摇头一边又把鸡蛋放到女人嘴边，女人生了气，小声地说："你要是不吃，我也不吃了。"于是男人只好把鸡蛋掰开，一分为二，把大一点的那一半递给女人，自己把小的那一半放到了自己的嘴里。林瀚泽说，他第一次看到那么穷的夫妻，可是也是第一次知道，爱情不分贵贱。他说，他要像那个男人爱自己的妻子一样爱萧青青，哪怕只有一口饭，也会让萧青青先吃。这个故事一度温暖了她很久，可是时过境迁，沧海桑田，这样的信誓旦旦终究没有了实现的可能。她浅浅地叹了口气，这叹息是如此轻微，以至于刘春根本没有注意到。

到了周三上午，萧青青陪李媛去青城市妇幼保健医院做人流手术。

也许是冤家路窄，就在门诊大楼的走廊里，金灿一个人脸色蜡黄地坐在候诊椅上。看见李媛走过来，她的眼神立刻充满了自我保护的提防。李媛的呼吸变得急促了，萧青青赶紧拉住她的胳膊，暗示她要淡定。可是李媛丝毫不顾及萧青青的劝阻，甩开她的手，径直到金灿跟前，甩手给了她一个巴掌。金灿捂住自己被打的脸颊，倔强地抬头看着李媛。"哼，你有本事打死我呀。"她语气平缓而带着蔑视。

李媛被她的话激怒，又一个巴掌甩过去，骂道：“真不要脸！”

“不要脸？”她冷笑道，“你的脸恐怕是想要也要不了了吧？”她嘲讽的神态让萧青青都觉得厌恶，真想也一个巴掌打死她。

这时候，一个护士来叫号，金灿就进去了，李媛一屁股坐在椅子上，气得说不出话来。

过了很久，金灿才出来，她走到李媛跟前说：“你打我的两巴掌我不跟你计较，就算我欠你的，还完了。如果再见面，我希望你能够冷静。至于潘林，”她冷笑一下，“根本就是个人渣！我看错了他。但就算是错了，我也不会离开他，因为他已经毁了我。”她恶狠狠的眼神让萧青青觉得恐怖，这哪里是一个二十几岁的女孩说的话。

“你不要走，”李媛一把拉住了想要离开的金灿，“我要跟你谈谈。”

“我们？”她转过身，轻视地打量一下李媛，鼻孔里哼了一声，“我们有什么好谈的吗？”

萧青青过来拉住李媛，轻声说：“媛媛，让她走吧，有什么好说的。办正事要紧。”

李媛松开了手，金灿脸色苍白地走了。

“为什么不让我跟她谈谈？”李媛质问萧青青。

“你跟她能谈出来什么？她孩子没了，心里脸上全是怨气，正找不到地方撒呢，你难道甘愿当她的出气筒？你是能打得过她还是能骂得过她？你不要傻了。”

“可是看见她我就生气！这个贱货！”她愤恨地说道。

“我理解你的心情，我感同身受。可是你若不放下，她就永远梗在你的心里梗在你的喉头，哪会有快乐的时候呢？”萧青青轻叹一声，李媛只好作罢。正好王大夫准备妥当，她就一个人走进手术室去了。

就在此时，李媛的手机响了起来，萧青青没有理会，手机就一直响，没有办法，萧青青只好打开李媛的包包，拿出手机，才发现是潘林打来了电话。萧青青犹豫了一下，还是挂断了。可是电话继续响起，她只好接了。

“媛媛！”电话那头，潘林着急地喊。

“潘林，我是萧青青，李媛不在。”萧青青淡淡地说。

“青青，我知道你们在一起，快让李媛接电话，我有事情要说！”他语气着急，不像没事的样子。

“可是，潘林，李媛真的不方便接听电话。”萧青青解释道。她想了想，还是把实情说了出来，“她正在做流产手术。”

“流产？她怀孕了？今天她去医院是为了流产！她疯了吗？”显然，潘林是又蒙又急，紧接着，电话那头传来他哽咽的声音，萧青青挂断了电话。

十几分钟后，潘林满头大汗地跑了过来，李媛还没有出来，萧青青也只是焦急。他抓住萧青青的胳膊问：“到底怎么回事？”

“她，你的前妻，怀了你的孩子，离婚手续办完之后才发现的。没法生，她不希望孩子一生下来就面对一个残缺的家，所以她决定打掉孩子。”萧青青说。

她的话让潘林一下子蹲在地上，呜呜地哭起来，一边哭一边捶打自己的脑袋。走出手术室的李媛看到这一幕，气得说不出话来，疼痛让她看上去眉头紧皱，脸色苍白。萧青青赶紧跑过去扶住她。潘林听到动静也赶紧站起身，快步跑到李媛身边，想去扶她，她却直接越过他的身体，任由萧青青扶着离开了。不知道是不是因为刚刚见过金灿的原因，李媛看见潘林的瞬间，心里涌起的既有委屈又有恶心。

萧青青让李媛在床上躺下来之后，才发现不知道该怎么办才好。她从来不知道应该给流产的人做点什么吃的。李媛

却拉着她说什么也不想吃，就坐在床边陪她说说话吧。她坐下来，李媛的眼泪就断了线似的。萧青青知道李媛心里的悲苦，也就紧紧地握着她的手，不再说话。

过了很久，萧青青说："今天我看见潘林很难过的样子。"

"也许吧。之前他一直想要再生个孩子的。"李媛有气无力地说。

"你还好吗？身体觉得怎么样？"萧青青问。

"还好，心里难过。毕竟这是个孩子。"李媛拉了拉被子，掖好腰部，"今天金灿说的那番话究竟是什么意思？如果潘林不是她爱的人，她为什么要破坏他的家庭？如果是，为什么又会说潘林毁了她的人生呢？难道，怀了一个孩子，人生就毁了？"李媛疑惑地问萧青青。

萧青青也是百思不得其解，这番话说得玄妙，确实让人费解，但是她实在不愿意对潘林的事情操心，就劝李媛说："你就不要管了，随他们去吧。各安天命，自求多福，谁作孽谁买单吧。"

李媛答应着，却又说道："说实话，有时候我还是会想念潘林的。过去那些年，我们之间还是有很多快乐的事情。"

"可是，哪一对夫妻不是曾经幸福呢？不快乐的男女又怎么会结合？既然已经是今天这样，那些事情就在心里想想吧。关键还是得往前看，好好生活，好好工作，好好照顾老人孩子。当然如果他真的悔过自新，为了孩子，我也还是支持你们复婚的。"萧青青说。

听到老人孩子几个字，李媛沉沉地舒了一口气："我妈还不知道这件事呢，她要是知道流产这个事情，一定会难过死了。"

于是两个人都不再说话，到了这个年龄，她们对父母老人终于开始了心疼和理解。

让李媛万万没有想到的是，在她流产后的第四天，金灿居然主动来找她，说要跟她谈谈。李媛想也没想就答应了，她们约在了李媛家附近的茶馆。那一天，李媛听到了一件让她万分震惊的事情，也彻底击碎了李媛最后的幻想。

金灿告诉李媛说："你一定不知道，我和潘林是怎么认识的吧？"

李媛忍住火气说："他不是你崇拜的偶像吗？他说，你是佩服他的才华才爱上他的。哈哈，他可真有才啊！"她忍不住嘲笑道。

"哼！"金灿不屑地哼了一声，"他真会给自己脸上贴金。崇拜？滚他妈的蛋吧！"

李媛满脸疑惑："难道？"

"我们是在928酒吧'溜冰'的时候认识的。"

"'溜冰'？你的意思是吸毒？"李媛睁大了眼睛，不敢相信她的话。这些电视上报纸上常常报道的事情怎么会发生在他的身上？

"没错。我是被一个朋友拉着去参加一个聚会，懵懵懂懂地到了那个地方，没有想到他们玩着玩着就有人提议说玩点刺激的，我以为刺激的事情就是男男女女接吻之类的，借口离开，却被强行拉了回来。后来，我和潘林渐渐熟悉。有一次，他跟我说，你很忙，从来不关心他在单位过得如何，一个人很是无聊。于是就常常约我陪他一起出去应酬。最初，我是拒绝的，可是有一次'溜冰'后发生了关系，就再也难以分开了。时间久了，我以为，我和他之间的关系就是爱情，渐渐地不再参加那样的朋友聚会，我也劝他不要参加，毕竟他在政府部门工作，和那些在生意场上混的人不一样。他也答应着，慢慢地也真的很少去了。半年前，他突然说带我参加一个更好玩的俱乐部，我不想去，但他百般劝说，我又让

他保证绝不参加‘溜冰’之类的游戏，他答应了，我也就跟着他去了，到了那里才知道，那居然是一个换妻俱乐部！你是搞新闻的，这种事情，你应该是懂的，对吧？我才知道，他从来没有爱过我，我不过是他发泄兽欲的工具，是一套拿得出手的交际面具，是他混蛋生活的帮凶而已！他就是个伪君子，表面上端正严肃，骨子里肮脏下流！你能想象得到吗？”金灿说的话让李媛的胃里一阵阵翻滚，她想呕吐，却又吐不出来，她愤怒地打断金灿的话，让她不要再说了。

她的眼泪哗哗地流了出来，这不是心痛，而是觉得耻辱。她从来不会想到潘林是这样无耻下流的低级趣味的人。在家里，他永远是一副敦厚好男人的样子，在公开场合，他衣着得体，风度翩翩，气质温厚优雅，那样的一个人怎么可能会是金灿嘴里的那个淫荡而卑鄙的人。她为过去这些年竟然和这样的人在一起生活而感到恐怖，更为这个人是潘木子的爸爸而觉得难过。

金灿看到李媛这个样子，嘴角浮起一丝冷笑：“你说我不要脸，你可知道，你的脸同样被他丢得干干净净。”

“不要再说了！”李媛拿起包离开了座位，她再也听不下去了，她真怕金灿的嘴里会说出更多的细节，那会让她颜面无存。

回到家里，李媛大哭了一场。她从来没有想到被人羡慕的婚姻背后竟有如许不堪的故事，她觉得整个世界都知道了潘林的无耻，只有她最后一个知道，甚至，就在潘林苦苦哀求复婚的时候，她还在心里动摇过，她无论如何不会想到，这个披着人皮的伪君子竟然是如此低劣。哭了很久，她累了，才觉得身体疲惫不堪。静静地躺在床上，神思恍惚，各种悲凉的想法慢慢堆积在心里，乱得不行。然而她没有勇气告诉萧青青这件事，她觉得实在是太丢人。

所以，当潘林的电话再一次响起的时候，她把他的电话拉到了黑名单，她再也不想听到他的声音。就在她睡得昏昏沉沉的时候，急促的敲门声把她惊醒，她勉强从床上支撑起身体，很艰难似的走到门口，轻声问：“谁啊？”

门外是潘林的声音，他要求李媛开门，说是炖了鸡汤给她。

李媛冷冷地说不用，请他回去，便不再理他。可是敲门声不断，她怕邻居们会出来看，只好给他开了门。然后自己就走到客厅的沙发上坐下来。

“我给你炖了鸡汤，趁热喝吧。”潘林略显局促，虽然这是离婚前就已经买好的新房子，但因为一直没有搬过来住，所以对潘林来说，这个房子就和自己毫无关系。

“放那里吧。谢啦。没什么事的话，你请回吧。”李媛冷冷地说。

“媛媛，对不起。”潘林走到李媛跟前，蹲下身，把手放在李媛的膝盖上。李媛轻轻挪开他的手，心里一阵厌恶。

“媛媛，让你受苦了，都是我的错。过去我犯了错误，可是这段时间我想了很多，跟你离婚是我做得最离谱的事情，我很后悔，每天都后悔。为了木子，你让我重新回到你们身边吧。好吗？”他恳切的样子特别像一个迷途知返的好孩子，可是这些话在李媛听来，无论如何找不到诚恳和温暖的痕迹，甚至，她不断地脑补他和金灿一起放荡的样子。

“好，我知道了。你请回吧。”李媛再一次下了逐客令。潘林起身坐到李媛身边，试图用胳膊揽住她的肩膀，却被李媛一下子挡了回去。“媛媛，我是真心承认错误的。无论你原不原谅我，我都会像以前一样对你好。我保证，那个女人再也不会出现在我的生活里。”他是如此巧舌如簧，说得跟真的一样。这些话让今天的李媛听来，多少都充满了讽刺的味道。

他不知道她已经了解了那么多吧，这让李媛觉得可笑。当别人已经知道你是个小丑，可你自己却不知道，还自信满满地扮演着君子，这是很滑稽的。

潘林拿出自己的手机，翻到相册，把他们在一起的那些温馨照片一张一张翻给李媛看，一边看，一边回忆当初的那些快乐，李媛的内心强忍住悲切，压抑住那些微微泛起的美好的念头，这种纠结让她心里充满了既辛酸又恶心的痛苦。

她已经不想再对他发火，指责或控诉都显得可怜。她一遍遍在心里说，无论你说什么，我都不会再原谅你，我已经不屑与你说清任何道理。一个人如果真的爱另一个人，他是断然不会做让她蒙羞的事情，因为让对方蒙羞是一种可耻的背叛。

潘林终于还是悻悻地走了，李媛的冷漠和冷静让他第一次觉得害怕。

家里的气氛重新安静下来，是那种空荡荡的冰凉的安静，和她以往写稿子时需要的安静一点都不一样。那时候，即使安静，她也能感受到家人的气息，可是今天，屋子里却满是沁骨的寒凉。

看着餐桌上的鸡汤，李媛又一次流了眼泪。

萧青青的婆婆终于还是按照蓝医生的方案做了手术，她于是也就知道了自己的真实病情，可是老太太的坚强让萧青青很是意外。她会反过来劝慰所有来看她的人，一直笑着，说自己终于可以享受老伴的照顾了，这是只有生病才能带来的福气呢。

王羽对母亲的达观很满意，她是医生，她比任何一个子女都知道这病的后果，但是她仍然希望自己的母亲是在快乐和幸福中走完余下的人生，所以，她在母亲面前总是乐呵呵的，给她做饭，喂饭，剪指甲，用 iPad 一起看电视剧，为了逗母亲开心，她还买了一本《笑话大全》，每天学几条讲给母亲听。萧青青看在眼里，觉得自己跟王凯提离婚这件事实在是不孝的事情，因而，在婆婆面前不时会表现出拘谨和心虚来。这一切被睿智的婆婆看在了眼里。

一个下午，阳光暖暖地斜照进病房。大家都回去了，萧青青在陪婆婆说话。

老太太拉着萧青青的手，真诚地说："青青啊，我老了，以后恐怕是不能再给你们做好吃的了。可是，我放心不下你们呢。人这一辈子，吃什么，怎么吃，和谁一起吃饭，其实都是大事情。和自己喜欢的人一起吃饭，就算是咸菜也会觉得香啊。如果日子过得别扭，就算天天山珍海味，那吃在嘴里也是没有啥滋味啊。妈知道，你是个好孩子，有什么委屈不要总是放在心里，你不说，别人也不一定知道你在想什么。你说呢？"

"妈，我知道。"萧青青点点头。

"闺女啊，我是希望你们都过得开心幸福，不是别别扭扭一辈子。"婆婆语重心长地说。

萧青青不知道该怎么继续这个话题，她想起身去给婆婆削苹果，却被婆婆一把拉住："孩子，不用，我也不想吃。咱娘儿俩说说话吧。万一哪天我想说也说不了了，我也会难过的。"婆婆虽然笑着，萧青青却听出了一种告别的味道，这让她很难过。她想起裴静一，想起萧然爸爸。她真的害怕面对这样的离别。于是，眼眶就红了。

婆婆叹口气："傻孩子，哭什么呀。我是说万一，又不是马上就说不了话。"老太太抽出一张纸巾递给萧青青，接着说，"孩子啊，你还是年轻，你没有孩子，所以你不能够懂得当母亲的心。我心里对你的感情和对小凯的感情是一样

的，谁不开心我都不好受。”

“对不起，妈。让您担心了。”萧青青羞愧地说。

老太太摆摆手，“嘿”了一声，说道：“这就是当妈的，一辈子都要为儿女操心。”她看看萧青青的脸，接着说，“其实，这几天我能感觉到小凯不快乐。我做手术前，他有点恍惚，孩子啊，我和你爸看得明白，这是你们俩出现了问题。可是你们不说，我们只好装不知道。只是，我这一病，又会拖累你们，因为你们都是孝顺的好孩子，即便是有什么矛盾，也不会在我生病期间爆发，于是就都压抑着。你们这样，我的心里能好过吗？我一个将死的人，怎么能继续装作什么事情也没发生，眼看着你们内心受煎熬呢。我跟你爸说了，如果你们俩实在过不下去，要离婚，我们也不会阻拦的。不是我们不爱你们，正是我们爱你们，才会这样跟你们说。你能理解妈的话吧？”

婆婆的一席话让萧青青既惊讶又感动，她眼泪汪汪地看着婆婆，一句话也说不出来。过了一会儿，她忍住抽泣，对婆婆说：“妈，您能跟我说这样的话，我觉得自己又幸福又很惭愧。我不是一个好儿媳妇，给您添心事了。”

“嘿，闺女，你这样说就远了，在我和你爸心里，你就跟闺女一样啊。”老太太深情地说。

“妈，我不瞒您，我和王凯的确是有问题的。这个问题主要是我的责任。”她说得诚恳。

“孩子，婚姻里没有谁对谁错，不要急着自责。你是个心地善良又懂得克制的好孩子，我理解你。只是你心里有放不下的事情，所以难以轻松地往前走。其实，每个人的心里都不见得纯净无瑕，没有必要对自己有太高的要求。为人处世是这样，婚姻家庭也是这样。”婆婆的话说得通透，萧青青心里却更加自责。她是不能做到全心全意地爱王凯，确实难以深情相待，可是对婆婆和公公却又是倾尽了孝心。

“妈，我的心里不是有放不下的事情，我放不下的，只是我自己而已。”萧青青索性敞开心扉，把婆婆当成亲妈一样去吐露情怀，“就像您说的，我不够轻松，在王凯面前，我始终难以如普通夫妻那样闲谈说笑，尤其是这几年，也许我自己内心真的找不到自己了。”萧青青知道这个出身于高级知识分子家庭的婆婆一定懂得她在说什么，因为生活中，婆婆也是一个追求精神生活的人。

老太太笑笑说：“是啊，吃穿再好，如果丢了自己，那个活在别人眼前的就是个躯壳啊。”

“所以，妈，我想我需要找到我自己。为了您，为了王凯，更是为了我自己。”萧青青真诚地说。

“好，我支持你。闺女，如果小凯有福气，你们就是幸福的夫妻。如果小凯没有福气，你也是我的女儿，我们不会丢下你不管的。”老太太说得情深意切，萧青青听到后，强忍住泪水，笑了。婆媳二人在这个下午像闺蜜一样探讨了幸福的秘诀，萧青青的心里突然轻松了很多。她忽然发现，自己更加热爱这个躺在病床的老人，也更加敬重婆婆了。她感叹自己的幸运，能够遇到这样好的公婆，善解人意又慈祥可亲。

这天晚上，萧青青第一次觉得即使整个世界一片漆黑，她的心里都是光明的了。

王凯留在了医院陪护，她猜想婆婆也一定会跟自己的儿子谈谈心。

她给桃子发了信息，问她过得好不好。很快，桃子的微信通话就打过来了。

还是那样轻快的声音，桃子的愉悦从声音里就听出来了：“青青姐，你好久不联系我，是不是把我忘了呀？”

“没有，怎么可能会忘了你呢。现在好吧？”萧青青嘴

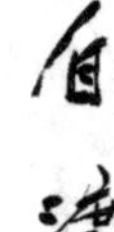

角扬起，安静地微笑，仿佛对面就坐着桃子一样。

“姐，我现在特别好，不生气，不发火，不胡思乱想，也不焦虑了。下个月，我们就准备要宝宝呢。”桃子语速快，声音里透出安闲来。

“那真好。”萧青青由衷地说道。

“姐，你好吗？”

“嗯，也算是好的吧。我想，我正走在找到自己的路上。”她笑。

“嗯，我知道你会好的。因为你是一个冷静而能够自我反省的人。佛祖说，所有向内观照的人都能够得到幸福的加持。”她咯咯笑起来。

“是吗？佛祖真的这样说的吗？”萧青青也忍不住笑起来，但是她觉得桃子说的有道理，于是接着说道，“桃子，你已经获得了幸福，就是因为你也是向内观照，对吗？”

“那当然，如果我埋怨多过反思，抱怨多过付出，勉强多过帮助，我可能永远都不会从悲苦中走出来了。经历过分手的这件事，我坚定了一个生活的信念，那就是无论生活的境遇怎样，我要求自己做到不勉强，不解释，不抱怨。不勉强自己做任何不想做的事情，同样也不会勉强别人。不解释我为什么这样做，因为需要不停解释才能让对方懂得的关系是一种累人的关系。不抱怨，既不抱怨自己的错误，也不会抱怨别人的错误，我只想安静地过自己的生活。”

桃子的话说得自然，可在萧青青听来，却有醍醐灌顶之感。她屡屡觉得痛苦和纠结的，不恰恰是在内心里并不能做到达观自在吗？

二十四

自从一个月前在茶馆见到顾子清和鹿雯婷，王凯与鹿雯婷再也没有见过面。他只当她是偶然遇见的陌生人，却无论如何不会想到，她居然会找到他的公司来。她来的时候，他正为母亲的病和妻子提出离婚这件事而焦头烂额，心力交瘁。所以，当她出现在办公室门口的时候，他并没有认出她来。

鹿雯婷是个很爽快的人，她开门见山地说："王总，你好。我是鹿雯婷，今天我来找你是为了张雪玉。"

她的话让王凯很是惊讶，连忙结结巴巴地说："哦，哦，那、那、那快请坐吧。"他一边整理自己的衬衫领子，一边从办公桌后面站起身来。

"王总，你一定很惊讶，我和张雪玉是什么关系吧？"鹿雯婷落座后，单刀直入地问。

"呃，这个……"他不知道该如何应答，只好再一次起身去关上了办公室的门。

"我是张雪玉的姐姐。"她呷了一口茶，目光逼视着王凯，"同时，我还是顾子清的研究生同学和欧阳翩然的忘年交，因此，我知道你有一个非常有才华的妻子，而她是翩然的老师，是子清的师妹。"

这番话，让王凯的头上开始渐渐地渗出汗滴，他眼神躲闪，不知道脸上是不是在笑，似乎能看到他的肌肉在哆嗦一样。

"雪玉离婚了。"她目光炯炯地看着王凯，似乎想从他的脸上看出什么秘密一样。

"啊？离婚了？"王凯惊叫道。

"是的，她离婚了，说是你已经答应娶她，是你让她离婚的。"她咄咄逼人。

"哈，怎么可能！"

“怎么没有可能？”

“我和雪玉只是红颜知己！我们不是你想的那样！我也从来没有答应她会娶她！”

“既然你从未曾想过娶她，那么你为什么明知道她有丈夫有孩子有家庭却还要去招惹她呢？你难道不知道，一个女人是经不起男人的缠绵和撩拨的？”

“哦，我真的，没有想到。鹿总……我，不是你想的那样。”

“可是，她为此和家庭决裂了。你是要负责任的。”她端起水杯，优雅地喝了口水。

“鹿总，真的不是那样。我们平时就是打打电话，偶尔见个面。再没有其他了。”

“是吗？那么名叫婷婷的又是怎么回事？一个到酒吧弹琴的女生，难道不是你用来迷惑妻子的障眼法？她才只是偶尔见面的那个吧？”

鹿雯婷的话让王凯的额头直冒汗，心跳加速，怎么会一波未平一波又起呢？难道是昨天给张雪玉打电话的事情被鹿雯婷知道了？

鹿雯婷抽出一张纸巾递给王凯，笑起来：“王总，擦擦汗吧。”

“呃，谢谢。”他接过纸巾，脸一下子红了。

“听子清说，你妻子性格温柔，又有才华，跟雪玉相比，她还年轻，你为什么还非要雪玉离婚呢？”

“哎呀，鹿总，真不是这样的。”他急急地摆手，眼睛睁得大大的，“我从来没有想过张雪玉会离婚，我和她离婚这件事一点关系都没有，她早就说过她老公不行……”

“不行！”鹿雯婷一下子愤怒起来，打断了王凯的话，“什么不行？你就行？”

“不是不是，哎呀，鹿总，你让我不知道该怎么说了。”

他愈加焦急了。

“王总，他们夫妻之间行不行的事都对你说了，你和雪玉到底是什么关系，我想不是你自己说得那么简单吧？我实话告诉你吧。张雪玉，并非我的妹妹，而是我的弟媳妇。”她的话让王凯一下子惊呆了。

“作为姐姐，我必须保护我弟弟的婚姻不受侵犯，你，对自己朝夕相处的妻子没有关心和爱护，却对别人的女人呵护备至，对人家的床笫之事那么上心，你不是犯贱吗？如今，张雪玉一心要离婚，她傻傻地等着跟你结婚，为此，我弟弟和她大打出手，家里鸡犬不宁！你却说你对她什么都没有！”鹿雯婷从包里拿出一叠文件，一张张展示给王凯看，“这是你们开房的发票，这是你们就餐的餐厅的发票，这是通话记录，这是你们一起出门在停车场停车后下车时拍的照片，这是一起进酒店的照片，这是吃饭的照片……”说着，她愤怒地把手里没看完的材料摔到王凯的桌子上。

“你还想说什么？！”鹿雯婷轻蔑地问。

王凯被这些材料吓呆了，他一直以为，张雪玉这件事谁都不会知道，因为就连大刚他都没告诉，每次和张雪玉约会，他都是手机关闭，谁也不会联系。那个婷婷，确实也只是逢场作戏时认识的姑娘，他对年龄小的女孩子并不感冒。起初，他并不想和张雪玉有什么发展，毕竟她也是一场饭局认识的女人，他骨子里对饭局上毫不矜持的女人并无好感。只是，他与萧青青的问题日趋变得复杂沉重，好面子的他又不知道该怎么办，偶然的机会找到了她，本想用她刺激一下萧青青，没想到她自己的婚姻也是一片泥淖，一来二去两个人就缠绵上了。但他是清醒的，他告诉自己，即使离了婚，也绝不能和一个出轨的女人结婚，所以，他以为张雪玉和他一样是抱着各取所需的态度在交往。这段隐情也时时压迫自己，如今，

既然有人知道原委，他反而觉得忽然轻松了，让一切该来的都来吧。

想到这里，他似乎有了对策：“好，那你说怎么办吧？”

“你耐心等一下，办法自然会有的。”她笑笑说。

这时，萧青青走了进来，但她面色平静，就像什么也不知道的样子。

王凯看萧青青走进来，心跳立刻加速，他心里长叹一声：“完了。”

萧青青走到王凯身边，轻轻坐下，看着鹿雯婷说：“您好！”

鹿雯婷是第一次见萧青青，她原以为萧青青知道这件事一定会火冒三丈的，没想到她居然是云淡风轻的样子，不由得对这个女人刮目相看。

“你好。我叫鹿雯婷。”她大方地介绍自己。

“我想，您应该是张雪玉的姐姐吧。那个通知我来这里的电话应该也是您打的，对吗？”萧青青微笑着说。

她的话让鹿雯婷和王凯都很惊讶，难道她什么都知道？王凯的心里一下子颓败下来，她什么都知道，却从来不提，他终于知道自己在她的心里也就从来没有重要过。

“既然大家非得把我逼出来面对这个问题，那我就说说我的想法吧。”她拿起桌上的照片之类的东西，看一眼，放下，再拿另一张，再放下，然后说，“一年前，我就知道了张雪玉这个人。但我之所以从来不提起，是我内心里因为没有孩子这个对王凯的亏欠，让我选择沉默。至于张雪玉自己的婚姻将走向何处，我并不关心。但我和王凯之间的问题，我想，鹿总，您是否可以回避一下，我需要跟他好好谈谈。”萧青青的声音淡淡地，像是在讲别人的故事一样。鹿雯婷不得不拎起包走了出去。

屋子里只剩下了夫妻二人。王凯居然开始觉得局促不安，他的后背紧紧贴在沙发靠背上，不再言语。萧青青起身坐到王凯的对面，收好桌上那些乱七八糟的照片，放整齐后推到王凯的面前。

“收起来吧，免得你的秘书看见。”她依然冷静。

她看着王凯，深深地叹口气：“我实在不愿意面对这个问题，在我心里，我宁可她不存在。我知道你和我在一起也是一种煎熬，我也并非不爱你。”她的这句话让王凯的眼睛突然红了，她继续说，“只是，我们之间和我想要的婚姻关系之间有很大的差距，我不怨恨你对我的冷漠，只是我不能接受我自己的状态。我要和你离婚，不是因为婷婷，也不是因为张雪玉，更不是因为我不够爱你。也许，你不能理解我的决定，但希望看在我们曾经是一家人的份上能让我为自己的婚姻做一回主。”

她不谈张雪玉事件，不谈婷婷，这让刚刚被自己良心谴责的王凯很难受。在这种情形下，萧青青又一次坚定地提出离婚，他不得不开始认真对待这个问题。

“不过，即使我们离婚了，我也一样会照顾咱妈，你放心。”她向王凯保证，接着又说道，“在这个家里，我最幸运的是遇到了爸妈这样的公婆，正因为这样，我更加希望和你离婚。”

这话说得让人摸不着头脑，王凯却错过这个话题无奈地说：“既然如此，你为什么又非离不可呢？既然你早就知道张雪玉，你都没有跟我提出离婚，为什么现在会提呢？”

萧青青无法回答这个问题，她曾经试图挽回的日子已经过去了，她知道自己在婚姻的躯壳里已经渐渐地不像自己，压抑，悲伤，不幸福，这样的生活已经接近冰凉，再继续下去还有什么意义呢？难道，为了保全婚姻这个概念，要生生地牺牲自己，做一个一辈子违心生活的人？她胆小怯懦地在婚姻里渐渐失去自己，这种悲伤的发现别人无法理解。她不

想再跟王凯解释什么，直接从包里取出离婚协议书，推到了王凯的面前。

王凯的心在一刹那间疼痛不已，眼泪吧嗒吧嗒地掉了下来。这一刻，他后悔死了与张雪玉的私情，他用最愚蠢的方式去解决婚姻里的疏离，却不承想，而今所有的事情都要他来买单了，甚至还连累了萧青青。

“签吧。”萧青青眼圈也红了，这样的结局虽是自己希望的，但当它真的到来的时候，心里还是难过不已。“其实，我们没有你所想的那样相爱。”她对王凯说。

这句话让王凯一阵惊醒，是啊，如果彼此深深相爱，又怎么会对另一个人心生眷恋？这个事实让王凯的心再也难以平静，他以为他是爱萧青青的，可是鹿雯婷送来的所有的东西都在告诉他，他并不像自己所想的那样爱萧青青。

但他知道，只要签了字。夫妻从此再也不是夫妻。

他们面对面坐着，安静的等待让彼此都难过起来，萧青青的眼泪缓缓地流进嘴角。王凯怅怅地叹息，将头垂在胸前，久久没有抬起来。

那天，在萧青青走后，面对着离婚协议书和乱七八糟的单据照片，王凯一个人坐了很久。他把办公室锁上了门，一直待到很晚。他一遍遍地问自己，这几年来，他对萧青青究竟做了什么，他是不是真的不够爱萧青青。如果真的爱，他为何会做那些如今想起来可恶得不得了的事情，如果不爱，为什么今天看着萧青青的时候，心里一阵阵绞痛。

他拿起笔，斟酌了很久，又放下。

他起身站到窗前，外面已是华灯初上了，车辆闪烁着远光近光流水般驶过，那些坐在车里的人啊，前方是家还是另一个地方？

那个晚上，虽然萧青青也满心难过，但还是第一次不再

觉得纠结，事实上，是另一个她不允许自己纠结和摇摆。她在微博里写道：“当繁华谢幕，方知岁月情深。但唯有破坏，才能重建。打碎一个自己，再重新活过。”她久久地盯着屏幕，心里突然涌起壮士断腕的决绝来。

跟往常一样的是，那个叫“可可西里的狼”的人像约好了似的留言了。“涅槃方能躲过轮回，坚强才能迎来新生。放不下的执着，除了伤人，更是伤己。”一句话让萧青青更加坚定了离婚的决心。

她想起妈妈，一个命运不能掌握在自己手里的女人，她告诉自己绝对不能做一个不懂自己的人。妈妈在和萧然爸爸一起生活的岁月里，以为自己是不爱萧然的，她的心里满满的都是杜青，可是萧然的死唤醒了她内心最真实的情感，对萧然的愧疚和遗憾一辈子也没能减轻，她因情而伤，抑郁难已。而今，她自己似乎又在走妈妈走过的路，这些年，她觉得自己的心里装着的都是林瀚泽，她以为自己是用报恩的心态与王凯一起生活，那种“活得摇摆”的感觉便撕扯着自己，难以安宁。然而，近十年的岁月，她的生命和王凯的生命又有了太多的盘根错节，这让她很是迷惘和痛苦。

那一年，她和林瀚泽一起去给萧然爸爸上坟。在爸爸的坟边，她挖出了爸爸的日记。一边读一边哭，她的心里压了太多不能说的秘密。想到这里，她紧紧地靠着椅背，又一次悲从中来。然而，时过经年，她和林瀚泽居然又一次重逢，她惊讶于心里的那份熟悉，似乎这个人从来没有离开过心扉。无论是同学聚会，还是丽江偶遇，她的心里对他一如从前，熟悉，心疼，信赖。这种感觉让她惊慌，也让她羞耻。可是，这些年，王凯一次都没有想到陪她去看看萧然爸爸，她只能一个人去爸爸的坟前静静地坐一会儿，哭一会儿。再到后来，眼泪没了，只剩下空洞的陪伴。岁月慢慢耗尽了她的热情，

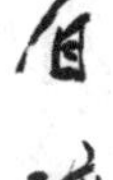

哪怕是悲伤的热情。

她是失落的。在和王凯一起生活的日子里，她也曾经努力靠近他，可是他们常常不在一个语境，交流起来，总是显得不够默契。也许，这也是他们彼此都把精力放在事业上的原因吧。但生活不仅仅是这样的苟且啊，她的心里一直都有一个美好的远方。

时至今日，她已经不再怨恨王凯的“出轨”，桃子的故事告诉她，自己才是解决一切事情的根本，不能期望别人来拯救。那个骑着白马，头戴冠冕的王子，正因为是童话，所以才有了被人渴望的价值。但生活是实在的，没有办法用虚假的遐想代替真实的经历。在这段婚姻里，她找不到爱情，也找不到真实的自己。

于是，她对“可可西里的狼”回复道：“唯求日日对镜喜，说，像今天这样，真好！”轻轻地敲下回车键，这段话闪了一下出现在屏幕上。她嘴角浮起浅浅的微笑。

就算是这样吧，她也是欢喜的。隔着一个电脑屏幕的距离，有一个人能够理解你的心声，倾听你，关注你，安慰你，支持你，这也该是一种幸福吧？至于那个人是谁，真的不重要啊。萧青青就并不想知道这个人是谁，她觉得这就像一个小小的秘密，藏在别人看不到的地方，独自欢喜。

然而电话铃声敲碎了她的遐想，手机显示是一个陌生的号码。

她很快地接听了电话，出于职业的习惯，她不拒绝一切陌生号码。因为她怕是学生家长有事情要说。

电话里是个女人的声音：“你好。我是张雪玉。”

萧青青皱了皱眉头：“有事吗？”

“我想和你谈谈。”她语气平静得让人生气。

“不好意思，我不认为我同你有什么好谈的。因为，第一你是一个有家庭的人，我不去你们医院找你，不去告诉你的老公，是因为我同为职业女性，不希望你的处境变得糟糕，更不想因为任何女人拉低我自己的尊严。第二，王凯是我的丈夫，婚姻里出现的任何问题都是我和他的问题，并不需要你作为所谓的红颜知己参与其中。第三，即使我和王凯离婚了，以我对他的了解，他也是绝对不可能娶你的，更何况即使离婚，我也还是他们家的亲人，这一点你比不了。第四，你大姑姐鹿雯婷已经掌握了所有你出轨的证据，想必你也是深陷泥淖，难以周全。请问，你还想和我谈什么？”

对方一阵沉默，电话里传来啜泣的声音，她挂断了电话。这时，她才发现自己拿着电话的手在抖，愤怒和委屈撑起了刚才的镇静和理智，可是情绪是无法被阻拦的东西，它还是会真实地出现在你身体的某一个部位，而最终直抵心脏。

她跌坐到沙发上，大声哭起来。

这是隐忍的代价，也是对自己不负责任的婚姻选择的惩罚。她这样告诉自己。

事实上，张雪玉在给她打电话的时候，已经给王凯打了无数个电话，他的拒接让她难过和委屈。她以为，只要萧青青接了电话，她就有把握让王凯主动给她打电话。只是，她没有想到，萧青青竟是宁可自己被憋死都不会去质问王凯的人。而萧青青对情况的掌握又远远高出了自己的猜测，她才发现自己的对手是如此强大，以至于根本不会把她放在眼里！她觉得痛苦了，一个人走在凉凉的大街上，泪流不止，被丈夫轻视，被情人轻视，被情敌轻视。而唯一肯重视她的儿子，也因为知道了自己的出轨而开始冷眼相向，觉得她是一个可耻的女人。大姐并没有去质问她，但从王凯和萧青青的反应来看，她应该是已经去找了王凯，她终于认识到自己苦心经营的爱情幻景破灭了。

张雪玉徘徊在大街上，无处可去，也无人倾听她的委屈。路灯洒下冷冷的白光，在道旁树的婆娑枝叶里闪闪烁烁，像鬼魅的眼睛。她走累了，只好拐进路边公园里，那里有长椅供人休息。

她娇小的身材沉浸在无边的黑暗里，风过处，传来渺远的乐声，什么人的手机铃声忽然响起，又消失。她大大的眼睛里满含着绝望的泪水，这样的时候，不会有任何人关心她在哪里，而那个家，她注定是难以回去了。

她拿着手机在黑暗里不停地拨打电话，电话从无人接听到已经关机，她仍然疯了一样地拨打，到后来，一边拨号一边哭。不知道过了多久，她神思恍惚地起身，走到了路上。

不一会儿，一声凄厉的刹车声划破了夜空。她的身体被撞出了十几米远，又重重地摔在地上。

警察按照现场遗留的手机里号码分别打给了王凯和张雪玉的老公，然而电话都是已经关机，他们只好从里面随机打了别的电话才辗转联系上张雪玉的家人。

斯人已去，张雪玉的老公只是看了一眼尸体就离开了。剩下的事情全部交给了鹿雯婷去处理。

听到这个消息，萧青青愣了很久。

周一。

萧青青在去上班的路上出人意料地碰到了白冰。看样子，她已经是一副完全康复的样子，依然是那样的美丽，光彩照人。

“老师，你还好吗？”她拥抱了萧青青，然后立定，微笑着问她。

“嗯，我很好！”萧青青微笑着，抬眼看了看晴朗的天空，“你一定很好吧？”

“是的，老师，我像是做了一场梦，为了这个梦我失去了家庭和幸福，但老天也重新赐予我智慧，我想，经过这件事，

我再也不会是以前那个白冰了。”她笑，眼角闪过一丝淡淡的忧伤。

“是啊，挫折若能让人成长，那就是值得的经历。”

因为要上班，白冰没有陪萧青青继续说话，礼貌地告别后，转身向电视大厦走去。看着她的背影，萧青青突然觉得感动，白冰的坦荡和勇敢，都是她像白冰这个年龄的时候所没有的。

就在她出神的时候，一辆宝马车安静地停在她的身边，顾子清微笑着跟萧青青打招呼。

萧青青愕然，脱口而出道：“这么巧？我刚刚碰见了白冰，现在又遇到你！”

顾子清愣了一下，接着说：“哦，她来上班了？她完全恢复好了吗？”

萧青青“扑哧”一下笑出来：“你真的不知道？你们真的不联系了？没有复婚的可能吗？”

顾子清看到萧青青的样子也不由得笑起来：“萧老师，你是不是太天真了啊！既然离了婚，又怎么可能会复婚呢？我始终不是白冰要找的人。”他顿了顿，接着说道，“其实，白冰，也不是你见到的那个样子。她的心并不会因为这次遭遇而有实质的改变。她早就不是当年跟你读书时的那个白冰了。你刚刚是不是看到她容颜焕发的样子？”说完，他呵呵地笑了一下，又说道，“听说那个男的生意失败，躲到泰国去了。现在，她正在积极准备办签证呢。萧老师，你说她到底是图那个男的什么呀？”

他的话让萧青青觉得很意外。她瞠目结舌地愣在那里，半天没有缓过来。是啊，眼前的这个顾子清，分明也是风度翩翩的钻石王老五啊！想到这里，忍不住叹息了一声。

顾子清却听到了这声叹息，问道：“萧老师，你遇到什么不开心的事情了吗？”

萧青青急忙掩饰自己的失态，连连说：“哦，没事，没事，我急着上班，有空再聊吧。”

她说完就想转身往前走，顾子清却叫住了她：“萧老师，有个人叫梁娟你认不认识？她在打听你，我看她穿得土气，不像是青城人。如果需要我帮忙，一定说一声啊。”萧青青停住脚步，疑惑地看着顾子清。

“你怎么知道这个人的？她在哪里？”萧青青问。

他说：“昨天晚上，老春土菜馆里有个女人向一群吃饭的学生打听你，看样子不是本地人。那些学生警惕性很高，没有跟她说实话。我听到了就过去，告诉她我认识你，她半信半疑，但实在没有人可以打听，她就说，她叫梁娟，如果你知道这个消息，麻烦你到土菜馆去找她。”

顾子清的话让萧青青大吃一惊，原来，之前在老春土菜馆遇到的那个一闪而过的人真的是梁娟。

谢过了顾子清，萧青青慢慢向学校走去，她计划下午放学的时候去找她。梁娟这个人的出现，让萧青青的内心涌起了不好的预感。许多年不见，她几乎忘记了这个人的存在。如今，自己在婚姻里走了这么久以后，变得成熟和宽容了，她才觉得梁娟还是不错的。只是那时候，她小小的心里都是怨气，血液里流淌着的戾气让她难以安静温和。而今想来，那些不怎么好的情绪和梁娟有什么关系呢？

到学校的时候，正是学生们熙熙攘攘地进校门的时候，学生快步前行，见到老师就停下来问好，青春的气息弥漫于整个校园，在萧青青看来，校园的早晨永远是这么美好。花园里的月季沐浴着晨光，娇艳地随微风摆动。穿过盛开着蔷薇的花廊，十里香的味道便扑面而来，鹅卵石铺就的小路，蜿蜒曲折地向办公楼延伸，一切都在微微的晨光里绽放着生机。上课铃声响起了，忙碌而充实的一天就这样开始了。

放学后，她在去老春土菜馆的路上给公公打了个电话，告诉他自己要晚点去医院。

她很容易就找到了梁娟。她已经苍老，衣着干净却简朴，鬓间隐约可见白发，面色灰黄，眉目间全是悲苦的痕迹。看到她的样子，萧青青心底第一次涌起的不是厌恶而是说不出来的同情。和一个不爱自己的人在一起生活，还要承担他的历史苦果，这本身就是一种不幸。她做好了倾听梁娟抱怨和控诉的心理准备。

"阿姨，你还好吗？"两个人站在土菜馆院子里的樱花树下，那些花已经接近凋零，全没有了初春时的饱满和鲜艳。

梁娟不安地搓了搓手，叹口气说："挺好的。呃，还可以。"

"嗯。那个……我……杜青爸爸还好吗？"萧青青竭力避免直呼杜青的名字。

"他一年前已经没了。他父母倒是还活得好，年龄大了，雇了个保姆照顾着。他们嫌弃我没有生出儿子，我也就不愿意靠他们太近。十年前我那个单位也破产了，没了工作，我就一直打工，虽然辛苦一些，倒也没什么负担。现在我一个人了，哪里都可以安家。你这些年也不回去看他，他还是很伤心的。"梁娟想到哪里说到哪里。

"嗯。"萧青青不知道说什么好，对这个父亲，她的心里始终少了亲近。她从不愿意提起这个人，甚至王凯根本不知道还有杜青这个人的存在。

"阿姨，你打算一直待在青城吗？"萧青青问。

"不一定，我一个人，在哪里都是一样的。"她拢了拢被风吹到嘴角的头发，那手指明显粗糙了很多。她盯着萧青青的眼睛问道，"这么些年不见，你就真的一点也不想你爸爸？"

萧青青一时语塞，竟没想到她会这样问。

梁娟却自顾自地说道："你知道我为什么没有孩子吗？

不是我不能生，而是他不想生。你从家里走了以后，他很难过，常常坐在你的床边发呆。后来，我找了个收破烂的把那张床给卖了，他回家后不见了床，狠命地跟我打了一架，一边打我一边哭，疯子似的。可是慢慢地，也就不再提那床的事情。人啊，就是这么奇怪，他不再到那个房间一坐半天了，也不喜欢在屋里待了。有事儿没事儿就坐在院子里看树上挂的鸟笼，就是他给你买的那个。笼子里什么鸟儿都没有，他有时候还说能听到鸟叫。我知道他是想你，我说要不然就去看看你吧。他总是说，不去了。他的存在就是你的耻辱，除了给你带来痛苦，什么也给不了你。他这样说的时候，我心里还是怪难受的。后来家里旧城改造，拆迁了。他站在门前掉了眼泪。他说你以后就算是再回来，也找不到家门了。不知道为什么，那天他就说这辈子可能是见不到你了。搬了新家，他又把那个鸟笼子搬来了，就放在一个房间里，他心里还是盼望你的。后来他生了病，临去之前安排我，要是情况可以，就找到你，替他看看你，所以，他去了周年以后，我就去你姥姥家找了你妈妈，问她你在哪里，她糊里糊涂的也说不清楚单位，只说是当老师，在青城。我就找来了。”说到这里，她长长地舒了口气，接着说，“唉，现在好了，过段时间我就回去，告诉他你很好。我也就算是完成了他生前的托付。”

萧青青的心里不由得难过起来，眼睛红了。她从不知道这些事情，也从未曾想过回去看他，可她身上终究流着他的血，如今，斯人已去，她还是难免伤心。然而，看着眼前的梁娟，风华不再，满心沧桑，她的心里更加觉得愧疚。更没有想到，即便如此，这个女人对自己对杜青也还是真诚相待。

也许是缘分太浅，这个被她喊作“阿姨”的人，其实连对门的熟人都不如。

她给梁娟留了两千块钱，梁娟执意不要，她也不多解释，执拗地放在她手里就离开了。转过身，她的眼泪跟断了线的珠子似的滚落下来。一边走，一边想着他生前的样子，努力地讨好的笑脸，上班前的回头，餐桌上的殷勤，买了新床后的欢喜，给她买了最新款式的书包，送她上学。忍受她的无理刁蛮……萧青青这才发现，那个一直被她嫌弃和厌恶的爸爸为了爱她几乎忘了自己的生活。他的心里眼里都是萧青青，难怪他动不动就会和梁娟吵架，因为她，他哪里还有精力、耐心去面对梁娟阿姨呢？！想到这里，萧青青的眼泪更加滂沱了，她只好躲到街边公园的大树下，坐在长椅上捂着脸哭起来。

哭了很久，她才起身走到马路上，望着来来往往的人流，心里突然觉得孤独，这个世界，终究还是又少了一个她的亲人。

萧青青到医院的时候，王凯正守在病床前，神色安静，完全没有昨晚的焦虑和悲伤。看到萧青青进来，他点了点头，算是打了招呼。萧青青在婆婆身边坐下，安静地看她吃饭，眼神却空洞洞的。没有人发现她的失态，她就在自己的悲伤里游逛，直到又一次看见小时候的自己。不知不觉，她幽幽地叹了口气，这叹息声引起了婆婆的注意，她这才转过头来看萧青青，问道："你怎么了，青青？"

"哦，没事，妈，我在看您吃饭呢。"她答非所问地掩饰自己。

"哦，没事就好，刚才听到你叹气，还以为你有什么不开心的事。"婆婆拍拍她的手，安慰似的说。

听到婆婆的话，萧青青的心里忍不住又难过起来，于是她借口出去打水离开了病房。

王凯跟着追了出来，他在水房里拉住了萧青青。

"青青，对不起，都是我的错。"他低着头说。

"和你没关系，不用跟我说对不起。"她一边刷卡接水，

一边淡淡地说。

“可是，刚才我也听到你的叹息。”他抬眼看看此时淡定的萧青青，接着说，“我和张雪玉真的没什么，你要相信我。”

萧青青想了想，一边盖上暖瓶盖子，一边盯着王凯说：“她已经死了，我不想再谈论你和她的任何事情。我只想告诉你，我真的不是因为她才要和你分开，你不要想太多了。”此刻，她一分钟也不想和王凯待在一起，无话可说的尴尬正要命地吞噬自己。那些潜藏在心里的悲伤，一句话都不想告诉他，虽然，在这个世界上，他是法律意义上与她最亲近的人。想到这里，她还是会觉得难过，自己当初像个侠义的英雄一样离开了林瀚泽，以为林瀚泽从那以后尽可以享受幸福的人生，谁知道，如今的他像自己一样承受着上苍给予的考验和惩罚。原来，任何违背自己内心所做出的选择都会付出代价，亵渎情感亵渎生命，福佑何来呢？只是，她没有想到，自己当初的选择害的何止是自己呢。

“如果，你还珍惜我们在一起走过的这十年，请你快点签字吧，好吗？我们已经过得如此沉重，何必再等到恩情尽失才分道扬镳呢？”说完这句话，萧青青转过身向病房走去，留下王凯呆呆地站在原地。她紧紧地咬着嘴唇，努力吞咽着眼泪。

二十五

潘林不知道为什么开始疯狂地追求李媛，这让李媛不堪其扰。一方面恨他的背叛，一方面纠结他是孩子的父亲。更让她为难的是，她发现自己不知实情的父母也在极力撮合他们复婚，她的母亲甚至动员了萧青青来劝她。

她们俩坐在茶馆里，各自盯着窗外雨雾里那些来来往往的车辆发呆。茶室里很安静，全实木的装修在昏黄的灯光下泛着温暖的光泽，绿植葳蕤，空气里流淌着淡淡的沉香的味道，音乐似有若无，浅浅地萦绕着。李媛想起她和潘林第一次正式约会便是在茶馆，不由得叹了口气。

萧青青打破了沉默，问她："且不说潘林如何，你打算怎样？"

"我？"她苦笑一下，摇摇头，"现在我快成为不需要考虑的因素了！他们谁的眼里还有我，就连我爸妈都觉得我执意不肯原谅潘林是太矫情了。青青你说，就算是狗血剧情，他潘林也不能转变这么快吧？是，小三的孩子没了，他不再有负担，但毕竟那女人为了他怀孕了吧，现在又流产了。难道他不该至少照顾人家一阵子吗？而且，那个女人说，潘林心理不正常，和我在一起很压抑，所以他居然参加了换妻俱乐部！你说这个人，他还有道德底线吗？"

看到李媛的情绪异常激动，再听闻潘林的不堪，萧青青打心底觉得李媛做得对。一个没有道德底线的男人，与其留他在身边恶心自己，不如让他趁早滚得远远的。

"如果是这样，媛媛，我支持你的任何决定。我相信你能做出更有利于全局和利于孩子成长的决定。潘木子还小，我想你还是要慎重对待。"

李媛端起水杯，轻轻地啜了口茶："哼，我是不会原谅他的。说实话，在云南的时候，我还想如果有可能我也是可以原谅他的，毕竟他是孩子的爸爸。只要他能摆平小三的问题，重新接受他也还是有可能的。有什么能比得上给孩子一个完整的家更重要呢。可是当我知道他和小三的相识居然是这样的情形以后，我的心里再也不能接受他了。我可以原谅自己的男人犯错，但我不能原谅他低俗堕落无耻。这种精神洁癖

是无法为任何事情让步的。”

“那么，你父母那边怎么办呢？”

“慢慢来吧，只要我坚持不复婚，谁也拿我没办法。我也不能告诉爸妈事实的真相，太不堪了！”她眼神悲戚地低下头。

萧青青能够理解李媛内心所受到伤害，不是怨恨那么简单，是一种深深的耻辱，一个坚强独立的女性，在别人眼里有着完美的家庭，幸福的口哨一直吹着，突然有一天，却发现那些幸福掩盖着如此肮脏的灵魂，她浑然不觉，等到发现，才知道自己浑身都已经被那人泼了脏水。

她给李媛的水杯续上水，故作轻松地说：“既然如此，那就没有纠结的必要。让他妈的虚伪滚蛋吧！”

听到萧青青爆了粗口，李媛惊讶地笑了。

两个人笑了一会儿，李媛才想起来问问萧青青的事情：“你怎么样了？你婆婆怎么样了？”

萧青青笑起来，反问道：“大记者，你让我先回答你哪个问题呀？怎么感觉你的逻辑出问题了似的。”

李媛也不好意思地笑起来，用手拢了拢耳边的头发。

“婆婆病情基本稳定，无非是放疗化疗，白天我们去医院，老太太看着还是很乐观。只是她一向也是坚强，想必也不一定是我们看到的那么好。只是大家都愿意选择相信她会很快痊愈，但是，你知道的，这种病，痊愈的可能性很小，所以，我们尽量不惹她生气，她是个好妈妈好婆婆。也正因为这样，我和王凯的事情也不想让她知道。这几天我忙着准备比赛的事情，已经三天没有去医院了。”萧青青说完，叹了口气。生命终究是有长度的，谁也没有办法长生不老。可是即便如此，还是有很多人选择糊里糊涂地生活。只是，她不愿意这样生活下去了，伪装比孤独更痛苦。

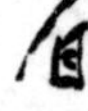

“上周，我给他一份起草好的离婚协议书，但是他迟迟没有签字。”她咬着嘴唇想了一会儿，还是决定把张雪玉的事情告诉她。“你知道，我决定和王凯分开的原因很简单，就是我自己不能在这段婚姻里继续待下去了。我不快乐，不美好，我一心想摆脱压抑的自己，可是‘贤淑’两个字害得我更加不快乐。其实，一年前我就知道王凯在外面有了不一般的红颜知己，我动用了很多关系才查到她。后来，张俊彦偷偷地帮我调查过那个张雪玉，她和她老公一个单位，只是不在一个科室，这个女人居然能在自己老公的眼皮子底下与别的男人偷情。最初，我很难过，也很震惊。于是试图生个孩子来拉近我和他的距离，只是天不佑我，我终究和孩子无缘。后来见到了牛牛，更加不敢生了，也就放弃了这个打算。再后来，他用婷婷来放烟幕弹，我心里就觉得好笑，更觉得可悲。张俊彦社会上的小兄弟知道这件事后非要替我出头去医院找那女的理论，或者搞臭她，不知道为什么，一点也不想去找她理论或怎么着，我觉得让我到医院去斥责小三这件事，比我自己当小三更让我觉得丢人现眼，所以，我在王凯那里一直装作不知道这个人，但是我很压抑。上周，张雪玉的大姑姐打电话给我，让我去王凯办公室，说实话，我心里突然觉得轻松了。潜意识告诉我，我终于可以在这透不过气的伪装里出来了，所以，我没有你想的那么悲伤，不用担心我。只是，媛媛，我真的不知道自己离了婚是不是就真的能找到自己。但如果我不走这一步，不把自己逼到悬崖上，我不知道自己什么时候才能透一口气，在这样的婚姻里，我快要发霉了。”她尽量说得轻描淡写。

李媛却惊得睁大了眼睛：“你是说，上周被撞死的那个女大夫是王凯的……天啊，我怎么也不会相信，一个所谓的白衣天使也会插足别人的家庭！”

萧青青笑笑说：“媛媛啊，你老大不小的了，人要发贱还会分穿什么吗？”

两个人“哧哧”笑起来。“是啊，这样美好的雨夜，谈论这样晦气的事情也够犯浑的了。”李媛止住笑后，叹息着说。

一句话让两个女人又一次陷入沉默中。

说好的不难过呢？

倒是李媛突然想到了什么似的，眼里落下泪来。萧青青递过纸巾，开玩笑地问：“怎么了？我可以理解为喜极而泣吗？”

李媛笑不出来，起身坐到萧青青身边，抱住她的肩膀，哽咽着说：“青青，我真的不知道你心里装了这么多委屈。你太能忍了！”

“嘿，这算什么呀。”萧青青拍着李媛的后背笑起来，笑着笑着眼睛也湿润了。那些真正的委屈纷至沓来，她突然就有了大哭的欲望。可是理智告诉她，不能哭，都已经过去了，何必再扯破伤疤看血痕呢。

她深深地呼出一口气，端起杯子喝了一大口茶。

突然，手机响起来，是王羽打来的。

“姐，怎么了？”萧青青赶紧接听。

“是我，青青。”电话里传来王凯的声音，“妈情况不好，你赶快来医院一趟吧。我手机没电了。”

萧青青一边答应着，一边拿起皮包离开座位，挂了电话就说：“媛媛，快送我去医院。我婆婆情况不好。”

“啊，不是刚刚还说很稳定吗？”李媛一边收拾皮包一边问。

“不知道啊，快点，我们去医院再说吧。”

李媛在雨夜中将车开得飞快，溅起的水花扑打着隔离带的绿植。萧青青又紧张又难过。

医院里，护士正忙着给老太太擦洗身体，王凯和他的父亲站在一边默默垂泪，王羽牵着老太太的手，泪流不止。萧青青看到这个样子，忍不住就哭了，赶紧跑到床边抓住老太太的另一只手，低声地叫着：“妈，妈！”老太太勉强睁了睁眼睛，像是有话要说的样子。萧青青俯身倾听，婆婆艰难地说了句：“好好过，好孩子。”听到这句话，萧青青的泪水肆虐而出，怕滴到婆婆身上，赶紧腾出一只手去擦眼泪，这时候婆婆却似乎用尽了最后的力气，闭上眼睛安详地去了。

他们再也难以控制自己的情绪，可是因为怕哭声惊扰了婆婆的灵魂，他们尽量捂住自己的嘴，不让哭泣声传出来。待萧青青回头看，才发现王凯已经哆嗦着身子紧紧地靠着墙站着，公公则埋头跌坐在凳子上，整个病房里弥漫着沉重的悲哀。

因为王霏要从北京赶过来，所以老太太的葬礼等了三天才举行，那三天里，王凯沉郁不已，不说话，也不想吃饭，只是一味地沉浸在悲痛中，即使他的父亲来劝他，他也不过是象征性地喝一口水而已，很快的，脸颊便消瘦下来。萧青青知道，王凯的心里同样积郁了太多的悲伤，所以母亲的去世不过是让这些所有的悲痛有了恰当的机会发酵，不知道为什么，看着抱着婆婆的遗像不言不语的王凯，萧青青的心里疼疼的。她分不清那是怎样的一种情感，她为此而迷惑。每每看见王凯的样子，她的心里就会浮起一句话“他如今也是没有妈妈的孩子了”，这样的想法总让萧青青觉得难过，她就会忍不住走到王凯身边，默默地坐在一边。

葬礼过后，王凯一直不能从失去母亲的悲痛里走出来，除了陪伴自己的父亲，他渐渐地不愿意说话，不愿意出门，待在家里，看着墙上的结婚照，他幽幽地叹气。

面对他的这个样子，萧青青实在无法继续开口提离婚协议的事情，渐渐地，她的心里居然对自己生出了怨恨之情，

觉得自己很坏，是个冷酷的女人。这样的心理谴责让她无所适从。

然而，他们的感情并没有因为共同经历了亲人离世而有什么进展，萧青青更加渴望从这种压抑的氛围里逃出来。

烧过了五七，王凯的心情也慢慢平复了不少。

王凯签了离婚协议，房子留给了萧青青，可是萧青青却从家里搬了出去。

到了暑假，萧青青去了西藏，那是她和林瀚泽谈恋爱的时候最想去的地方。

这一天，萧青青正跟着来拉萨旅行的游客参观大昭寺的时候，接到了李媛的电话。

“青青啊，你知道吗？林瀚泽的父亲也去世了，骨肉瘤恶变。你说这究竟是怎么了，怎么突然发现有那么多癌症患者啊？”

“哦，是吗？真是个坏消息。”听到这个消息，萧青青的心里也难过了一下，但仅有一下就消失了。那个长辈，她对他并无多少好感，嫌贫爱富，势利眼，封建家长。于是，她也就是深深地叹口气，表示可惜罢了。

“媛媛，你最近好吗？”萧青青转移了话题。

“我？还好啊！每天上班下班接木子，采访写稿改稿，就这样喽，很充实的，而且已经有帅哥开始送花了，玫瑰。”李媛俨然一副伤口愈合的样子。萧青青想象着李媛嬉皮笑脸的样子，觉得宽心不少。

“真的假的？魅力大啊！”听到有人送花，萧青青既为李媛开心，又怕是李媛说的谎话，撇了撇嘴，继续说，“这个消息潘林知道吗？他最近没有再找你吗？”

“偶尔吧，像他那样的人，小三不放过他，他还有多少精力来找我啊！我估计他是被鬼追着满世界乱跑呢。”手机里传来李媛哈哈的笑声，紧接着话题一转，“你是不是不打算回来了？快开学了。”

“是啊，我不准备回去了。学校那边已经办了辞职。以后的人生，我想为自己的内心而活！”萧青青大声地回答道。

挂了电话，她看着在大昭寺虔诚拜佛的人们，不知怎的，心里生出浓浓的感动来。

萧青青找了一个游客帮忙拍了张在大昭寺门前的照片，发到了微信朋友圈：“爱得太深和爱得太累都不是我想要的爱情。如果没有幸福，就去追逐幸福吧。毕竟，人生就是一场朝圣，在这条通往彼岸的水面上，唯有自己是自己的摆渡者。”

彼时，林瀚泽坐在通往上海的高铁上，车厢里响起王菲的歌曲《匆匆那年》“……匆匆那年，我们究竟说了几遍，再见之后再拖延，可惜谁有没有，爱过不是一场七情上面的雄辩，匆匆那年我们一时匆忙撂下难以承受的诺言，只有等别人兑现……”

林瀚泽一边听着这首老歌，一边翻看着微信朋友圈。当微笑的萧青青映入眼帘的时候，他的心里突然既高兴又失落，命运兜转，他们终于还是难以回到从前。望着车窗外飞驰而过的风景，他耳边响起多年前萧青青说过的话：“我们相爱，却注定会彼此错过。当你坐上车离开我的时候，我就知道，这车带回来的你将不再是原来的你。珍重！”

他深深地叹气，然后，抿起嘴角，对着手机，低声地说：“等着我！青青！”

与此同时，王凯也订好了飞往拉萨的机票。

2016 年 5 月 4 日完成初稿

2016 年 5 月 11 日完成二稿